ro
ro
ro

Edgar Selge

Hast du uns endlich gefunden

Rowohlt Taschenbuch Verlag

2. Auflage April 2023

Veröffentlicht im Rowohlt Taschenbuch Verlag, Hamburg, April 2023
Copyright © 2021 by Rowohlt Verlag GmbH, Hamburg
Covergestaltung Cordula Schmidt Design, Hamburg,
nach einem Entwurf von Anzinger und Rasp, München
Coverabbildung Jan van der Kooi, (Groningen 1957), «Frühlingsbrise»,
oil on panel, 122 × 110 cm, 2007; Flavio Coelho / Getty Images
Satz Zenon bei Pinkuin Satz und Datentechnik, Berlin
Druck und Bindung GGP Media GmbH, Pößneck
ISBN 978-3-499-00096-6

Für meine Brüder

Welcome, then,
thou unsubstantial air that I embrace!

Sei willkomm'n,
Du körperlose Luft, die ich umarme!

KÖNIG LEAR IV,1

Hauskonzert

Ich geh mal üben, sagt mein Vater, verschwindet im Flügelzimmer und macht hinter sich die Tür zu. Beinahe jede freie
Minute verbringt er an seinem Instrument und übt. Ich
bleibe im Flur stehen und habe eigentlich nichts zu tun. Es
ist aber gar nicht so langweilig für mich. Ich kann zuhören oder Selbstgespräche führen. Manchmal kommt auch
jemand vorbei und unterhält sich mit mir.

Mein Vater übt immer fürs Hauskonzert. Ist eins vorbei,
steht das nächste vor der Tür. Wir leben praktisch zwischen
zwei Hauskonzerten. Jedes für sich ist wiederum eine Dop-
pelveranstaltung. Am Vormittag kommen die Gefangenen
aus der Jugendstrafanstalt von nebenan. Natürlich nicht alle.
Das wären ja vierhundert. Aber um die achtzig sind es schon.
Mein Vater trifft eine Auswahl, als Gefängnisdirektor hat er
eine gute Übersicht. Am Abend kommen die Freunde meiner
Eltern, Akademikerpaare aus unserer Kleinstadt.

An solchen Tagen muss viel umgeräumt werden. Die Jungs
aus der Anstalt, wie wir sie nennen, bringen ihre Stühle zum
Konzert mit. Dafür müssen unsere Möbel aus dem Weg. Also
Tische in die Ecken, Stühle und Sessel neben die Sofas an die
Wand. Vor der Abendveranstaltung muss mit unserem eige-
nen Mobiliar eine konzertartige Anordnung hergestellt wer-
den. Und danach muss alles wieder an seinen ursprünglichen
Platz zurück. Dieses Hin- und Herräumen übernehmen vier
Strafgefangene unter Anleitung meines Vaters.

Die Woche davor ist anstrengend. Ich kriege das gut mit,

weil ich viel Zeit hier auf dem Flur verbringe. Er ist ganz schön lang, wie eine Kegelbahn, und alle müssen an mir vorbei. Die Spannung ist mit Händen zu greifen. Mein Vater muss jetzt endlich die schweren Stellen hinkriegen und übt wie besessen immer wieder dieselben Passagen. Mal langsam, mal schnell. Manches wird besser, manches sperrt sich, manches bleibt riskant.

Dieser Druck überträgt sich auf meine Mutter. Die Vorbereitungen wachsen ihr über den Kopf. Zwar steht das Essen nicht im Mittelpunkt, ausdrücklich nicht, immer wieder wird darauf hingewiesen, dass es beim Hauskonzert nicht ums Essen geht. Aber eine Kleinigkeit möchte man doch anbieten. Auch die Strafgefangenen sollen nicht leer ausgehen. Für sie gibt es Leberwurstbrote und Apfelsaft.

Am meisten strengt meine Mutter der Umgang mit dem professionellen Geiger an. Er reist ein paar Tage vorher aus Hamburg an, übernachtet bei uns, probt mit meinem Vater und ist heikel mit dem Essen. Sobald er da ist, dreht sich alles um ihn. Er ist Künstler, gibt den Ton an, setzt Maßstäbe, nicht nur in musikalischen Fragen, sondern grundsätzlich. Mein Vater kann froh sein, dass er diesen Musiker begleiten darf. Ein Glück für ihn. Und obwohl er gewöhnlich selbstbewusst auftritt, auch über Witz verfügt und schlagfertig ist, ordnet er sich diesem Künstler wie selbstverständlich unter.

Meine Mutter bekommt für ihre Gastfreundschaft vom Geiger aus Hamburg eine Unterrichtsstunde spendiert. Darauf muss sie sich gut vorbereiten, hat aber kaum Zeit zum Üben. Trotzdem ist sie dankbar. Unterricht bei einem so hervorragenden Virtuosen ist etwas Besonderes. Nachher läuft sie allerdings mit verweinten Augen herum. Die gnadenlose

Kritik an ihrem Spiel hat ihr zugesetzt. Mir versetzt es einen Stich in den Magen, wenn sie mir so im Flur begegnet. Sie ist nicht ansprechbar und schüttelt nur den Kopf, wenn ich sie frage, was los ist. Sie hat aber zu allem ihre eigene Meinung und lässt sich nicht unterkriegen. Am Esstisch widerspricht sie dem Geigenkünstler, wo sie es notwendig findet, macht es jedoch so, dass mein Vater nicht das Gefühl hat, der Mann werde in seiner Meinungsfreiheit eingeschränkt.

Spät am Abend, wenn meine Eltern ins Bett gehen, höre ich dann aus dem Schlafzimmer von meiner Mutter Sätze wie: Das wird man ja wohl noch sagen dürfen, ohne dass der sich in seiner Künstlerehre gleich auf den Schlips getreten fühlt.

Ob mein Vater davon träumt, Pianist zu sein, weiß ich nicht. Er ist pragmatisch und denkt nur über Probleme nach, für die er auch eine Lösung findet.

Ich vermute, er ist ganz zufrieden damit, genau das zu sein, was er ist: ein besonders gut klavierspielender Gefängnisdirektor.

Einmal kreuzt, während ich auf dem Flur stehe und ihm beim Üben zuhöre, mein Bruder Werner auf. Er stellt sich mit mir vor die Flügelzimmertür. Seine Augen leuchten, er legt den Zeigefinger auf den Mund und lauscht.

Hör mal zu, flüstert er.

Von drinnen hören wir: tak tak tak tak.

Das ist das Metronom. Sonst ist Ruhe. Vermutlich inhaliert unser Vater gerade noch die Schlagzahl, die er sich eingestellt hat. Dann fängt er an. Eine Klaviersonate von Mozart. A-Moll. Nichts fürs Hauskonzert, das spielt er nur zum Vergnügen. Auf Anhieb findet er ein gutes Tempo, natürlicher Ausdruck, als ob er eine Geschichte erzählt.

Pass auf, flüstert Werner.

Tatsächlich, beim zweiten Thema mit den Sechzehntel-Läufen eilt unser Vater mit der Musik davon, die Schläge des Metronoms bleiben zurück.

Hörst du das?

Ich nicke.

Er spielt zu schnell, kein Zweifel. Das merkt man sofort, weil er schneller spielt, als das Metronom schlägt. Aber er spielt weiter. Unbeeindruckt. Offensichtlich gefällt ihm sein eigenes Tempo besser.

Mein Bruder lacht leise. Er hört es nicht!, sagt er. Es stört ihn gar nicht! Merkst du das? Er hat einfach keinen Rhythmus. Werner schüttelt immer wieder den Kopf, kann gar nicht aufhören zu lachen, lässt mich stehen, schließt die Türen hinter sich, um in seinem Zimmer Cello zu üben.

Er ist seit kurzem Musikstudent. Ich gehe noch zur Grundschule.

Gut, hat mein Vater eben eine rhythmische Schwäche. Hilft mir aber auch nicht weiter. Er ist streng und verlangt Respekt. Ob er nun schneller spielt als das Metronom oder nicht.

Ein anderes Mal, als sich mein Vater in sein Flügelzimmer zurückzieht, bleibe ich wieder vor der Tür stehen. Hör doch mal zu, denke ich, vielleicht spielt er gleich wieder gegen das Metronom an. Aber da kommt nichts. Kein Metronom, kein Klavier. Nur Schritte auf dem Teppich.

Ich schaue durchs Schlüsselloch. Ist ja gerade niemand in der Nähe. Ich wundere mich über das Bild vor meinem Auge: Der Rahmen hat die Form einer Mensch-ärgere-dich-nicht-Figur, im Zentrum mein Vater, der eine ziellose Runde auf dem Teppich dreht. Irgendetwas beschäftigt ihn. Er findet einen Fussel am Boden, hebt ihn auf und legt ihn sorgfältig

auf den Wohnzimmertisch. Er geht zu seinem Lieblings-
gemälde, Rembrandts «Mann mit dem Goldhelm». Sieht fast
so aus, als ob er mit dem Bild redet. Dann schreitet er zum
Flügel, dreht sich um und schaut direkt zu meiner Tür. Ich
bekomme einen Schreck, aber so dumm bin ich nicht: Er
kann mich nicht sehen. Er legt eine Hand auf den schwarzen
Deckel des Instruments und – verbeugt sich. Er steht allein
in seinem Flügelzimmer und verbeugt sich in Richtung der
Tür, hinter der ich stehe! Dabei lächelt er wie eine alte Katze
und nickt mehrmals in verschiedene Richtungen. Auch in
meine. Als sei ich ein Saal voller Leute! Der ist ja wie ich,
schießt es mir durch den Kopf.

Jetzt zieht er auch noch sein Taschentuch aus der Hose,
reibt sich den Schweiß von den Handflächen, setzt sich ans
Klavier, wirft das Tuch gekonnt aufs Notenpult, neben das
Metronom, und spielt seine Mozartsonate.

Wieder gelingt ihm das Thema wunderschön. Einfach.
Schnörkellos. Mit dieser inneren Beweglichkeit, die aus
Noten überhaupt erst Musik macht.

Wem soll ich das bloß erzählen, was ich da gerade gesehen
habe? Mein Vater ist ein ernster Mann, ich kann ihn doch
nicht blamieren! Vielleicht träumt er doch davon, Pianist zu
sein.

Im langen Gänsemarsch kommen die Sträflinge vom Gefängnistor bis in unsere Wohnung. Jeder trägt einen Holzstuhl,
die Aufsichtsbeamten stehen mit einigen Metern Abstand
auf der kleinen Stichstraße und passen auf, dass keiner
abhaut. Laut hallen ihre Kommandos durch unsere Dienstwohnung: «Die Stühle leise abstellen! Die Hacken nicht so
aufs Parkett knallen! Finger weg von den Möbeln an der

Wand!» Die Gefangenen in ihren Blaumännern füllen mit Stimmen und Geruch unsere Zimmer, drei große Räume: Esszimmer, Flügelzimmer, Arbeitszimmer, durch Schiebetüren miteinander verbunden. Im Flügelzimmer, in den beiden Polstergruppen rechts und links von der Tür, sitzen bereits ein paar Gefängnisangestellte: der Psychologe, die beiden Pfarrer, der Arzt sowie einige Fürsorger und Lehrer, die meisten mit ihren Frauen, der katholische Pfarrer mit seiner Schwester. Außerdem Fräulein Arens, die einzige Frau, die im Gefängnis arbeitet. Sie ist Fürsorgerin, leitet die Theatergruppe der Strafgefangenen und kommt aus dem Rheinland. Mein Vater nennt sie eine kluge Frau, weil sie frei und ohne Konzeptpapier sprechen kann. Auch wenn der Minister aus Düsseldorf da ist. Sie sitzt allein.

An den Wänden und im Flur stehen die Aufsichtsbeamten in grüner Uniformjacke und Dienstmütze und warten darauf, dass es endlich losgeht, damit sie sich auch setzen können.

Dann kommt mein Vater durch die Flügelzimmertür, gemeinsam mit dem Geiger aus Hamburg, beide in Schwarz. Sie verbeugen sich vor dem applaudierenden Publikum, richten sich an ihren Instrumenten ein, rücken die Noten zurecht. Zuletzt kommt meine Mutter und setzt sich links neben meinen Vater, zum Umblättern. Dann ist einen Moment Ruhe. Mein Vater hebt seine buschigen Augenbrauen und fixiert über den Brillenrand hinweg den Geiger, der den Bogen hebt. Und los geht die wilde Fahrt durch die klassische Musik.

Bach, Händel, Mozart, Beethoven, Schubert, Schumann. Manchmal Brahms.

Nur Violinsonaten.

Mein musizierender Vater inmitten seiner Strafgefangenen. Wie vielen Menschen habe ich davon schon erzählt. Immer wieder neu, immer wieder anders. Mein ganzes Leben geht das schon so.

Jetzt sitze ich hier und schreibe das auf. Hoffentlich verschwinde ich nicht zwischen den Sätzen. Je genauer ich bin, desto fremder werde ich mir.

Die Gefangenen kommen einer nach dem andern durch unsere Haustür. Das ist eine Flut. Achtzig junge Männer. Beide Haustürflügel sind geöffnet, damit sie mit ihren Stühlen nirgendwo anstoßen. Sie entern unsere Wohnung wie ein Schiff.

Dass die immer so reinpoltern müssen!, sagt meine Mutter in der Küche, wo sie die Schnittchen schmiert. Sie macht sich Sorgen ums Parkett. Das können wir gleich wieder abziehen und neu versiegeln. Warum kann er seine Hauskonzerte nicht drüben machen, in seiner Anstalt? Da hat er doch unendlichen Platz!

Eigentlich ist meine Mutter nicht so. Da muss irgendein Problem im Busch sein, von dem ich nichts weiß.

Ist doch klar, warum unser Vater die Gefangenen zu uns holt. Gefängnismauern und Steinböden haben zu viel Hall. Wie Kirchen. Bei uns sind die Räume über vier Meter hoch, mit Holzböden, an den Fenstern schwere Gardinen, es gibt einen großen Perserteppich unterm Flügel, die drei Zimmer haben zusammen hundertzwanzig Quadratmeter: Das ist eine Bombenakustik!

Außerdem: Gefängnis von innen ist nicht jedermanns Sache. Der Geigenprofi könnte erschrecken. Überall Zellenflure und Gitter. Jede Tür muss auf- und zugeschlossen werden, bevor die nächste Tür auf- und zugeschlossen wird. Das nervt. Manchmal hört man Gebrüll. Besucher irritiert das.

Ich glaube aber, es gibt noch einen anderen Grund, warum mein Vater seine Jungs gern in unserer Wohnung haben möchte: Sie sollen mal Familie kennenlernen. Sollen mal sehen, wie wir leben. Er ist stolz auf sein Zuhause. Meine Mutter müsste das eigentlich wissen.

Die Gefangenen tragen Nagelschuhe. Wie sollen die nicht poltern? Die dürfen auch nicht stehen bleiben, wenn sie reinkommen und sich ausgiebig umgucken: Ah, hier ist es aber schön! Die müssen durchgehen und Platz machen für die, die nach ihnen kommen. Die sind auch nicht persönlich eingeladen. Nur vereinzelt kennen wir ihre Namen.

Das sind Gefangene. Das ist Masse. Uniformierte Masse. Ja, Masse ist gut für den Künstler, der vorspielen will. Masse applaudiert kräftig. Masse kann frenetisch sein.

Die Akademikerpaare, die am Abend zu uns kommen, bewegen sich vorsichtig wie Störche. Und dauernd flüstern sie. Die Stimme bleibt ihnen im Hals stecken, wenn sie Bravo rufen. Dagegen ist das hier ein Truppenbesuch.

Hier, ruft jetzt einer, aber richtig laut, damit es alle hören, guck mal: mein Buffet! Das ist mein Buffet! Das habe ich gemacht! Er breitet die Arme aus und versucht, den sechstürigen Schrank aus Birkenholz, der in unserem Esszimmer steht, in seiner Länge zu umspannen. Ich denke, er kriegt gleich einen Anschiss vom Aufsichtsbeamten. Die sollen unsere Möbel nicht anfassen. Aber der uniformierte Beamte ist Tischlermeister, er stellt sich neben den Gefangenen, schaut sich das Buffet an und sagt: Tipptopp, hast du sauber hingekriegt. Hat der Chef gekauft. Ist doch eine Ehre. Kannst dich freuen. Jetzt setz dich hin.

Und der setzt sich auch, kann sich aber gar nicht wieder einkriegen.

Das ist mein Gesellenstück!, ruft er der ganzen Traube zu, in der er sitzt. Hab ich vom Meister 'ne Auszeichnung für gekriegt.

Und da liegt jetzt das Silber von Frau Selge drin, sagt sein Nebenmann.

Kannst ja mal nachschauen, meint ein anderer.

Hab ich alles ausgeschlagen, die Besteckkästen, mit Samt!

Dann bleibt sein Blick an dem van Gogh hängen, einem eingerahmten Kunstdruck, mitten über seinem Buffet. Ein weiß blühender Birnbaum auf einem Stück Acker. Das irritiert ihn. Er zeigt immer wieder hin und schüttelt den Kopf. Offensichtlich gibt das Bild dem Möbelstück eine Bedeutung, an die er bei der Herstellung nicht im Traum gedacht hat.

Immer mehr Gefangenen fällt jetzt auf, dass sie alles selbst gemacht haben, was sie hier sehen. Jeden Tisch, jeden Schrank: Bücherschränke, Eckschränke, schöne Stücke. Viel Nussbaum. Jeden Stuhl haben sie gebaut und die Polstergarnituren gefertigt. Liebevoll die Heizungsumkleidungen entworfen, wie kleine Spielzeuggefängnisse. Sogar das Parkett haben sie abgezogen und versiegelt. Wir sind hier von einer unglaublichen Fleißarbeit umgeben.

Das sind alles ihre Gesellenstücke. Der uniformierte Tischlermeister streicht mit Daumen und Zeigefinger an einem Holzstab entlang, der unterhalb einer Stofflampe herläuft. Dies, sagt er, ist das einzige Stück Holz in dieser Wohnung, das nicht durch meine Hände gegangen ist. Die Gefangenen, die das hören, lachen.

Nur die beiden schwarzen Flügel sind Fremdkörper. Ein alter Blüthner und der neue Steinway. Zwei respekteinflö-

ßende Instrumente mit goldenen Metallrädern. Den Blüthner hat die Mutter meiner Mutter gleich nach unserm Einzug
geschickt. Aus Berlin. Damit es weitergeht mit der Musik.

Viel haben wir nicht gehabt. Wir sind Flüchtlinge, aus
Königsberg in Ostpreußen. Wir haben einiges hinter uns. Ich
natürlich nicht. Ich bin erst 48 geboren. Aber meine Eltern.
Meine Brüder.

Ursprünglich sind sie Berliner. Meine Mutter stammt aus
dem feinen Beamtenviertel gleich beim Funkturm im Berliner Westen, Hölderlinstraße, mein Vater aus Lichterfelde.
Mein Vater aus einer Musikerfamilie, meine Mutter aus einer
Musikliebhaber-Familie.

Die bringen mal richtig Berliner Konzertluft ins ostwest-
fälische Herford! Der Krieg ist verloren, der Nationalstolz im
Eimer, die Nachkriegszeit haben sie überstanden, mit Ach
und Krach, aber die Kultur ist übrig geblieben. Davon sind
sie überzeugt. Auch wenn kein jüdischer Künstler mehr im
Land ist.

Die Kultur steckt in ihnen, die ist unverwüstlich. Gedichte
haben sie im Kopf, vor allem meine Mutter, Musik haben sie
im Blut und in den Fingern, vor allem mein Vater.

Unsere Eltern verfügen über eine trotzige Kraft der Le-
bensbejahung. Irgendwie ist noch viel Energie da. Alles
muss jetzt nachgeholt werden. Komprimiert. Fiebrig und
intensiv. Sie wissen noch, was das ist: ein Volk, eine Iden-
tität, ein Zusammengehörigkeitsgefühl.

Und jetzt haben sie die Moral für sich entdeckt, vor allem
den Unterschied zwischen Wahrheit und Lüge. Dabei stehe
ich im Fokus. Denn ich habe einen Hang zur Unaufrichtig-
keit. Meine Eltern sind fest entschlossen, mich davon zu

befreien. Irgendwann sind sie nicht mehr da, dann können sie nichts mehr für mich tun.

Ich sitze zwischen den Strafgefangenen und warte wie alle darauf, dass es endlich losgeht. Einen super Platz habe ich: erste Reihe Esszimmer Mitte, zwischen den Schiebetüren. Meine Füße baumeln ins Flügelzimmer. Ich habe einen guten Blick auf die Musiker und auf das gesteckt volle Zimmer dahinter. Vierzig Strafgefangene Stuhl an Stuhl. Und dann gibt's ja noch die vierzig in meinem Rücken.

Aber was mich verrückt macht, ist, dass die mich alle anschauen. Das ist schwer auszuhalten. Wo höre ich selbst auf, und wo fangen die Strafgefangenen an?

Schließlich verliere ich die Fassung und muss grinsen. Damit das bloß niemand merkt, ziehe ich die Backen zwischen die Zähne, bis es weh tut. Sieht sicher blöd aus, aber irgendwie muss ich mich festhalten. Sie sehn mich an, denke ich, sie sehn mich an. Nur dieser Gedanke beherrscht mich. Wo sind bloß meine älteren Brüder?

Noch nie habe ich die beiden gefragt: Wie fühlt ihr euch eigentlich unter den Strafgefangenen? Musik ist eben das große Thema in unserer Familie, nicht die Strafgefangenen, die gehören einfach dazu. So wie die Nachbarn und das Gefängnis vor der Haustür. Wir sind immer die, die draußen sind. Das finden wir in Ordnung.

Ist es ja auch. Die Strafgefangenen werden mit Respekt behandelt, klassische Musik wird ihnen nahegebracht, sie werden in die Familie einbezogen, sie arbeiten für uns, stellen unsere Möbel her, heizen unser Haus, halten den Garten in Schuss, bauen unser Gemüse an, manchmal haut einer ab, sperrt den Aufsichtsbeamten, der ihn zum Heizen begleitet hat, im Keller ein, schnappt sich eins unserer Fahrräder und türmt.

Ja, das kommt schon vor. Sogar bei denen, die bereits Freigänger sind, also außerhalb des Gefängnisses eine Arbeit haben, frühmorgens den Knast verlassen und nachmittags spät zurückkommen. Gerade dann hauen sie ab. Kurz vor ihrer Entlassung. Natürlich werden sie gefasst. Und verlegt in ein anderes Gefängnis mit einem weiteren Jahr Haft. Mindestens.

Das regt mich wahnsinnig auf. Warum warten die nicht ab? Es dauert doch gar nicht mehr lange, dann sind sie sowieso frei!

Mein Vater zieht die Stirn hoch, blickt in die Ferne und nickt unmerklich vor sich hin. Meistens fertigt er meine Fragen schnell ab. Diese nicht. Er zuckt mit den Schultern. Offenbar gibt es da auch bei ihm noch einen ungelösten Rest. Seine Kriegsgefangenschaft ist noch nicht so lange her. Er kann die Ausreißer verstehen. Er weiß, wie das ist, wenn sich nach langer Zeit der Tag der Entlassung nähert, der Tag, von dem man die ganze Zeit geträumt hat. Er greift sich mit beiden Händen an die Brust, den Hals, spielt mir die Beklemmung in einer Zelle vor, die einem immer enger erscheint. Man will nur noch raus. Raus! Raus!

Trotzdem verstehe ich nicht, dass einer heute abhaut, wenn er morgen entlassen wird.

Das ist eben Gefängnis, erklärt er mir geduldig. Wenn die Tür hinter dir ins Schloss fällt und der Riegel von außen zugeschoben wird, beginnt eine andere Zeitrechnung.

Aha, denke ich. Eine andere Zeitrechnung.

Mit Bach fangen sie an. Mein Gott, ist das schön, wenn der Geiger mit seinem satten Bogenstrich eine Bachsonate anfängt. Die Musik reißt gleich mit den ersten Takten eine Tür auf. Vor Begeisterung kann ich meine Beine gar nicht still halten. Die Geige strahlt und glänzt, ihr Ton befreit, schafft Platz, ist stark, lebensbejahend, man atmet gleich ganz anders. Ich bin stolz, in einer Familie zu leben, wo ich das in natura hören darf.

Es ist mehr als schön. Meine Eltern nennen das sinnlich. Ich finde, so ein Geigenton ist eine Verführung. Eine Aufforderung zur Lust, wie sie in meinem Leben sonst nicht vorkommt. Alle Geiger, mit denen mein Vater spielt, haben ein Vibrato und einen Bogenstrich, dass mir vor Staunen der Mund offen steht. Und die Violinsonaten von Bach bis Brahms machen unmissverständlich klar, dass der Mensch ein triebhaftes Wesen ist. Das verunsichert die Anwesenden, es beunruhigt auch die Strafgefangenen, die still sitzen und zuhören müssen.

Ich habe sie ja vor mir. Ich kann sie beobachten von meinem super Platz. Ich merke, wie Leben in sie kommt und jeder Einzelne entscheiden muss, ob ihm das gefällt oder nicht. Ob er es zulassen möchte oder nicht.

Fräulein Arens zum Beispiel muss unmerklich lächeln. Sie hat einen rötlichen Damenbart, der jetzt breiter wird und sonnig schimmert. Pfarrer Kubis mit dem Holzbein bekommt glühende Augen. Seine Frau übt Druck auf ihre Lippen aus. Jeder wird berührt von der Musik und muss sich dazu verhalten.

Jetzt entdecke ich auch die Köpfe meiner beiden größeren Brüder. Sie passen gut zwischen die Gesichter der Strafgefangenen. Martin, der älteste, macht gerade Abitur und muss zum Militär. Werner als werdender Musiker braucht kein Abitur.

Martin und Werner. Sie werden bald das Haus verlassen, sagen meine Eltern. Furchtbar endgültig klingt das. Das Haus verlassen? Kommen die nicht zurück?, frage ich.

Nur noch zu Besuch. Gewöhn dich schon mal an den Gedanken und konzentrier dich ab jetzt auf deinen kleinen Bruder.

Mit einem Schlag merke ich, wie sehr ich mich an meinen älteren Brüdern orientiere. Täglich. An ihren Stimmen, ihrer Widerborstigkeit, ihren Meinungen. Ohne sie wird der Alltag in unserer Familie leblos sein. Ich sehe mich schon verloren zwischen meinen Eltern, diesen beiden Panzern, deren manövrierende Bewegungen ich nicht deuten kann.

Kümmere dich um Andreas, sagen sie immer wieder und weisen mir damit ein Aufgabenfeld zu. Das macht mich ganz panisch. Wie soll ich mit meinem kleinen Bruder spielen? Ich spiele doch gar nicht mehr! Will ich auch gar nicht! Ich will bei den Älteren dabei sein, zuhören, zugucken.

Zum Trost bekomme ich zu Weihnachten schon mal ein Messer geschenkt. Es ist ein stehendes Messer mit einem Hirschhorngriff in einer Lederscheide, die man am Hosengürtel befestigt. Für die Freizeitfahrten mit dem CVJM. Ein sogenanntes Fahrtenmesser.

Ist die Schneide auch scharf?, ist meine erste Frage am Weihnachtstisch.

Draußen ausprobieren! Nicht drinnen! Rufen sie mir zu, Mutter, Vater, Martin, Werner.

Wer bin ich damals? Es geht mir heute nicht anders als auf dem Flur meiner Kindheit. Ich langweile mich kaum. Ich gucke Löcher in die Luft. Ich führe Selbstgespräche. Ich bin derselbe Träumer.

Mir schießt dieser idiotische Reflex durch den Kopf, ob man das Gefängnis im Gesicht der Gefangenen sehen kann. Gibt es da eine Spur ihrer Straftaten? Es muss doch was zu erkennen sein von dem, was sie ausgefressen haben. Irgendwo muss sie sich abbilden, die kriminelle Energie!

Kriminelle Energie. Hätte ich dieses Wort bloß nicht gehört.

Mein Vater verplappert sich oft. Er übersieht mich, und dann ärgert er sich hinterher schwarz, dass ich dabeigesessen bin und alles mitgehört habe. Er bemerkt mich nicht, weil er so intensiv mit meiner Mutter und meinen älteren Brüdern redet. Von Tino spricht er, dem Kindermörder.

Er hat wieder mit Tino geredet und ist erschüttert, wie weich dieser Mensch ist. Nur noch ein Häufchen Unglück. Und Tino sagt kaum noch etwas. Er ist verstummt. Er hat das schwerste Verbrechen begangen, das man sich vorstellen kann, ist aber völlig frei von jeder kriminellen Energie. Zwischen all seinen Zellengenossen wirkt er wie jemand, der irrtümlich eingesperrt wurde. Ich rede mir den Mund fusselig, sagt mein Vater, damit ich ihn nur wieder zum Sprechen bringe. Er muss hier in die Familie! Er muss zum Hauskonzert mitkommen. Er muss begreifen, dass das Leben weitergeht.

Was ist das, kriminelle Energie?, frage ich meinen Vater.

Meine helle, durchdringende Stimme erschreckt ihn. Er ist wütend, dass er über Tino geredet hat und ich dabei war. Er hat mich wieder übersehen.

Warum bist du nicht im Bett?, schreit er. Es gibt keine kriminelle Energie! Wenn du unbedingt wissen willst, was das ist, schau dich selber an! Die Jungen, die hier in der Anstalt sitzen, und besonders die, die zu unseren Hauskonzerten kommen, haben alle gute Gründe, dass sie ihre Strafe absitzen müssen. Und jetzt ist Schluss mit dem Thema!

Ja, das ist richtig. Im Vergleich zu Tino komme ich mir vor wie ein charakterschwacher Kleinkrimineller. Meine Notlügen und lächerlichen Gelddiebstähle haben keine Größe. Tino hat Größe. Lamont auch. Sie werden von meinem Vater geachtet. Das liegt an ihrer Persönlichkeit und an ihren Taten. Das eine ist von dem andern nicht zu trennen.

Sicherheitshalber werde ich am nächsten Sonntag weggeschickt, wenn mein Vater «Die Brüder Karamasow» vorliest. Das Kapitel, wo Gruschenka Dimitri verführt, ist dran. Da kommen anscheinend Sachen vor, die ich auf keinen Fall hören soll.

Das kriegt Edgar nur in den falschen Hals. Überhaupt ist Dostojewski für Edgar noch zu früh. Also ab in dein Zimmer!

Warum?, frage ich fassungslos. Dimitri ist in meiner Phantasie mein Bruder Martin, Iwan ist Werner, und ich bin Aljoscha. Das weiß natürlich keiner in meiner Familie.

Ich habe mich auf dieses Kapitel gefreut. Ich frage meinen Vater: Wollen wir nicht erst mal abwarten, was kommt?

Raus, sagt er. Ich weiß schon, was kommt. Du erzählst sonst nur dummes Zeug in der Nachbarschaft rum. Also ab jetzt!

Ich gehe vor die Tür. Da kann ich aber kaum noch was verstehen. Alles muss ich mir selbst zusammenreimen. Vor allem die Sätze über Aljoscha, die muss ich dringend wissen. Damit ich weiß, wer ich bin.

Natürlich erzähle ich viel bei den Nachbarn rum, was ich

bei uns am Esstisch höre. Die Frauen der Aufsichtsbeamten, bei denen ich nachmittags meinen Kakao trinke, sind sehr neugierig. Und mein Vater, wenn er erst richtig in Schwung ist, erzählt immer mehr, als er möchte.

Dass Frau Joswig, die mit Mann und Söhnen über uns wohnt und einmal die Woche in unserem Badezimmer die Wanne benutzt, nur noch eine Brust hat, ist meinem Vater neulich gegen seinen Willen rausgerutscht. Er musste es sagen, weil er beweisen wollte, dass ich Frau Joswig nicht durchs Schlüsselloch nackt gesehen haben kann, wie ich behaupte. Ich hätte dann sehen müssen, sagt er, dass sie nur eine Brust hat. Das sei der Beweis, dass ich lüge.

Ich habe nur auf das schwarze Dreieck zwischen ihren Oberschenkeln geschaut, sage ich wahrheitsgemäß. Sie trocknete sich gerade ab und hielt wahrscheinlich das Handtuch vor ihre Brüste.

Sie hat nur e i n e !, schreit mein Vater.

Die Geschichte mit der Brust habe ich rumerzählt, und sie kam dann über Herrn Joswig wieder zurück zu meinem Vater. Das war sehr schlecht für mich.

Man kann nichts erzählen, wenn Edgar am Tisch sitzt, sagt mein Vater zerknirscht. Im Grunde können wir nur noch stumm unsere Suppe essen.

Kriminelle Energie. Wie dieses Wort in mir arbeitet.

Kann sein, dass ich alles durcheinanderbringe, wie mein Vater sagt. Kann sein, dass ich alles aus seinem Zusammenhang reiße. Dass ich Dinge verbinde, die nichts miteinander zu tun haben.

Tino, dem sein Kindermord die Sprache verschlägt, hat nichts zu tun mit Frau Joswig, die eine Brust verloren hat.

Würde mein Vater sagen. Aber in meinem Kopf sieht das eben anders aus. Da steht das Bild meines Vaters, der in Luzern an der sonnigen Kappeler-Brücke in einen weißfleischigen Pfirsich beißt, sich von oben bis unten besudelt und dabei glücklich strahlt, gleichberechtigt neben dem Bild von Tino, dem Kindermörder, und der nackten Frau Joswig, die sich in unserem Badezimmer ihre Brust abtrocknet. Hier, in diesen Räumen, bei diesem Hauskonzert, gehört das für mich zusammen: mein Vater am Flügel, der eine Bachsonate begleitet, Frau Joswig, die mit verschränkten Armen in die Sofaecke gedrückt neben Fräulein Arens und Pastor Kubis sitzt, und Tino, den ich in der ersten Reihe entdecke, genau mir gegenüber auf der anderen Seite des Flügelzimmers. Die wilde Gigue vom letzten Satz der Bachsonate verbindet uns, und der saugende Geigenton tut alles dafür, diesen verschiedenen Leben einen gemeinsamen Sinn zu geben.

Tinos Gesicht ist extrem vertrauenerweckend. Er kann höchstens neunzehn sein. Ich halte ihn aber für dreißig oder älter. Es ist großflächig, blass, unbeweglich und hat einen gütigen Ausdruck. Ich kann ihn unentwegt angucken, solange er meinen Blick nicht bemerkt. Jetzt sitzt er vornübergebeugt, die Ellbogen auf den Oberschenkeln, und hält seinen Kopf mit den Händen fest. Die Musik stürzt in ihn hinein, und so wie ich mir auf die Backen beißen muss, wenn ich fremde Blicke nicht aushalte, so muss er seinen Kopf festhalten, weil er die Schönheit dieser Musik sonst nicht erträgt.

Ja, ich suche Spuren in den Gesichtern der Strafgefangenen. Ich hätte das gerne, dass das Leben und seine Umstände sich so in die Gesichter malen, dass man deren Ausdruck in die

Geschichten des Lebens zurückverwandeln kann. Aber das Leben wächst anders ins Gesicht. Unsichtbar. Man ahnt vielleicht eine Wucht vergangener Ereignisse, mehr nicht.

Ich weiß eigentlich so gut wie gar nichts über die Strafgefangenen. Es ist eine Schande, wie wenig ich weiß. Was heißt das schon: Jemand ist ein Kindermörder! Überhaupt: Mörder! Was für ein monströses Wort, das einige wie ein Kainszeichen vor sich hertragen müssen. Und sie sehen alle ganz verschieden aus: lustig, ernst, ängstlich, verschlossen, offen, manche haben erwartungsvolle Kindergesichter, manche schauen wie vom Leben zu früh erschöpft und zur Trauer verdammt.

Lamont zum Beispiel. Wo ist der eigentlich? Ich habe ihn noch gar nicht gesehen. Vielleicht sitzt er hinter mir.

Wie Tino sieht Lamont viel älter aus, als er ist, und hat eine lange Strafe abzusitzen. Er würde nie vor seiner Entlassung türmen. Ich glaube, er kann sich aus dem Gefängnis gar nicht mehr wegdenken. Vielleicht muss man ihn eines Tages in die Freiheit zerren.

Bei uns bleibt er leider nur, bis er achtzehn ist. Möglicherweise kann ihn mein Vater noch etwas länger dabehalten, aber das muss er dem Jugendrichter ausführlich begründen. Spätestens mit zwanzig ist Schluss mit Jugendstrafe, dann kommt Erwachsenenvollzug. Da sind auch meinem Vater die Hände gebunden. Und im Erwachsenenvollzug herrschen rauere Sitten als bei uns, da ist die Rückfallquote hoch. Da lernen viele erst, was kriminelle Energie ist.

Jetzt ist Mozart dran. Der langsame Satz dieser Sonate ist besonders eingängig. Sagt mein Vater. Mozart habe ihn kurz nach dem Tod seiner Mutter komponiert. Und mein Vater, dessen Mutter in Königsberg beim Phosphorbombenangriff der Briten verbrannt ist, lehnt sich zurück und spielt das Thema mit geschlossenen Augen. Ja. Das Thema strahlt eine Erschöpfung aus, der man sich gerne überlässt.

Lamont hat seine Freundin erschossen. Er ist gelernter Buchhändler und arbeitet hier in der Buchbinderei. Er hat unsere Noten, die nach dem Krieg in einem ausgebombten Berliner Keller lagerten, alle wieder neu eingebunden und liebevoll mit einem Lesebändchen aus roter Seide versehen.

Eigentlich wollte Lamont sich auch erschießen. Aber nachdem seine Freundin tot war, hat die Kraft für ihn selbst nicht mehr gereicht. So drückt mein Vater das aus. Er ist ein halber Kleist, sagt mein Vater nachdenklich. Und auf meine Frage, wer Kleist sei, erklärt er mir geduldig, obwohl er sich ärgert, dass er sich mit Lamonts Mord schon wieder verplappert hat, dass es sich bei Kleist um einen verzweifelten jungen Dichter handle, der sich und seine Freundin am Wannsee in Berlin erschossen hat.

Wann war das?, frage ich meinen Vater.

Im November. 1811.

Das ist ja lange her.

Ja, sagt mein Vater. Wie viel Jahre sind das? Na?

Ich bin schwach im Kopfrechnen, und mein Vater ist ungeduldig. Aber er ist gut aufgelegt und hilft mir.

Welches Jahr haben wir jetzt?

1958.

Also? 58 minus 11?

Natürlich 47.

Also 147 Jahre ist Kleist tot. Ein Goethezeitgenosse. Zu Lebzeiten wurde er als Dichter nicht richtig anerkannt, und

Goethe hat sich gemeinsam mit seinem Freund Schiller über ihn lustig gemacht.

Und deshalb hat Kleist sich und seine Freundin erschossen?, frage ich.

Mein Vater nimmt sich einen Augenblick Zeit und erzählt, als sei er damals Gerichtsreporter gewesen: Das weiß man nicht so genau. Goethe hat einen Roman geschrieben, in dem sich ein junger Mann, Werther, aus Liebeskummer erschießt. Das war ein Bestseller. Viele junge Leute, die selber Liebeskummer hatten, haben sich nach der Lektüre von diesem Buch erschossen. Lamont hat dies Buch auch gelesen. Mit seiner Freundin. Aber er hat nicht begriffen, dass Goethe, der sich eigentlich auch erschießen wollte, nur am Leben geblieben ist, weil er das Buch geschrieben hat. Die Leiden des jungen Werther.

Und weshalb ist Lamont ein halber Kleist?

Mein Vater befürchtet eine logische Schwäche bei mir und wird etwas ungeduldig.

«Ein halber Kleist ist die Hälfte von einem ganzen», das ist unter Juristen eine stehende Redewendung, sagt er. Wenn zwei Menschen gemeinsam Selbstmord begehen, gibt es keinen Schuldigen. Wenn sich aber zwei Menschen umbringen wollen, und einer bleibt auf halbem Weg stehen? Was ist dann?

Dann gibt's einen Schuldigen, antworte ich wie aus der Pistole geschossen.

Gut, sagt mein Vater, sehr gut. So kannst du Jurist werden. Das Interessante ist aber nun, dass man ja froh sein muss, wenn jemand seinen Selbstmord noch kurz vor der Tat stoppt. Auch wenn er inzwischen zum Mörder geworden ist.

Da muss man bei Lamont besonders froh sein, sage ich.

Du hast vollkommen recht. Aber das berücksichtigt kein deutscher Richter. Deshalb ist der «halbe Kleist» ein juristisches Beispiel für den Unterschied zwischen Recht und Gerechtigkeit.

Aha.

Plötzlich schaltet mein Vater wieder um. Erzähl das bloß nicht wieder weiter! Die Sache mit Lamont ist mir nur so rausgerutscht. Aber wenn mir morgen eine der Beamtenfrauen in der Nachbarschaft sagt, dass sie Angst vor Lamont hat, weil der seine Freundin erschossen hat, kannst du was erleben! Das meine ich ernst.

Das erzähle ich bestimmt nicht weiter, verspreche ich und überlege schon, mit wem ich mich am liebsten über Lamont unterhalten würde.

Ich mag Lamonts Gesicht. Ich stelle es mir gerne vor. Seine Lippen sind voll, es ist fleischig um Mund und Nase, ohne fett zu sein. Die Augen sind tief und schwärmerisch, nicht eng, sondern eher weit auseinanderliegend, das Haar lockig und dunkel, aber nicht schwarz, das ganze Gesicht eher breit als schmal. Wenn ich ihn heute unter den achtzig Gefangenen nicht finde, wird dies ein verlorener Tag gewesen sein.

Meine Mutter erhebt sich von ihrem Stuhl. Sie steht zum Umblättern auf. Sorgfältig verfolgt sie die Notenzeilen, achtet aber gleichzeitig darauf, ob mein Vater ihr ein Zeichen gibt. Sie muss sich entscheiden, ob sie selbständig umblättern will oder auf den Blick meines Vaters warten soll. Jetzt nickt er ungeduldig, sie greift nach dem Eselsohr unten auf der Seite und beißt sich auf die Lippen, damit bloß die Noten nicht runterfallen. Ihre Hände zittern. Ich glaube, sie ist aufgeregter als mein Vater. Natürlich kann sie Noten lesen, aber nicht so schnell, wie er spielt.

Ich würde wahnsinnig gern mit Lamont über seinen versuchten Doppelselbstmord, aus dem ein Mord wurde, sprechen. Ich würde ihm gerne sagen, wie froh ich bin, dass er sich nicht erschossen hat. Mit ihm gemeinsam habe ich zum ersten Mal Theater gespielt. Vor einem Jahr, auf der Bühne in der Turnhalle vom Gefängnis. Fräulein Arens hat inszeniert, «Was ihr wollt» von Shakespeare. Eine sogenannte Volksfassung. Oft habe ich versucht, ein Gespräch mit ihm anzufangen. Aber er guckte immer stur in sein Rollenbuch.

Lamont war Orsino, dieser liebeskranke Herzog, der immer Musik hören will, um sich noch mehr in seine Sehnsucht nach der Gräfin Olivia hineinzusteigern. Olivia will aber von Orsino nichts wissen, und er kriegt sie auch nicht. Nicht mal am Ende des Stücks. Er muss dann ein junges Mädchen nehmen, das sich als Mann verkleidet hat, um bei ihm als Liebesbotschafter zu arbeiten. Sie heißt Viola und wirbt unter dem Namen Cesario bei Olivia für Orsino. Dabei verliebt sich Olivia in dieses als Mann verkleidete Mädchen, und der junge Mann, der eigentlich ein Mädchen ist, verliebt sich in Orsino. Das ist alles ziemlich verworren, vor allem, wenn alle Schauspieler männliche Strafgefangene sind, die dann Frauen spielen, die sich wiederum als Männer verkleiden.

Ich hatte eine Rolle mit zwei Minisätzen. Am Anfang des Stücks frage ich Lamont: «Wollt Ihr nicht jagen, gnädiger Herr?» Ich frage das, um ihn von seinem Liebeskummer abzulenken. Und Lamont fragt zurück: «Was, Curio?» Und ich antworte, mit allem Optimismus, den ich aufbringen kann: «Den Hirsch!» Und Lamont antwortet darauf mit einem dieser komplizierten Sprachbilder von Shakespeare, die man erst nach mehrmaligem Lesen verstehen kann: «Das tu ich ja! O wie ich Olivia zum ersten Male sah, schien mir, sie reinigte die Luft von einem giftigen Nebel. Von diesem Augenblicke an war ich in einen Hirsch verwandelt, und meine Begierden, gleich wilden, hungrigen Hunden, verfolgen mich seither.»

Lamont sprach Orsinos Text sehr langsam und verständlich, in kölnischem Dialekt. Er wusste, was er sagte, und musste es nicht spielen. Es klang traurig und aussichtslos. Hundert Strafgefangene und viele Aufsichtsbeamte, die an den Wänden standen und erstaunt, ja ungläubig auf die Bühne schauten, konnten erleben, wie Lamont seine eigene Geschichte erzählte. Ich habe ihm versunken zugehört und vergessen, dass ich ja auch auf der Bühne stehe. Erst als Fräulein Arens aus der ersten Reihe mehrmals aufgeregt in meine Richtung winkte und flüsterte: Edgar, Menschenskind, du musst doch abgehen!, habe ich die Bühne verlassen und aus der Gasse weiter zugeschaut.

Jetzt kommt der schnelle Schlusssatz der Mozartsonate. Da schaue ich meinen Vater nicht an. Ich habe Angst, dass er sich dann verspielt. Er strahlt nicht mehr diese Sicherheit aus wie im langsamen Satz.

Ich denke: Gleich verspielst du dich. Und wenn er sich dann wirklich verspielt, bin ich schuld.

Dazu kommt, dass mein Vater bei den schwierigen Klavierstellen mit seinem Unterkiefer so unschön hin und her mahlt. Ich möchte nicht, dass man das sieht, und deshalb schaue ich auch nicht hin. Ich kenne diesen mahlenden Unterkiefer von mir selbst.

Bei dem Geiger mit seinem satten, saftigen Ton, der einem

unter die Haut geht, flitzen die Finger übers Griffbrett, und der Bogen saugt sich an den Saiten fest, Temperament und Kontrolle halten sich die Waage. Aber diese Geige, die ihm zwischen Kinn und Schultern steckt und die das Fett am Hals so wulstig aufwirft, macht sein Kindergesicht auch nicht gerade schön.

Wo gehen eigentlich die Blicke der Strafgefangenen hin? Manche schauen auf ihre Oberschenkel, manche schauen mich an, offen, ja provozierend. Da guck ich gleich weg. Einige schauen auf die Musiker, andere aus den Fenstern. Wieder andere blicken staunend auf unsere Bücherschränke und die Bilder an den Wänden. Die interessieren mich. Mit denen rede ich. In meinen Gedanken.

Ja, sage ich zu ihnen, wir haben so viele Bücher. Wir sind Menschen, die Bücher lesen. Und wisst ihr, wer in den Bilderrahmen steckt, die über den Bücherschränken hängen? Das sind unsere Hausgötter! Dieser übergroße Kopf, der keineswegs glücklich aussieht, sondern dem ein Gewitter im Gesicht steht, das jeden Moment losbrechen kann, das ist Beethoven, gemalt von Waldmüller. Der müde Typ, der so weggetreten nach innen schaut, als sei er gar nicht da, ist Robert Schumann. Der Kurzsichtige mit der Brille, der sich schüchtern nach unten wegduckt, ist Schubert. Und das ist Bach, der so gequält ein Notenblatt vor sich hinhält, als hätte er Magenschmerzen. Glücklich sehen die alle nicht aus.

Was denkt ihr, wenn ihr die seht und diese Musik hört, die euer Chef da mit dem fremden, fiedelnden Mann spielt? Was denkt ihr, wenn ihr mich seht? Du hast es gut? Oder denkt ihr: Wir sind zwar im Knast, aber du bist in der Irrenanstalt. Oder denkt ihr nichts von alldem, weil die Musik euch fesselt wie ein Naturereignis?

Vielleicht schauen sie sich auch viel hilfloser in unserer Wohnung um, als ich es mir vorstellen kann. Vielleicht denken sie, das sei eine Idylle. Das wäre aber ein Irrtum. Wir kämpfen hier täglich hart um ein Zusammenleben, in dem Fröhlichkeit und gute Laune oberstes Gebot sind. Unsere Eltern wollen beweisen, dass der Krieg und die sogenannte schlechte Zeit vorbei sind. Jetzt muss Glanz her. Auch in den Gesichtern soll es glitzern vor Optimismus. Das ist Arbeit und hat eher mit Zubeißen zu tun als mit Genuss. Musizieren ist Anstrengung, Drill, manchmal auch Erniedrigung. Die Freude kommt vielleicht am Schluss in Form einer Belohnung dazu.

Ob sich die Strafgefangenen so ein Leben aussuchen würden, wenn sie die Wahl hätten?

Ich habe jedenfalls schon mal versucht, hier auszubrechen. Aus dieser Musikanstalt. Vor vier Jahren. Da war ich noch nicht in der Schule. Ja, ich habe tatsächlich schon eine Vergangenheit als Ausbrecher. Mir war das hier alles zu anstrengend.

Ich weiß nicht mehr genau, warum ausgerechnet an dem Tag. Ich hole mir eine Brotmarke aus der Küchenschublade, hell für Weißbrot. Damit gehe ich zum Gefängnistor und drücke auf den Klingelknopf. Herr Gnegel schließt mir auf. Na Etja, was willste denn? Ich halte ihm meine Marke hin. Der kleine Gnegel. Den kennen alle, die hier sitzen. Ich darf reinkommen und mir in dem gemütlich-miefigen Pförtnerraum ein Brot aus dem Schrank aussuchen. Ich bedanke mich und mache mich auf den Weg.

Wohin? Am besten mal Richtung Bahnhof. Ich biege in die Hansastraße, und eine ungeheure Vorfreude packt mich, als ich diese lange und breite Strecke vor mir sehe, die zum

Bahnhof führt. Aha, das ist die Freiheit, von der alle sprechen, denke ich, und voller Abenteuerlust beiße ich in das
Weißbrot. Während ich noch kaue, sehe ich jemanden, den
ich gut kenne. Es ist mein Vater. Er kommt auf mich zu.
Keine Ahnung, was der hier zu suchen hat. Und schon fragt
er mich, wo ich hinwill.

In die weite Welt, antworte ich, völlig verdattert.

Na, sagt er, dann komm mal mit nach Hause. Fasst mich
am Ohr und führt mich durch die ganze Eimterstraße zurück
in unsere Dienstwohnung.

Guck mal, wen ich da gefunden habe, sagt er zu meiner
Mutter und lässt mein Ohr los.

Meine Mutter empfindet meinen Fluchtversuch als Krän-
kung, als mangelnde Dankbarkeit gegen sie. Sie schüttelt
den Kopf und spricht nicht mit mir. Mein Vater nimmt es
weniger persönlich, er sieht nur die Gefahr, aus der er mich
zurückgeholt hat: Da hast du noch mal Glück gehabt, dass
ich zufällig vorbeigekommen bin.

Für ein paar Tage darf ich das Haus nicht verlassen. Am
nächsten Sonntag wird mein Weißbrot aufgeschnitten, und
meine beiden Brüder bestehen darauf, dass ich die angefres-
senen Scheiben alleine essen muss. Zerknirscht kaue ich auf
meinem Brot herum.

Ich hab es nicht geschafft! Es ist eine Niederlage. Ich weiß
nicht, wie ich es umsetzen soll, richtig abzuhauen. Ich bin
einfach noch zu klein. Ich komme hier nicht weg.

Ich baumele mit den Beinen auf meinem Stuhl und muss
sagen, dass mich Mozart manchmal schon langweilt. Irgendwie komme ich hier gar nicht vor.

Das Schubert-Duo, das als Nächstes drankommt, spricht

mich mehr an, als mir lieb ist. Es besetzt meine Gefühle und raubt sie mir gleichzeitig. Es macht mich zum Opfer. Immer von derselben Melodie in endlosen Modulationen herumgeführt zu werden, geht mir auf die Nerven. Schließlich wird man ganz willenlos und weiß nicht mehr, wer man ist. Ich habe dem nichts entgegenzusetzen. Mit dieser Musik kann ich nichts in mir aufbauen.

Mein Bruder Werner schon. Aber er ist eben ein Musiker. Mit seinen muskulösen Armen schaufelt er täglich Etüden wie ein Kohlearbeiter. Klar, dass der auf dem Teppich bleibt, wenn er die schönsten Melodiebögen aus den beiden Schubert-Trios spielt. Mich schwemmt diese Musik weg. Wahrscheinlich nehme ich Schuberts Sehnsucht zu wörtlich.

Ich bin ein mittelmäßiger Klavierschüler, habe Mühe mit dem Notenlesen und dem Rhythmus. Harmonielehre ödet mich an. Wenn ich das erste Stück aus Robert Schumanns «Kinderszenen» übe, «Von fremden Ländern und Menschen», ahne ich, wie schön das klingen könnte, würde man es flüssig spielen. Aber statt zu üben, nehme ich die Hände von den Tasten und träume vor mich hin.

Das ist unbefriedigend und nicht günstig für meine musikalische Entwicklung. Ganz ähnlich wie bei den Mädchen. Wenn ich von einer nicht mehr wegucken kann, verfalle ich in eine Starre und bin sprachlos. Am Abend forme ich einen Kopfabdruck in mein Kissen und lege meine Wange vorsichtig daneben. Auch das ist unbefriedigend und bringt mich nicht weiter.

Manchmal kommt es vor, dass ich ausnahmsweise ein Klavierstück zu Ende geübt habe und vorspielen kann. Komischerweise klingt es gut, der Flügel singt, mehr sogar als bei meinem Vater, die Musik atmet, und ich kann meine zuhörende Umwelt dahingehend täuschen, dass sie glaubt, da müsse doch mehr bei mir drin sein.

Es ist aber nicht mehr drin. Denn ich spiele vor allem einen Pianisten, der ein Musikstück spielt.

Meine Stimmung ist jetzt im freien Fall. Ich versuche, mich an den Bildern festzuhalten, die hier an den Wänden hängen. Diese goldgerahmten Rembrandts und van Goghs. Aber es sind Kunstdrucke, keine Bilder. Gedächtnisstützen, die an die Originale erinnern sollen.

In der Hämelingerstraße bei Stellbrink, wo mein Vater die Rahmen für die Drucke aussucht, steht im Schaufenster ein richtiges Bild. Ein Original mit so dick aufgetragener Farbe, dass ich mit der Handfläche drüberfahren möchte. Es zeigt eine junge Frau in südlicher Kleidung, vollbusig, mit roten Lippen und schwarzen, wehenden Haaren, die dem Betrachter schwungvoll eine Obstschale entgegenhält. Unter dem Bild steht: «Zigeunerin». Der Name des Malers ist gar nicht angegeben.

Mein Vater findet es so kitschig, dass er sich an den Kopf fasst bei der Vorstellung, jemand könne sich das ins Wohnzimmer hängen. Er nimmt es sogar Herrn Stellbrink übel, dass er so was in sein Schaufenster stellt.

Aber bei den Aufsichtsbeamten und ihren Frauen, die hier rund um die Gefängnismauer wohnen, hängen solche Bilder. Manchmal noch ein röhrender Hirsch dazu. Und alles Originale.

Was für ein billiger Kitsch!, lästert mein Vater, als ginge davon ein Angriff aus. Kommunismus und Kitsch, das sind die zwei Bedrohungen seiner Welt. Vom Kommunismus verstehe ich noch nicht so viel, aber die Diktatur seines guten Geschmacks kann ich spüren. Ein unsichtbares Gitter scheint

Kunst vom Kitsch zu trennen, eine Art eiserner Vorhang. Auf der richtigen Seite versammele sich die tonangebende Schicht der Menschheit, sagt mein Vater.

Und auf der falschen?

Der Geiger, mit dem mein Vater heute auftritt, ist ein Hamburger Kaufmannssohn, der als Schüler bereits Tschaikowskys Violinkonzert öffentlich gespielt hat. Ein ziemliches Ass also. Er erzählt uns, dass er extrem unter Lampenfieber leidet. Vor seinen Solokonzerten hätte er sich am liebsten in der Künstlergarderobe die Finger abgehackt, um nicht in den Saal rausgehen zu müssen. Seine rechte Handkante fährt auf die Finger seiner Linken wie ein Fallbeil, und er wiederholt mit seinen fetten Lippen: Nur noch abhacken! Nur noch abhacken! Damit endlich Schluss ist! Mit diesem entsetzlichen Lampenfieber!

Deshalb hat er keine Solokarriere gemacht, sondern ist als Vorgeiger der zweiten Geigen in einem Orchester für Barockmusik untergetaucht. Zum Trost spekuliert er an der Börse und sammelt kleine Goldstücke. Mir hat er eins gezeigt. Er hat es aus seinem speckigen Portemonnaie geholt und mir stolz in die Hand gedrückt. Mit Speichel auf den Lippen und glänzenden Augen hat er gesagt: Da, eine echte Goldmünze! Schau mal, wie blank die ist!

Ich habe mich artig bedankt, weil ich dachte, er will sie mir schenken. Aber da hat er gekreischt, als würde ich ihm aufs Hühnerauge treten: Zeigen will ich es dir! Bloß zeigen! Gib das sofort wieder her!

Und während er das Portemonnaie schnell wieder dem Schutz seiner Gesäßtasche anvertraut, ruft er empört: Dies Kind glaubt, ich verschenke Gold!

Mit meinem Vater ist er streng. Die Geige unterm Kinn und ohne sein Spiel zu unterbrechen, schreit er ihn beim Üben gequetscht an: Nicht-ei-len! Nicht-ei-len! Irgendwann klopft er mit dem Bogen aufs Notenpult des Flügels: Hier um den Buchstaben Dora herum, Herr Doktor, ist noch Kuddelmuddel. Das müssen Sie aber noch mal ganz sorgfältig üben, nicht?

Mein Vater schluckt das runter.

Ich kann nicht fassen, dass jemand so mit ihm redet wie er sonst mit mir. Wahrscheinlich das Schicksal eines Dilettanten, der mit Berufsmusikern spielen will. Sie lassen ihn spüren, dass sie handwerklich eine andere Klasse sind. Aber mein Vater steckt das ohne Widerspruch weg. Er liebt den Ton der Geige zu sehr. Er ist süchtig danach, es ist seine Passion, er ist bereit, dafür zu leiden. Er will einfach große Geiger begleiten. Dafür schlägt sein Herz.

Auch meine Mutter spielt Geige. Und natürlich steht eine Frage im Raum, die sie nicht stellt, die ihr aber vielleicht doch manchmal durch den Kopf geht: Warum spielst du nicht mit mir? Warum muss ich Essen kochen, Wäsche waschen, Kinder erziehen? Warum müssen hier Geiger von auswärts anreisen, für die ich die Arbeit mache und die mich dann in der Geigenstunde runterputzen, dass mir Rotz und Wasser auf den Kinnhalter läuft? Warum ist das mein Leben?

Jeden Tag holt sie ihre Geige hervor, nur eine halbe Stunde. Das rettet sie. Sie will nicht in Hausarbeit ertrinken. Zum Üben geht sie ins Elternschlafzimmer, wo auch ihr Schreibtisch steht. Dabei höre ich meiner Mutter oft zu, wie immer durch die geschlossene Tür, und mache mir so meine Gedanken. Es klingt, als ob sie der Geige mit dem Bogen auf den Saiten nicht zu sehr weh tun will. Es wirkt zu vorsichtig.

Nicht hässlich, gar nicht. Nicht zum Weglaufen, wie bei vielen, die sich an dieses Instrument verirren. Ihr Ton klingt sympathisch. Aber es gibt keinen Zweifel: Eine Geigerin ist sie nicht. Eher eine Anti-Geigerin. Ein schnelles Vibrato steht nicht in ihrer Macht. Da kann sie üben und noch mal üben, aus diesem Ton wird nichts. Er entwickelt sich nicht. Der leidenschaftliche Zugriff, das Verführerische, die anheizende Sinnlichkeit, die den Hörer im Mark treffen will – das ist sie als Person nicht. Leider. Aber sie liebt ihr Instrument innig und hält zäh an ihm fest.

Das Problem ist noch komplizierter. Meine Mutter will auf den Hauskonzerten meines Vaters gar nicht auftreten. Es ist ihr alles ein paar Nummern zu groß. Der offizielle Rahmen, das ganze künstlerische Anspruchsdenken geht ihr gegen den Strich.

Als sie 1936 seinen ersten Heiratsantrag ablehnte, hat sie schon geahnt, dass ihre Interessen klaffen. Mein Vater hat sich ins Zeug gelegt, um sie für das gemeinsame Leben zu gewinnen. Sicher hat er auch gesagt: Du spielst Geige – ich spiele Klavier. Das könnte doch so schön sein.

Es wird aber nicht nur schön. Gerade das mit Geige und Klavier wird nicht so schön. Am Sonntagvormittag spielen sie langsame Sätze. Aber irgendwann fällt meiner Mutter auf, dass es Sozialdienst ist, den mein Vater da leistet. Er ist einfach nicht begeistert von ihrem Spiel. Wenn man so süchtig nach dem schönen Geigenton ist wie er, wird es zur Qual, diese Frau zu begleiten. Sie spürt das. Sie wird sein Gefängnis, und befreien kann ihn nur ein Profi, mit dem er üben und Konzerte geben kann.

Dabei ist sie die Frau seines Lebens. Immer wieder sagt er: Die oder keine! Aber wenn es um Kammermusik geht, ist ihre Beziehung bedroht. Sie sprechen es nicht aus. Niemand will es wahrhaben: sie selbst nicht, meine Brüder nicht – und ich? Ich kann einfach nicht drüber hinweggucken.

Plötzlich spüre ich einen Stoß im Rücken:

Wie lange dauert das noch?

Ich drehe mich um. Den Gefangenen kenne ich nicht.

Ich weiß es nicht, sage ich, eine halbe Stunde vielleicht noch. Eine Beethovensonate, und dann ist Schluss.

Eine halbe Stunde!, ruft der hinter mir.

Psscht, zischt es von den Seiten.

Aber der lässt nicht locker: Wirklich eine ganze halbe Stunde?

Ich drehe den Kopf zur Seite und flüstere: Sie lassen die Wiederholungen der Exposition immer weg, damit es schneller geht.

Gefällt mir gut, die Musik. Meint der von hinten. Sag mal: Raucht dein Vater?

Klar, der raucht, antworte ich.

Weißt du, wo er sie versteckt?

Was meint der? Soll ich Zigaretten klauen?

Ich schüttle den Kopf. Das geht nicht, sage ich, das kann ich nicht machen.

Seine Nachbarn lachen. Einer stimmt mir zu: Tu das lieber nicht. Sonst gibt's Dresche für dich, und er hier geht wieder in Einzelhaft.

Nachher gibt's Schnittchen und Apfelsaft, sage ich.

Hoffentlich genug, antwortet er. Und jetzt sei ruhig, es geht wieder los.

Das nächste Stück holt mich sofort wieder zurück. Beethoven, A-Dur Sonate op. 30. Der erzählt ja richtig mit seinen

Tönen! Der spricht mit einem! Als ob er eine Antwort erwartet.

Mein Vater hat das begriffen. Das sieht und hört man. Und
die Geiger, diese Profis, haben begriffen, dass mein Vater
das begriffen hat. Und sehen deshalb über manches weg, was
er pianistisch nicht bieten kann. Mein Vater kann zuhören,
während er auf dem Klavier begleitet. Er antwortet regel-
recht auf die Melodien und kurzen Einwürfe der Violine.
Das kann nicht jeder, auch nicht jeder Profi. Er ist schon der
geborene Kammermusiker. Was der Beethoven erzählt, ist
dringend. Mein Vater fühlt das. Auch wenn er nie darüber
spricht. Diese Musik ist voller Erlebnis, da geht es um was.
Nur kann man es nicht in Sprache übertragen. Es ist wie mit
dem Gesicht, das sich nicht in die Geschichten des Lebens
zurückübersetzen lässt. In dieser Musik tobt sich das Leben
aus und ist sich selbst genug.

Dieser Beethoven ist eine andere Art von Dostojewski. Er
seufzt, schlägt um sich, sinkt resigniert in sich zusammen
und hofft Unmögliches. Alle Verwicklungen, das ganze
Elend, die ganze Freude, die das Leben bereithält, gestaltet
und durchlebt er.

Auch die Strafgefangenen merken, dass es ihrem Chef mit
seinem Geiger um etwas geht. Dass die Gefühle zeigen. Für
einige ist das peinlich. Sie wollen das gar nicht so genau mitkriegen. Aber die Ohren sind wehrlos. Und man kann sie sich
im Konzert schlecht zuhalten.

Als der letzte Ton dieser so beredten Beethoven-Musik ver-
klungen ist, die Gefangenen frenetisch applaudiert und die
Angestellten auf den Polstermöbeln nachdrücklich ihr Lob
gehaucht haben; als vor allem der Profigeiger anerkennend

genickt hat, da fällt etwas von meinem Vater ab, und er ist glücklich. Er kommt mir gar nicht mehr vor wie mein ständiger Erzieher, dem immer neue Aufgaben für mich einfallen: Heb mal dies auf, heb mal das auf, hast du deine Schularbeiten schon gemacht, hast du die Lateinarbeit zurückgekriegt, schon Klavier geübt, hilf mir mal mit dem Teppich hier, lass uns die Fransen ordentlich hinlegen, bring mir mal Kehrwisch und Schaufel, wer hat denn da sein Bonbonpapier liegen lassen, wer hat das hier schon wieder kaputt gekriegt, lüg mich nicht an, wer soll das sonst gewesen sein, was, du warst das nicht, dann muss der Rohrstock her, komm mal mit ins Schlafzimmer.

Nichts von alldem. Jetzt, in dem Augenblick nach diesem Konzert, ist er ein anderer Mensch. Er hat seine Arbeit hinter sich gebracht, eine riskante Arbeit, die geglückt ist. Und er ist darüber froh und erleichtert. Er fühlt keinen Druck mehr, auch keinen Zeitdruck, er atmet schön langsam aus. Und ist einfach da.

Das Hausmädchen bringt ihm ein Handtuch, er wischt sich das Gesicht ab, greift nach einem Glas verzuckertem Orangensaft und trinkt es genussvoll aus. Nach dem letzten Schluck ruft er: Ah, schmeckt das gut! Lebenssaft! Das ist Lebenssaft! Und fährt sich noch einmal mit dem Handtuch unter den Hemdkragen, den Nacken entlang, er schwitzt, schöner Schweiß, Schweiß von geglücktem Dasein. Er strahlt bescheiden, seine Augen, seine Haut glänzen, er winkt ab, als er die Macke sieht, die ich mit meinem neuen Fahrtenmesser in den hochpolierten Nussbaumtisch geschnitzt habe, meint, da wollen wir heute mal nicht so genau hingucken. Ich kann das gar nicht fassen, diese Großmut, vor zwei Tagen ist er noch im Karree gesprungen, als er die Macke gesehen hat. Ich könnte ihn umarmen, weil er einfach nur glücklich ist. Aber wie lange hält das an?

Ängstlich merke ich, wie die Augenblicke verstreichen, wie die Zeit seines Glücks vergeht, wie meine Mutter an ihn herantritt und Probleme mitbringt: Die Gefangenen sollen jetzt ihre Schnittchen haben und das Glas Apfelsaft kriegen, dann müssen sie raus, vier von ihnen bleiben da zum Umräumen, weil heute Abend alles noch mal von vorne losgeht, da kommen ja deine Freunde.

Ja, sagt mein Vater, wir müssen weitermachen.

Sein Duo-Partner hat sich schon nach oben ins Gästezimmer verzogen. Er darf sich ausruhen für seinen Auftritt am Abend. Gleich bringt man ihm sogar noch seine Hühnersuppe rauf.

Deine Rotary-Freunde kommen schon bald, fügt meine Mutter noch ganz unnötig hinzu.

Mein Vater versteht den Vorwurf und sagt: Mit ihren Frauen. Ihre Frauen kommen ja schließlich auch.

Aber es sind d e i n e Freunde, erwidert meine Mutter, vor allem sind es deine Freunde.

Nein, sagt mein Vater, Schottkys kommen auch. Und Frau Schottky ist deine Freundin.

Ja, sagt meine Mutter, aber ob sich eine Nervenärztin wohlfühlt zwischen deinen ganzen Fabrikanten und Behördenleitern, weiß ich auch nicht.

Mein Vater zieht die Augenbrauen hoch. Er weiß, wann er die Auseinandersetzung mit seiner Frau beenden muss, damit sie vor uns Kindern nicht eskaliert, und so macht er sich an die Arbeit. Er drängt die Aufsichtsbeamten zum Abmarsch der Gefangenen und sucht sich vier Jungs der Stufe zwei aus, die ihm beim Umräumen helfen. Sobald die achtzig

Stühle raus sind, muss mit unserer eigenen Einrichtung die Konzertatmosphäre für den Abend hergestellt werden.

Spielst du auch Klavier?

Das ist der von vorhin, der wollte, dass ich Zigaretten klaue.

Ich bin der Heinz.

Ja, sage ich. Ich heiße Edgar.

Warum spielst d u nicht für uns?

Ich zucke mit den Schultern.

Bist du nicht gut genug?

Mein Gott, ist der direkt, denke ich.

Und deine Brüder?

Spielen auch.

Besser als du?

Ja.

Hat ganz schön schnelle Finger, dein Papa.

Du auch, sagt ein anderer zu Heinz, einer, den ich nicht kenne.

Wir lachen alle drei.

Worüber lachst du?, fragt mich Heinz.

Jetzt reicht's mir, und ich sage laut: Weil er sagt, dass du schnelle Finger hast. Ist ja klar, was das heißt.

Heinz gehört zu den vier Jungs, die umräumen sollen.

Der runde Nussbaumtisch kommt wieder in die Ecke zu den hellen Polstermöbeln!, ruft mein Vater quer durchs Zimmer.

Weiß ich, Chef, ruft Heinz zurück. Weiß ich noch von vorhin.

Offensichtlich weiß Heinz, wo bei uns die Möbel stehen. Das fühlt sich an, als hätten wir einen neuen Freund in der Familie.

Das ist mein Tisch, sagt er, als er das schwere Teil im

Alleingang in die Polsterecke schleppt. Den hab ich gemacht, fügt er hinzu, mit Betonung auf «ich». Er stellt ihn ab, mit Wucht, das Ding ist wirklich schwer, lässt ihn aber nicht los. Das große Rad der Tischplatte hält er fest in seinen Händen und bleibt in dieser Haltung stehen. Blickt auf die Platte.

Zum ersten Mal fällt mir auf, was das für ein tolles Stück ist. Aus einer einzigen großen Wurzel geschnitten.

Hat der Heinz doch schön hingekriegt, sagt der andere, den ich nicht kenne.

Ist mir wirklich gelungen, meint Heinz selbst über sein Gesellenstück. Jetzt steh ich hier bei euch, jeden Tag. Und ihr könnt eure Weingläser draufstellen. Ich weiß noch, wie mein Meister gesagt hat: Wenn du dies Wurzelholz versaust, gebe ich dir nie wieder eins! Dann machst du nur noch Spanplatte. Da wirst du ganz schön nervös. Meine Hände haben schon geschwitzt, wenn ich das Holz nur von weitem gesehen hab! Das ist echt Arbeit.

Heinz schaut mich von unten an.

Das Holz will nicht immer so, wie du willst. Wenn du da mit dem Hobel rangehst, hast du Manschetten. Das lebt, das Holz. Die Maserung bricht unglaublich schnell, da schmirgelst du ganze Vormittage, bis dir die Arme schmerzen.

Ich nicke.

Wer hat das hier versaut?, fragt er plötzlich und zeigt auf die Macke, die ich mit meinem Fahrtenmesser in die Kante geschnitzt habe. Den würde ich gerne mal zur Rede stellen.

Das trifft mich unvorbereitet. Ich bin richtig erschrocken. Sieht man mir das an? So eine Scheiße! Ich habe gedacht, ich muss mich wegen dieser Macke nur auf den Zorn meines Vaters gefasst machen, und das ist schon schlimm genug.

Aber dass ich auf den Hersteller des Tisches treffe, damit habe ich nicht gerechnet.

Und Heinz hört nicht auf: Das ist ungerecht! Der das gemacht hat, sagt er und schaut auf die Macke, der läuft frei rum, und ich sitz ein. Da krieg ich 'ne Wut.

Das kann man doch nicht vergleichen, denke ich. Und dann kommt die Frage aller Fragen, die Frage meiner Kindheit, meines Lebens:

Warst d u das?

Heinz steht immer noch gebeugt über dem Tisch, seine muskulösen Hände an der Platte, und fragt mich von unten herauf: Du lügst mich nicht an, oder?

Sein Blick steht wie eine Eins.

Aber ich lüge. Ich denke nicht daran, die Wahrheit zu sagen. Was geht ihn das an, verdammt noch mal! Das ist meine Sache. Das geht keinen was an. Es reicht, dass ich meinem Vater die Wahrheit sagen musste. Ich bin in einer schwachen Situation, aber ich hole mir Kraft aus der Lüge.

Ja, sage ich und schau ganz ruhig die Macke an. Das sieht wirklich nicht gut aus. Das war mein Freund Rainer Menke.

Rainer Menke? Kenn ich den?, fragt Heinz.

Weiß ich doch nicht.

Du warst das wirklich nicht?

Ich mache eine Kopfbewegung, die bedeutet, es liegt außerhalb jeder Vorstellungskraft, dass ich das gemacht habe. Ich bin jetzt überzeugend. Das spüre ich. Mein Körper hat sich gestreckt. Da kann sich Heinz jetzt mal dran abarbeiten.

Den möchte ich kennenlernen, sagt er, lässt den Tisch los und richtet sich auch auf. Du bist doch einer von uns, oder?

Ich verstehe nicht, was er meint.

Du spielst doch Theater bei uns. Du warst die kleine Hofschranze in «Was ihr wollt».

Ja, sage ich, aber dich habe ich da nicht gesehen.

Ich war auch nicht dabei, sagt Heinz, ich war in Einzelhaft, aber ich gehöre zur Theatergruppe. Und wir sind alle gefragt worden, ob wir das wollen, dass du bei uns mitspielst.

Das erstaunt mich.

Wir kannten dich. Über die Gartenkolonne. Du steckst doch öfter mit dem Philipp zusammen.

Ja, den kenne ich.

Ja, eben. Sagt Heinz. Und wir haben über dich gesprochen und fanden dich in Ordnung.

Danke, sage ich und nicke.

Ich spiele jetzt den Mandarin in «Turandot», sagt Heinz. Da ist 'ne gute Rolle für dich drin, die solltest du spielen.

Gerne, sage ich.

Also, bis dann. Und dann tippt er noch mal auf die Macke im Tisch: Und den hier – er sieht mir in die Augen –, den will ich kennenlernen.

Endlich haut er ab. Mit den drei andern. Ich bin heilfroh. Niemals im Leben werde ich diese Rolle in «Turandot» spielen. Mit Heinz möchte ich nicht auf Theaterproben sein.

Alles so, wie's sein soll, Chef?, fragt der Aufsichtsbeamte meinen Vater.

Wunderbar, antwortet er. Danke. Auch an die vier Jungs bitte.

Richte ich aus.

Dann sind sie alle fort, und ich bin mit meiner Familie wieder allein.

Den Tag sehe ich noch genau vor mir, wo ich mit meinem Fahrtenmesser vorm Sofatisch gesessen bin und nicht wusste, wohin mit mir. Raus konnte ich nicht gehen, zu nass. Es goss in Strömen. Ich habe den Flügel angeschaut, den neuen, blanken Steinway meines Vaters. Das wird nichts mit mir als Pianist. Mir fehlt da was. Ich mag gern Musik. Sie löst viel in mir aus, aber sie macht mich immer zum Opfer. Sie zu gestalten? Das packe ich nicht.

Auf dem Steinway liegt eine Reitpeitsche. Das Requisit meines ältesten Bruders aus einer Schulaufführung, «Leonce und Lena» heißt das Stück, von Büchner. Die letzte Aufführung, bevor er die Schule verlässt. Er spielt Leonce. Ich hab es nicht gelesen, es scheint lustig zu sein, mein Bruder hat ein bisschen erzählt. Leonce ist ein Prinz aus dem Königreich Popo. Und Lena kommt aus dem Königreich Pipi. Und der Vater von Leonce, König Popo, läuft in der Unterhose rum, philosophiert über Kant und ruft: «Der freie Wille steht da vorn ganz offen.»

Offensichtlich braucht Leonce in dem Stück eine Reitpeitsche. Die Freundin meines Bruders spielt Lena.

Ich habe mein Messer in der Hand. Es muss kurz nach Weihnachten sein, das Messer ist ja ein Weihnachtsgeschenk. Jedenfalls habe ich es noch nicht ausprobiert.

Bald ist mein Bruder weg. Aber seit er diese Freundin hat, die die Lena spielt, ist er sowieso weg. Innerlich. Meine Mutter kann das gar nicht fassen, wie der innerlich weg ist, seit er diese Freundin hat. Andauernd kriegt sie Weinkrämpfe. Wie ein Kind, das etwas nicht hergeben will.

Ich schaue die Schneide von meinem Messer an. Wie scharf ist die wohl? Ich lasse sie mal auf die Tischkante fallen. Sie hakt sich sofort fest. Noch könnte ich sie zurückziehen. Aber ich will wissen, wie hart das Holz ist, und drücke etwas nach. Es passiert mir noch zu wenig. Ich schiebe die Klinge hin und her. Jetzt sitzt sie einen Zentimeter im Holz. Ich werde nervös und ziehe das Messer zu schnell weg. Dabei dreht sich die Klinge und hebt einen ganzen Span hoch. Was ich da sehe, sieht nicht gut aus. Unter der Politur hat das Holz eine ganz andere Farbe. Viel heller. Ob ich das mit Schuhcreme abdecken kann?

Schnell hole ich eine Tischdecke, lege sie sternförmig so auf, dass eine Ecke der Länge nach über der Macke hängt. Das muss erst mal reichen.

Jetzt gehe ich auch noch auf den Flügel zu, nehme die Reitpeitsche in die Hand und schlage sie gegen mein Hosenbein. Es klatscht. Das kann man fester und weniger feste machen. Kann jedenfalls weh tun.

Gut, dass mein Vater keine Reitpeitsche statt des Rohrstocks benutzt. Es gibt einen Mitschüler von mir, der muss mit seinem Vater, einem Marinepfarrer, und einer Reitpeitsche in den Keller.

Ich nehme das Messer und setze es an der Mitte der Peitsche an, 45 Grad, so wie man eben schnitzt. Ich habe keine Ahnung, wieso ich das tue. Ich mag meinen Bruder, kann mir durchaus vorstellen, dass ein Theaterrequisit lebenswichtig ist. Ich will auch nur ... ich will auch nur mal ... ich will doch eigentlich gar nicht ... Schon ist es passiert. Die Reitpeitsche besteht plötzlich aus zwei Teilen. Nur eine schmale Faser verbindet sie noch. Unfassbar, wie schnell das passiert ist.

Meine Stimmung ist am Boden. Tiefer geht's nicht. Komisch sieht sie aus. Wie schlapp der vordere Teil herunterhängt. Ich lege sie sorgfältig auf den Flügel zurück und schiebe die Teile zusammen.

Wenn man sie so sieht, ahnt man nichts.

Ich stelle mir vor, wie mein Bruder die Peitsche vom Flügel nimmt, der vordere Teil plötzlich 90 Grad herunterhängt, sehe sein ungläubiges Gesicht vor mir und muss lachen. Ich muss so lachen, dass ich mir von innen auf die Backen beiße.

Was für ein Teufel steckt bloß in mir? Wie lange werden sie draufschlagen müssen auf mich, auf meinen Po, auf meinen Rücken, in mein Gesicht, bis dieser Teufel endlich Reißaus nimmt.

Kirmes

Heute ist mein Vater aus Wien zurückgekommen, von einer Vollstreckungsleitertagung. Da treffen sich Gefängnisdirektoren und Jugendrichter aus ganz Europa. Ich glaube, sie sprechen über Resozialisierung.

Die Strafe soll in den sogenannten Papieren – das müssen die Ausweise sein – in Zukunft schneller gelöscht werden. Die Gesellschaft, sagt mein Vater und betont, dass wir das alle sind, muss lernen, ehemalige Häftlinge wieder aufzunehmen, als wären sie nie straffällig geworden. Das sei aber nicht so leicht, die meisten Menschen sträubten sich dagegen. Sie wollen eben niemanden in ihren Reihen, der schon mal gesessen hat. Am besten sei, sagt mein Vater, wenn die Strafe gelöscht wird. Wenn niemand etwas von der Vergangenheit des anderen weiß. Anders gehe es wohl nicht.

Ich habe da noch eine andere Idee: Es wäre doch das Einfachste, wenn die Gefängniszeit grundsätzlich nicht als Makel angesehen wird, sondern als wertvolle Erfahrung, die die meisten von uns nicht machen. Aber das hält mein Vater für abwegig.

Er wirkt verändert, als er aus Wien zurückkommt. Geradezu aufgewühlt. Das hat aber nichts mit der Tagung zu tun. Es liegt an Wien, an dem Eindruck, den diese Stadt bei ihm hinterlassen hat.

Erinnerungen an seine Heimat Berlin sind wach geworden, an das alte Berlin, das Berlin vorm Krieg, das es nicht mehr gibt. Wiens unzerstörte Prachtbauten und die Ringstraße haben eine heftige Wehmut in ihm ausgelöst. Vor allem die Staatsoper und das Burgtheater.

Und Werner Krauß, den er gestern Abend noch als König Lear gesehen hat: Diese Aufführung muss ihm einen Schock versetzt haben. Offensichtlich hat er plötzlich gemerkt, was er in seinem Leben alles verloren hat.

Krauß war schon im Berlin der zwanziger Jahre sein Lieblingsschauspieler. Da war auch unser Vater in seinen Zwanzigern und ein leidenschaftlicher Theaterbesucher. Die Aufführungen, in denen Krauß damals gespielt habe, hätten ihn lange verfolgt. Das hat er uns oft erzählt. Tage habe er gebraucht, um seine Ergriffenheit wieder abzuschütteln.

Als er jetzt mit seinem Koffer in der Hand unser Haus betritt, sagt er statt ‹Guten Tag›: Ich habe gestern Krauß als Lear gesehen! Dann versagt ihm die Stimme. Etwas schnürt ihm den Hals zu, und als er über den Flur ins Schlafzimmer geht, befindet er sich offensichtlich mit König Lear auf der Heide. Das sehe ich ihm an. Ich kenne mich aus in seinem Gesicht. Ebenso in der Geschichte von König Lear. Mein Vater hat sie so oft erzählt, dass ich denke, ich hätte das Stück gelesen.

Während der langen Zugfahrt von Wien nach Herford hat er mit dem Reclam-Heft in der Hand jeden Moment der Aufführung noch mal ablaufen lassen. Vor allem Lears Angst vor seinen Töchtern. Das Unrecht, das sie ihm zufügen.

Lear hat den drei Töchtern sein Reich vorzeitig vererbt. Er hat sie gefragt, wer ihn am meisten liebt. Offensichtlich hat Lear Angst, nicht genug geliebt zu werden. Ausgerechnet die Jüngste, die sich weigert, seine Frage zu beantworten, verbannt er in einem Anfall von Zorn. Und nachdem ihn die beiden anderen Töchter mit einer überwältigenden Liebeserklärung nach Strich und Faden belogen haben, schmeißen sie ihren Vater raus und überlassen ihn schutzlos einem furchtbaren Unwetter.

Das kann unser Vater nicht fassen. Am Esstisch lässt er das Fleisch an seiner Gabel kalt werden, um uns den Wahnsinn vorzuspielen, wenn Krauß sich mit Wind, Blitzen und Donner gegen seine Töchter verbündet. Krauß oder Lear – das ist für ihn dasselbe. Er fährt sich in die Haare, stiert in die Gegend und wiederholt: Krauß war außer sich. Da war nichts mehr gespielt.

Dabei merkt er gar nicht, dass er selbst außer sich ist. Das beunruhigt mich.

Unser Vater fühlt sich durch die Lear-Töchter so bedroht, dass ich den Verdacht habe, er meint eigentlich uns: Martin, Werner und mich. Aber meine beiden Brüder sind nicht Goneril und Regan. Sie würden niemals einem Gloster die Augen herausreißen und ihren Vater in den Wahnsinn treiben. Sie sind mit Mitgefühl und Menschlichkeit gepolstert. So wie ich auch. Wir sind keine Ungeheuer. Sicher sind wir auf unseren Vater oft wütend. Er lässt uns ja spüren, welche Macht er über uns hat, bis wir einundzwanzig sind. Und auch danach wird er uns mit seinen knapp bemessenen Monatswechseln knebeln. Aber deswegen sind wir noch lange keine Furien und Rachegeister. Ich fürchte, dass Lear und Werner Krauß bei ihm eine grundsätzliche Angst vor Nachkommen geweckt haben.

Ausgerechnet heute, am Tag seiner Rückkehr aus Wien, habe ich die heftigste Tracht Prügel von ihm bekommen, an die ich mich erinnern kann. Es ist wirklich mysteriös, wie es dazu kommen konnte. Da hat sich ein völlig normaler, etwas komplizierter Vorgang zu einer Handlung entwickelt, die mich als raffinierten Lügner dastehen lässt. Sich zu rechtfertigen, ist immer blöd, aber ich kann beim besten Willen keinen Fehler bei mir finden, für den ich diese Prügel verdient hätte.

Am Vormittag – mein Vater war noch nicht zurück – hat mich Otto Joswig gefragt, ob ich später mit ihm auf die Kirmes gehen möchte. Natürlich war ich begeistert von seinem Vorschlag. Otto ist acht Jahre älter als ich, ein Hüne, genauso wie sein Bruder und sein Vater. Nur die Mutter ist zart. Wenn Otto die Treppe herunterkommt, wird es dunkel im Treppenhaus, weil er mit seinen breiten Schultern das Fensterlicht abdeckt. Er stottert ein wenig, aber er spricht auch nicht viel. Ganz anders als ich. Ich stottere auch, aber nur, weil ich in zu kurzer Zeit zu viel zu erzählen habe.

Mit Otto auf die Kirmes zu gehen – das ist praktisch eine ganz andere Kirmes für mich, als wenn ich da mit Gleichaltrigen oder mit meiner Mutter hingehe. Otto interessiert sich für Achterbahn, Wilde Maus und Schießen, isst Würste statt Eis, er würde nie vorm Kaspertheater stehen bleiben.

Als dann mein Vater in der Tür stand, mit Koffer und König-Lear-Gesicht, habe ich Otto erst mal vergessen. Nach dem Essen habe ich aber sofort von seinem Angebot erzählt.

Wir wollen nicht, hat meine Mutter gesagt, dass Otto dich einlädt.

Mein Vater hat sein Portemonnaie gezückt und mir fünf Mark gegeben. Es wäre nett, hat er mir zugeflüstert, wenn ich den Abwasch machen würde, dann könne er sich mit meiner Mutter gleich hinlegen.

Ich habe mich bedankt, abgewaschen und gewartet. In meinem Kinderzimmer. Otto ist nicht gekommen. Meine Eltern haben länger geschlafen als sonst. Die große Stille brach aus. Die kenne ich sehr gut. Dann liegt die ganze Welt hinter einer dicken Scheibe.

Wann wird Otto kommen. Wird er mich finden. An welche Tür wird er klopfen. Oder hat er mich vergessen.

Schließlich gehe ich die Treppe rauf und klingele bei Joswigs.

Die zarte Mutter öffnet. Ja?

Ist Otto da?

Otto? Was willst du denn von dem?

Der wollte mit mir auf die Kirmes gehen.

So? Hat er mir nix von gesacht.

Hat er mir vorhin versprochen.

Aber Otto ist gar nicht da.

Das versteh ich nicht.

Hast du da vielleicht was missverstanden?

Nein. Wann kommt der denn wieder?

Heute Abend. Spät.

Spät?

Ja sicher.

Ja, dann geh ich mal wieder.

Man sagt «Auf Wiedersehen», sagt Frau Joswig und schließt die Tür.

Ich geh die Treppe runter.

Irgendwie traurig, nicht? So unzuverlässig, dieser Otto. Was mach ich jetzt?

Ich gehe mal raus. Frische Luft schnappen.

Ich fühle die fünf Mark in der Hose, reibe mit der Hand das Geldstück in der Tasche. Meine Beine tragen mich in Richtung Kirmes.

Die Geräuschmischung aus Schlagern, Karussells, Losverkäufern, Ausrufern vor den Schaubuden, brabbelnden

Menschenmassen, aufheulenden Sirenen, wenn die neue Runde losgeht bei den Autoselbstfahrern, und Jauchzern von der Achterbahn wecken meine Sehnsucht. Viel kraftvoller, einladender ist diese Welt als König Lear mit seinen Angst- und Rachephantasien. Die Menschen, die hier arbeiten, sind knallig angezogen, ihre eng anliegende Kleidung scheint zum Körper zu gehören, fast alle sind schwarzhaarig, manche haben eine gelbliche Haut. Ich kann gar nicht wegucken. Es könnte mir gefallen, diese Menschen anzufassen und von ihnen umarmt zu werden.

Am meisten interessieren mich die Buden, wo draußen auf einer kleinen Vorbühne verkürzt demonstriert wird, was man drinnen gegen Geld ausführlicher sehen kann. Ich kann mich gar nicht trennen von einer Art Teewagen, der ziemlich hoch und von einem langen Tuch bedeckt ist. Darunter soll sich eine Frau mit zwei Köpfen befinden. In der Vorstellung werde das Tuch weggezogen, und man erlebt dann, wie die beiden Köpfe miteinander sprechen.

Ich entscheide mich aber für den schlafenden Mohammed in der Bude nebenan. Ich muss mir ja die fünf Mark gut einteilen.

Meine Damen und Herren!, ruft der Budendirektor mit dem feinen Schnurrbart, Mohammed steht seit Jahren in seinem Schrank im Tiefschlaf. Wir wecken ihn kurz für Sie auf. Mit Hilfe von Starkstrom. Sie werden ihn ein paar Schritte gehen sehen. Wir füttern ihn mit rohem Gemüse. Dann bringen wir ihn wieder in seinen Schrank, und er schläft weiter, als sei nichts gewesen. Mohammed überlebt uns alle. Wir wissen nicht, wie alt er ist. Schon mein Großvater hat ihn im Wintergarten im alten Berlin vorgeführt.

Außerdem sehen Sie hier Deliah mit der zehn Meter langen

Usambarapeitsche. Sie wird mir diese Zigarette mit der Peitsche von den Lippen wegschlagen, ohne mich zu verletzen. Komm, Deliah, lass mal die Peitsche knallen!

Eine üppige, gestiefelte Frau in engem, kackbraunem Lederrock rollt schon mal mit einem Knall die zehn Meter lange Usambarapeitsche aus. Sie macht das wie unbeteiligt, aber kraftvoll. Durch die Lederschnur läuft eine Schlaufe immer schneller auf die Spitze zu, entlädt sich mit Überschall im Knall und hängt im selben Augenblick auch schon schlaff am Boden. Lässig rollt Deliah ihre Peitsche wieder auf und schaut uns gelangweilt an, mit einer Mähne aus blonden Dauerwellen und zwei starren Brüsten unter dem engen Perlon-Pulli.

Der ganze Vorgang löst bei mir ein inneres Summen aus, wie in Trance gehe ich die Treppe rauf zur Kasse und lege meine fünf Mark auf den Teller.

Drinnen sehe ich den schlafenden Mohammed in seiner überdimensionalen Schuhschachtel stehen, auf ein funkenstiebendes Stromgeräusch hin beginnen seine Augenlider zu zittern, er zeigt eine Weile nur das Weiß seiner Augäpfel und stolpert dann ein paar Schritte wie ein Spastiker über die Bühne. Er gibt auch Laute von sich, frisst Gemüse, aber nur sein Kostüm ist wirklich gut. Wie aus Tausendundeiner Nacht. Den Rest kann man vergessen. Das kann ich auch, was der macht.

Ich habe dann noch viele Lose gekauft, weil ich einen Fresseimer gewinnen wollte, aber in jedem aufgerissenen Papier stand: Niete.

Dann bin ich Raupe gefahren. Ich mag dies sanfte Auf und Ab, die Wellenbewegungen, die roten weichen Ledersitze und das Heulen, wenn sich das grüne Zeltdach über den

Wagen legt, die Fahrt im Halbdunkel geschwinder wird und die Musik in der Lautstärke anzieht. Das ist zwar alles für Liebespaare erfunden, die sonst keine Gelegenheit zum Küssen haben, aber ich träume dann von meiner Zukunft, und die ist auch schön.

Zum Schluss kaufe ich noch ein Eis, nicht so ein kugelförmiges, italienisches Eis, sondern dies cremige Eis, das wie eine Hochfrisur aus der Waffel steigt und das es nur auf der Kirmes gibt. Ja, und dann – dann ist das Geld alle. Das geht so schnell.

Und irgendwas stimmt nicht. Das spüre ich. Mit schwerem Herzen und schweren Beinen gehe ich nach Hause. Ich weiß, ich habe einen Fehler gemacht, aber ich weiß nicht genau, welchen.

Das Geld habe ich bekommen, um mit Otto auf die Kirmes zu gehen. Der hat sein Versprechen nicht gehalten. Was heißt das? Ich hätte warten sollen. Ich hätte nicht allein gehen sollen.

Schmerzhaft wird mir bewusst, dass ich kein neues Geld herstellen kann. Ich verstehe die Jungs hinter der Mauer, die Raubüberfälle geplant und ausgeführt haben, um an so viel Geld zu kommen, dass dies leidige Problem ein für alle Mal erledigt ist.

Ich befinde mich bereits in der Sackgasse der Eimterstraße mit dem grauen Tor am Ende und laufe an unserm schmiedeeisernen Zaun vorbei.

Drinnen kocht mein Vater Kaffee.

Na, wie war's mit Otto auf der Kirmes?

Schön.

Du bist aber jetzt allein nach Hause gekommen.

Ja. Otto ist noch geblieben.

Bums! Das hätte ich nicht sagen sollen. Das war absolut unnötig. An dieser Stelle hätte ich den ganzen komplizierten Vorgang erzählen sollen.

Mein Vater spürt sofort die leichte Unsicherheit in meiner Stimme. Er ist einfach der geborene Staatsanwalt. Das kann man nicht lernen. Das ist Instinkt.

Aber du warst mit Otto zusammen auf der Kirmes, oder?

Ja, sage ich noch mal.

Dann entsteht eine lange Pause, und die kommt meinem Vater spanisch vor.

Da stimmt doch was nicht, sagt er. War Otto jetzt mit dir auf der Kirmes oder nicht?

Nein, antworte ich, Otto konnte nicht.

Auch das war eine saublöde Antwort, nicht wahr? Wieso sage ich: Otto konnte nicht? Hätte ich gesagt, dass ich auf ihn gewartet habe, er mich aber wohl vergessen hat, und ich extra bei seiner Mutter geklingelt und nach ihm gefragt habe und dann enttäuscht allein auf die Kirmes gegangen bin, wäre alles im grünen Bereich gewesen.

So entsteht wieder eine Pause, mein Vater setzt die Kaffeekanne ab und sagt: Dann gib mir das Geld zurück.

Das habe ich nicht mehr.

Das hast du also auf der Kirmes schon ausgegeben.

Mhm.

Alles?

Ja.

Hast du dir die Geschichte mit Otto ausgedacht?

Nein. Warum?

Damit ich dir Geld gebe?

Nein, natürlich nicht.

Lüg mich nicht an!

Otto wollte mit mir auf die Kirmes gehen, sage ich fest und deutlich.

Er fixiert mich und sagt beinahe freundlich: Dann gehen wir jetzt zu Frau Joswig rauf und fragen sie einfach mal, ob das auch stimmt.

Jetzt fängt mein Hirn zu rattern an: Ob das so günstig ist? Sie wird ihm die Tür öffnen: Ach, Herr Doktor! Wie schön, Sie zu sehen. Ob Otto mit Edgar auf die Kirmes wollte? Das kann ich mir eigentlich kaum vorstellen. Das ist sicher ein Missverständnis. Das wird sie sagen. Todsicher.

Und was würde mein Vater daraus folgern? Das will ich mir gar nicht ausmalen.

Ich könnte jetzt sagen: Papa, warte, bis Otto kommt. Frag ihn heute Abend. Aber würde Otto der Spannung, die dann im Raum läge, standhalten? Wäre das nicht eine schwierige Situation für ihn?

Wenn ich ihn beschwören würde: Otto, erinnere dich doch! Heute Vormittag, auf der Treppe! Würde Otto dann nicht anfangen zu stottern? Ottottottotto. Und würde er nicht mit seinen breiten Schultern zucken? Als wüsste er nicht, was er sagen soll?

Und ich würde wiederholen: Otto, erinnere dich doch! Und mein Vater würde mich anbrüllen: Willst du etwa behaupten, dass Otto lügt? Und das Geschirr würde im Schrank klirren.

Vielleicht stünden sogar Ottos Eltern im Hintergrund und würden mit einer Stimme, unisono, sagen: Unser Otto lügt nicht.

Das spielt sich alles in meinem Kopf ab, während mein Vater mich fest im Blick hat. Was aber in diesem Moment passiert, ist, dass mein Glaube an das, was wirklich war, schmilzt. Ich bin im Recht, doch das Gefühl, im Unrecht zu sein, beherrscht mich immer mehr.

Inzwischen steht auch der Rest der Familie in der Küchentür und im Flur. Auch unser Hausmädchen steht dahinten an der Wand. Von ihr kleckern geflüsterte Sätze an mein Ohr: Etja, sach die Wahrheit! Das Schlimme, hör ich sie hauchen, sei die Lüge, nicht das Geld.

Plötzlich schreit mein Vater mich an, als ob es um Tod und Leben geht: Dass man bei dir nie weiß, was war!

Nach einer weiteren Pause, in der man die Fliegen an der Scheibe summen hört, packt er mich am Handgelenk und reißt mich mit sich fort: Komm mal mit ins Schlafzimmer.

Von da an versagt meine Fähigkeit zum Widerstand. Die überraschende Schärfe in seiner Stimme, sein Schraubstockblick, die Verfinsterung seiner Augenbrauen, die nicht aufzuhaltende Motorik seiner Entschlossenheit legen mich lahm.

Es ist ein Überfall. Er ist das stärkere Tier, das zum Angriff übergeht. Ich stolpere ihm mit meinen kürzeren Beinen hinterher: leise wimmernd – das muss ich gestehen. Meinen Unterarm kann ich aus der Umklammerung seiner haarigen, fleischigen Hand nicht lösen. Mir fehlt der Wille.

Von ihm kommt leise und bestimmt: Da hilft jetzt kein Weinen. Das hättest du dir vorher überlegen sollen.

Er hat diesen stürmischen Sturzschritt. Ich weiß nicht genau, welchen Weg er nimmt, um welche Ecken es geht. Ich kann nur noch folgen.

Warum versuche ich nicht, mich zu rechtfertigen? Das Netz aus Widersprüchen ist schon zu dicht. Warum bettele ich nicht: Schlag mich nicht, bitte schlag mich doch nicht! Vielleicht bin ich zu stolz und möchte um nichts mehr bitten. Und so stolpere ich in den Fleischwolf der Bestrafung.

Energisch schließt er die Schlafzimmertür und lässt mein Handgelenk los. Mit sicherem Griff holt er sich oben vom Kleiderschrank, wo auch die Schüsseln mit den Weihnachtsplätzchen abgestellt werden, den Rohrstock. Dann packt er mein Genick und biegt meinen Körper über die Ehebetten. Das hölzerne Fußteil drückt sich in meinem Unterbauch ab, der heiße Urin rinnt mir ins Hosenbein.

Du Schwein!, stößt er aus, hörbar angestrengt. Ja, das ist auch für ihn ein körperlich fordernder Vorgang.

Der Rohrstock pfeift, jauchzt, bevor er ins Fleisch schneidet, Schlag um Schlag, schmerzhaft natürlich, wirklich schmerzhaft.

Seine linke Hand wechselt jetzt vom Genick zum Hosenbund, damit er die Hose stramm ziehen kann. Ich habe Angst, dass er meine Eier trifft, die sich nun abzeichnen, aber da passt er auf, er trifft sie nicht. Ich weine und schreie. Abwechselnd. Mein Gesicht drücke ich in die Daunendecken der Elternbetten: Wie soll ich ihn je wieder anschauen?

Einmal wage ich, mich umzudrehen, um ihm ins Gesicht zu sehen. Da ist seine verbissene Anstrengung, seine gerötete Haut, der fratzenhafte Mund. Für die Dauer einer Sekunde müssen sich die beiden Grimassen, meine und seine, aushalten.

Ich wende mich wieder um, streife mit dem Blick kurz die Kopfkissen meiner Eltern, sehe die schwarzgenarbte Lederbibel mit Goldschnitt auf dem Nachttisch meiner Mutter, sehe auf der Seite seines Betts Rembrandts Reproduktion von der «Judenbraut», und dann tunke ich das Gesicht wieder in die Decke, dass mir schwarz vor Augen wird.

Wann hört der auf? Wann ist das zu Ende?

Mehr kann ich nicht denken.

Ja. So wird das gewesen sein.

Wenn ich das lese, wieder und wieder lese, fühlt sich der alte Mann wie ein erkalteter Planet, der von frühen Naturereignissen träumt. Was unter den tektonischen Platten rumort, kann das noch mal ausbrechen?

Im Sturmschritt verlässt mein Vater nach vollzogener Strafe das Zimmer und knallt die Tür zu. Die Aktion ist zu Ende. Er wird nicht zurückkommen. Die Strafe liegt hinter mir. Ich bin sicher.

Die Tränen fließen noch und lassen nur Farben durch. Keine Umrisse. Meine Fäuste formen sich und zittern. Noch schwankt der Boden.

Die Welt tanzt. Die Kleiderschränke, das Fenster mit seinem Bild von draußen, die Nachttische, die Betten und Kissen, der Sekretär meiner Mutter, ihre Flakons auf dem Toilettentisch, alles tanzt, im Tränenschleier.

Mein einziger Gefährte ist ein wildes, ungezähmtes Aufschluchzen. Immer wieder wird es aus der Mitte des Körpers hochgeworfen, mit einem wütenden, dunklen Bellen. Der Muskel, der dafür zuständig ist, arbeitet wie ein selbständiger Partner. Er spielt jetzt die Hauptrolle und hält mich aufrecht. Zwerchfell heißt er. Mein neuer Verbündeter.

Langsam beruhigt sich die Welt um mich herum und findet ihre Form.

Ein neuer Schöpfungstag.

Als ich aus dem Schlafzimmer ins Kinderzimmer trete, liegt da Andreas auf dem Fußboden. Er spielt stumm mit seiner Holzeisenbahn. Er trägt eine dunkelblaue Cordhose mit Latz, darunter einen weinroten Pullover. Er hebt den Kopf und sieht mich mit seinen großen, dunklen Augen an, als sei ich eine Erscheinung. Er hat alles mit angehört. Sein Blick ist weich und streift mich wie mit Tentakeln. Er sagt keinen Ton. Ganz leicht zieht er die Luft über die gespannte Unterlippe ein und beobachtet mich, hellwach.

Ich knie mich zu ihm hinunter, und er gibt mir einen Waggon seiner Holzeisenbahn. Wir schieben diese Spielzeuge hin und her, als bügelten wir ein bisschen den Fußboden.

Todestag

Eigentlich stehen wir nach dem Tischgebet sofort auf. Ein Gebet gibt es vor dem Essen und eins danach. Vorher: Komm Herr Jesus sei du unser Gast und segne was du uns aus Gnaden bescheret hast Amen. Danach: Herr wir danken dir denn du bist freundlich und deine Güte währet ewiglich Amen.

Nach dem ersten Gebet fassen wir uns an den Händen, heben einmal gemeinsam die Arme und sagen «Gesegnete Mahlzeit». Dann lassen wir uns wieder los und machen uns über das Essen her. Bei besonderen Anlässen heben wir die Arme dreimal, sagen Mahlzeit, Mahlzeit, Mahlzeit, Klatsch! und klatschen dazu in die Hände und lachen. Nach dem Essen gibt's nur einen kurzen Händedruck mit dem Nachbarn rechts und links, dann stehen alle auf.

Heute ist es anders. Das merke ich schon an dem langsameren Rhythmus, mit dem unsere Mutter das Schlussgebet spricht. Das Wort Amen schließt nicht ab, sondern bleibt offen.

Die hat was vor, denke ich.

Heute ist Rainers Todestag, sagt sie. Zehn Jahre ist das jetzt her.

Sie blickt zwischen uns hindurch. Niemand steht auf.

Mir gefällt dieser Moment sehr. Von mir aus könnte der ewig dauern. Unsere Mutter lässt die Zeit schleifen. Sie spricht ihre Sätze wie jemand, der lange auf etwas wartet und vergessen hat, worauf. Das überträgt sich auf uns, sogar auf unseren ungeduldigen Vater.

Wir sind alle da. Ist das Zufall? Links von mir sitzt Werner, neben ihm, am schmalen Tischende, Martin in Bundeswehruniform, daneben Andreas. Er hat die Ellbogen auf der Tischplatte, stützt seinen großen Kopf auf den Handrücken, die Gabel hängt ihm aus der Faust. Eigentlich ist eine solche Haltung bei uns verboten, aber unser Vater weist ihn heute nicht zurecht. Andreas' Blick richtet sich auf unsere Mutter, die neben ihm sitzt und die etwas sieht, das wir alle nicht sehen. In ihrem Gesicht bahnt sich etwas an, ohne dass man die Veränderung schon beschreiben könnte. Neben ihr, am Kopfende, sitzt mein Vater, wunderbar sanft und in sich gekehrt. Daneben, meiner Mutter gegenüber, bin ich. Das ist der ganze Kreis.

Einer fehlt.

Ich weiß, dass ich noch einen Bruder hatte. Ich war anderthalb, als er starb. Ich kenne ihn nur aus den Geschichten der anderen. In meiner Wahrnehmung ist er eine einzige Erzählung, unterstützt durch sein Foto auf dem Bücherschrank, ein professionelles Porträt aus einem Fotogeschäft in Bückeburg. Rundes, hellwaches Lausbubengesicht im Halbprofil. Er zieht die Backen nach innen, weil er sein Lachen verstecken will. Seine Augen explodieren förmlich vor Lust. Ja, man kann das Foto nicht sehen, ohne ebenfalls zu lachen.

Rainer hat gemeinsam mit Werner eine Handgranate im Bückeburger Palaisgarten gefunden. Sie haben das Ding nach Hause getragen, auf eine Stufe der Sandsteintreppe vor der Haustür gelegt, und Rainer, der zwei Jahre jünger ist als Werner, soll gesagt haben: Wer mir dieses Ding aufmacht, kriegt von mir einen Groschen. Es war aber niemand da, der das Ding aufmachen wollte.

Dann mach ich es eben selber, hat er gesagt, bevor er einen Krocketschläger in die Hände nahm und auf die Granate einschlug.

Bis hierher kommen meine Eltern, wenn sie am Tisch von Rainers Tod erzählen wollen. Dann brechen sie ab. Sie schaffen es nie bis ans Ende.

Unsere Mutter versucht es trotzdem. Aber der Erinnerungsschmerz krallt sich in ihr Gesicht, zerrt an ihrem Kinn, ihren Wangen, ihrer Stirn, und durch die Wege ihrer Falten rinnen immer neue Tränen.

Sie schützt ihr Gesicht nicht mit den Händen, sie dreht sich nicht weg. Sie schaut mit nassen Augen an uns vorbei. Ihr Körper hält mit großer Anspannung den Schmerzwellen stand, ihr Brustkorb zittert, und ihre Hand greift nach der meines Vaters, dem jetzt auch die Tränen runterlaufen. Er hat die Brille abgenommen, unter buschigen Augenbrauen liegt die dunkle Schönheit seines Blicks. Auch er schaut zwischen uns hindurch, und ich erschrecke vor der Leere in seinem Gesicht. Ich denke, ich kenne ihn doch. Aber ich sehe einen fremden, alten Mann.

Die Geräusche ihres Weinens sind leise. Ein kurzatmiges Wimmern meiner Mutter, ein langgezogener, tiefer, fast singender Ton meines Vaters. Sie nehmen sich Zeit.

Meine Aufmerksamkeit ist geteilt. Links neben mir sitzt Werner. Er war doch beteiligt an dem Unfall! Er ist doch eine Hauptfigur dieser Geschichte! Sie haben die Granate zu zweit gefunden und nach Hause gebracht. Bei der Explosion ist er schwer verletzt worden. Davon zeugen jetzt noch ein paar Narben an seinem Knie. Warum sprechen unsere Eltern ihn nicht an? Warum fragen sie ihn nichts? Warum sagt auch er von sich aus nichts? Sein Ausdruck bleibt rätselhaft. Er schaut meine Eltern an wie eine Sphinx. Er ist ein einziges Geheimnis, ein verschnürtes Paket, das an unserem Tisch sitzt.

Auch Martin sagt nichts. Er setzt, so scheint es mir, unseren Eltern etwas trotzig den Ausdruck von Stabilität und Kraft entgegen. Wer weiß, wie es in ihm aussieht. Er war an diesem Katastrophentag ungefähr so alt wie ich jetzt. Mal heißt es, er war an dem Nachmittag im CVJM, dann wieder, er war auf einer Geburtstagsfeier bei den drei Dürrkopp-Kindern. Warum waren Werner und Rainer nicht auch auf dem Geburtstag? Die waren doch auch mit denen befreundet! Warum sind Werner und Rainer allein durch den Palaisgarten gestreift?

Weil unsere Mutter gesagt hat, dass immer nur einer von ihnen zum Kindergeburtstag gehen kann. Deshalb. Sie essen sonst zu viel. Sie sind ja Flüchtlingskinder und haben immer Hunger.

Aber darüber wird nicht gesprochen. Vielleicht, weil alle fühlen, dass das für unsere Mutter unerträglich sein muss. Es ist passiert, als sie ihren Nachmittagsschlaf gemacht hat. Unser Vater war nicht da. Er arbeitete in Hamm, am Oberlandesgericht, und kam erst abends zurück.

Andreas' Augen sind immer größer geworden, das Weinen seiner Mutter löst ein ungläubiges Staunen in ihm aus.

Nach einer Weile beruhigen sich unsere Eltern, und sie versuchen nun doch, ein paar Geschichten über Rainer loszuwerden.

Ja, lacht unser Vater plötzlich, weißt du noch – offensichtlich spricht er nur mit seiner Frau –, weißt du noch, Rainer konnte so schnell rechnen, dass er die zweite Klasse überspringen durfte und in Werners Klasse kam. Und auch dort verblüfft er alle wieder mit seiner Geschwindigkeit. Er begreift so schnell! Er meldet sich pausenlos und schnippt schon mit den Fingern, bevor die Lehrerin die Frage zu Ende gestellt hat. Dabei weiß er das Ergebnis noch gar nicht! Und wenn er drankommt, überbrückt er die Sekunden, die er noch zum Rechnen braucht, indem er ganz schnell die Aufgabe wiederholt: vier mal achtzehn, vier mal achtzehn, ach wie puppig, das ist ja puppig leicht, vier mal zehn ist vierzig, vier mal acht ist zweiunddreißig, vierzig und zweiunddreißig ist zweiundsiebzig!

Und je mehr unser Vater den kleinen Rainer in seiner Schulklasse nachspielt, desto zuverlässiger kommt das Weinen zurück und zwingt ihn zur Pause.

Das hat uns Werner aus der Schule erzählt, sagt unsere Mutter ganz ruhig und versucht, auch eine Geschichte zu erzählen.

Das mit dem Ball war so typisch für Rainer, fängt sie an. Er warf immer wieder seinen Ball von der Terrasse im ersten Stock runter auf die Sandsteintreppe vorm Hauseingang, wo Herr Engelhardt fegte. Unser strenger Hauswirt, der uns ständig zur Ordnung mahnt. Aber mit Rainer ist er milder. Rainers Charme macht ihn weich. Also wirft er den Ball zu ihm zurück. Und Rainer wirft ihn wieder runter. Vielleicht will er den Besen treffen. Irgendwann wird Herr Engelhardt ungeduldig: Rainer, wenn du jetzt noch einmal den Ball runterwirfst, musst du mir zehn Pfennig aus deiner Spardose zahlen! Rainer überlegt kurz und ruft: Darauf soll's mir nicht ankommen! Und wirft den Ball wieder runter.

Wir machen ein kurzes, zustimmendes Geräusch, das ausdrücken soll, dass wir das auch lustig finden. Wir kennen alle Geschichten über Rainer, aber wir hören immer wieder aufmerksam zu, als könnte zwischen den Sätzen noch eine neue, unbekannte Information aufblitzen.

Plötzlich erstarrt unsere Mutter, hält sich die Hand vor den Mund, es schüttelt sie. Offenbar sieht sie wieder etwas Neues vor sich: Warum hab ich das bloß gemacht? Warum hab ich ihn bloß da stehen lassen und nicht mitgenommen? Das hat mir hinterher so leidgetan!

Unser Vater greift ihren Arm. Quäl dich doch nicht, Signe, sagt er ganz ruhig zu ihr.

Ich halte es vor Spannung nicht aus und frage: Was war denn?

Und aus meiner Mutter bricht heraus, nicht für mich, sondern für die Welt, in einem Zug, fast auf einen Atem: Das war sein letztes Weihnachten, als wir Heiligabend in die Kirche gegangen sind, da hat er sich die Hände nicht gewaschen, obwohl ich ihm andauernd gesagt habe: Mit den dreckigen Händen nehme ich dich nicht mit zum Weihnachtsgottesdienst, damit kommst du mir nicht zur Krippe! Er hat sie sich trotzdem nicht gewaschen, also habe ich gesagt, dann bleibst du eben zu Hause. Und auf dem Weg zur Schlosskirche habe ich mich nicht ein einziges Mal umgedreht. Ich hab gar nicht gemerkt, dass er hinter uns hergelaufen ist. Erst vorm Kirchenportal, mitten unter den Leuten, als er sich an mir vorbeidrücken wollte, habe ich ihn entdeckt und so unsanft nach draußen geschoben: Du gehst erst nach Hause und wäschst dir die Hände! Und was hab i c h gemacht? Gesungen, gebetet, in die Lichterbäume geschaut und der Predigt zugehört und ihn ganz vergessen. Und wie wir nach einer Stunde rauskommen, steht er verfroren vor der Tür, streckt mir seine Hände entgegen und fragt: Darf ich jetzt die Krippe anschauen?

Ich weiß nicht, was da in mich gefahren ist! Es war sein letztes Weihnachten.

Unsere Mutter würgt noch gerade diesen Satz heraus, steht auf und rennt aus dem Zimmer.

Keiner sagt etwas, alle erheben sich, jeder bringt brav seinen Teller in die Küche. Mein Vater bereitet die Wärmflasche vor, steht ruhig vorm Gasherd, bis das Wasser kocht, und murmelt, bevor er geht: Den Abwasch machen wir später zusammen.

Ich mache den Abwasch aber trotzdem. Allein. Jetzt sofort. Ich wüsste nicht, was ich sonst tun sollte. Ich mache es langsam und gründlich.

Es geht ein Riss durch das Leben unserer Eltern. Die Geborgenheit, die unser Alltag sein will, ist nichts Sicheres. Aber ihr Wunsch, Rainers Tod rückgängig zu machen, tut mir gut.

Fünfundvierzig Jahre später streife ich mit Werner durch den Bückeburger Palaisgarten.

Wo ist der Busch, wo der Baum, unter dem die Granate gelegen hat? Als könnte ich sie dort noch entdecken, suchen meine Augen nach der verrufenen Stelle. Ich spähe nach einem schwarzen Fleck, auf den Werner zugehen könnte, um zu sagen: Hier war es!

Der schlendert aber wie unbeeindruckt neben mir her, schlaksig, einen guten Kopf größer als ich, das dichte, schwarze Haar aus der Familie meines Vaters inzwischen vollständig versilbert. Generalstabsmäßig überblickt er den Park nach allen Seiten: Ja. Hier muss es irgendwo gewesen sein.

Aber wo, denke ich, wo?

Das sieht jetzt alles ein bisschen anders aus, meint er.

Ich glaube, es gab einen Zaun um den ganzen Garten. Man durfte hier nicht rein. Aber irgendwo war ein Loch, da sind wir durch. Wir haben viele Sachen gefunden, die wir gut brauchen konnten. Besteck. Tassen. Teller. Einen Ball, aus Stoff und Lederresten zusammengenäht, ein unförmiges Ding, das kaum rollte. Damit haben wir Nachmittage lang Fußball gespielt, mit den drei Dürrkopp-Kindern. Bei denen Martin zum Geburtstag war, als ich mit Rainer hier rumgestreift bin.

So wie wir jetzt, denke ich und schaue ihn von der Seite an.

Wir waren die Flüchtlingskinder, sagt er. Uns konnte man in diesem verschlafenen Städtchen leicht erkennen, wir sahen anders aus. Weil wir kein Badezimmer hatten, durften wir einmal in der Woche unten bei Engelhardts die Wanne benutzen. Das war nicht selbstverständlich. Was, Flüchtlinge baden auch? Haben die ganz naiv gefragt. War nicht böse gemeint. Die konnten sich das einfach nicht vorstellen. Flüchtlinge waren nicht beliebt. Die haben uns ja die zwei Zimmer, in denen wir wohnten, nicht freiwillig gegeben. Wir wurden denen zugeteilt, fertig. Zwei Zimmer mit einer Kochplatte und Wasseranschluss.

Eine vollkommene Idylle, denke ich, wenn ich mich umsehe: das Barockpalais aus Sandstein, die geschwungenen Freitreppen, der Schlossteich, der wilde Park mit den gewaltigen Kastanien.

Hier ist Rainer mal ins Wasser gefallen und wäre fast ertrunken, sagt Werner. Martin und ich wussten nicht, was wir machen sollten, und haben nur geschrien wie am Spieß. Plötzlich ist ein Engländer aufgetaucht, ein Soldat. Der ist mit Riesenschritten auf uns zugestürzt, konnte gerade noch Rainers Kopf sehen und hat ihn aus dem Teich gezogen.

Die Geschichte kenne ich. Hier ist also der Ort, der dazu passt.

Als ob sich der Krieg mit seinem langen Arm Rainer unbedingt noch holen wollte, sage ich.

Denkt man jetzt, sagt Werner. Eigentlich haben wir so ein Glück gehabt: Bis auf Papas Mutter, die nicht mehr mit auf die Flucht wollte und in Königsberg beim Angriff der Briten verbrannt ist, haben wir alle überlebt. Wir sind rechtzeitig geflohen. Überall haben uns die Verwandten aufgenommen.

Inzwischen laufen wir die Parkstraße entlang. Werner gibt die Richtung vor. Plötzlich bleibt er stehen.

Das Haus war es. Er zeigt auf ein aufwendig renoviertes Gebäude aus der Gründerzeit. Hellroter Klinker, mit einem Spitzdach und einer breiten Einfahrt.

Wir stehen auf der gegenüberliegenden Straßenseite und starren auf dieses Haus, das mit uns etwas zu tun haben soll und das jetzt ein unbekanntes Leben umschließt. Eigentlich schauen wir nur auf die fünf Stufen der Sandsteintreppe, die zum Eingang führen.

Komm, sagt Werner, wir gehen da mal rein. Ist ja kein Tor vor der Einfahrt. Da oben auf dem Balkon stand dein Kinderwagen. Da warst du drin.

Das beeindruckt mich. Es ist eher eine kleine Terrasse als ein Balkon. In meiner Vorstellung richte ich mich da oben gleich mit dem Kinderwagen ein. Jetzt bin ich Teil der Geschichte. Ich gehöre dazu. Ich bin dabei.

Werner steht an der Eingangstreppe, und seine Cellisten-Hände tasten über die Stufen. Hier, auf diese oder auf diese Stufe hat Rainer die Granate gelegt. Und gesagt, wer mir das Ding aufmacht, kriegt zehn Pfennig. Dann hat er den Krocketschläger geholt und draufgeschlagen. Vorsichtig bin ich ein kleines Stück zur Seite gegangen. Dann hat mich eine Druckwelle erfasst und weggeschleudert. Hierhin.

Werner geht an die Seite der Einfahrt, wo die Asphaltierung aufhört und das Blumenbeet anfängt. Mit sparsamen Bewegungen deutet er die Druckwelle an. Er muss sich selbst erst orientieren, während er erzählt.

Ich war sofort weg, sagt er. Das Erste, was ich dann wahrgenommen habe, war die Stimme von Herrn Engelhardt. Der muss unten aus seiner Praxis gelaufen sein. Und ganz langsam, wie in Zeitlupe, sehe ich Mutti um die Ecke kommen. Da, wo jetzt die Garage angebaut ist, konnte man ums Haus gehen. Sie hielt die Hände vor der Brust, guckte nur und wagte nicht weiterzugehen. Herr Engelhardt rief ihr zu: Einer ist tot, und einer lebt! Den Satz habe ich gehört. Und dann bin ich ohnmächtig geworden.

Werner macht eine Pause. Seine Erinnerung ist scharf und pur. Seine Stimme zittert nicht, seine Augen sind trocken.

Das Erste, sagt er, was ich im Krankenhaus gesehen habe, waren zwei Polizisten in Zivil, die an meinem Bett standen und mich ausfragten. Bis sie genug wussten und wieder weggingen.

Hast du schlimme Schmerzen gehabt?

Kann ich mich nicht erinnern. Wahrscheinlich schon.

Und Mutti und Papa?

Sie werden irgendwann gekommen sein. Ja sicher. Die werden schon gekommen sein. Als Papa abends mit dem Zug in Bückeburg ankam und die Bahnhofstraße entlanglief, ist ihm ein Kind aus der Nachbarschaft entgegengelaufen und hat geschrien: Rainer ist tot! Rainer ist tot!

Das sind diese Sätze, die man ein Leben lang wiederholt, wenn man ein Ereignis nicht fassen kann.

Verloren stehen wir noch eine Weile herum.

Ich habe ihn noch einmal gesehen, sagt Werner. Da, vom Beet aus, wo ich gelegen habe. Rainer stand an der Treppe, hielt sich den Bauch und wankte in Richtung Straße. Da ist er zusammengebrochen.

Ich bekomme eine Wut auf dieses Haus in der Sonne, das so harmlos tut, als hätte es keine Geschichte. Am liebsten würde ich Sturm klingeln und sagen: Schönen guten Tag, wir sind ein Teil dieses Hauses. Und ohne zu fragen eintreten und auf die kleine Terrasse im ersten Stock gehen, wo mein Kinderwagen stand.

Wir schauen uns an, nicken uns zu, eigentlich können wir jetzt gehen.

Mutti hat erzählt, sie hat in einem Auto gesessen und Rainer auf dem Schoß gehabt. Ein zuckendes Bündel. Ein zuckendes Menschenbündel. Sein Herz hat noch geschlagen. Hat sie gesagt. Und irgendwann bewegte sich nichts mehr in meinen Armen, da war alles reglos auf meinem Schoß.

Und immer wieder vergisst man jemanden. Was war mit Martin? Der muss doch an diesem Tag auch nach Hause gekommen sein!

Ich habe ihn mal gefragt nach diesem Moment.

Ich kann mich nur an die Nächte erinnern, hat er gesagt, an dieses verzweifelte Weinen unserer Mutter, das nie aufhörte in der Nacht, und die unermüdlichen Versuche unseres Vaters, sie zu trösten.

Das hörte nicht auf. Jede Nacht. Nur eine dünne Wand dazwischen. Daran kann ich mich erinnern. Weil ich nicht einschlafen konnte. Irgendwann haben sie mich zu den Verwandten nach Hamburg gegeben.

Traum von meiner Mutter

Seit sich die Welt so rührend um mich kümmert, seit ich gebeten werde, wegen der Pandemie die Wohnung nicht zu verlassen, zu meinem Schutz, altere ich im Zeitraffer. In meinen Träumen, die jede Nacht ihre Netze auswerfen, tauchen neuerdings meine Eltern als zuverlässiger Beifang auf.

Ich träume, dass sie verlorengegangen sind, irgendwo im Chaos der Welt. Sie irren umher und suchen mich verzweifelt. Und träumend quält mich der Gedanke, dass sie nicht zurückfinden können, weil sie die Orientierung verloren haben.

Vielleicht hat sich ihr altes Zuhause auch aufgelöst, vielleicht wissen sie einfach nicht, wo ich bin und wo sie mich suchen sollen.

Oder sie denken, ich will sie nicht mehr sehen. Und so haben sie mich abgeschrieben, traurig, achselzuckend, schicksalsergeben. Langsam haben sie sich an den Gedanken gewöhnt, dass Kinder irgendwann von ihren Eltern nichts mehr wissen wollen. Das ist wohl der Lauf der Welt, trösten sie sich gegenseitig.

Plötzlich nimmt der Traum eine Wendung, und ich treffe sie wieder. In absoluter Fremde finde ich wie durch Zufall das billige Hotelzimmer, in dem sie leben. Ich betrete es, aber sie sind ausgeflogen.

Ich finde Spuren: eine Handtasche meiner Mutter, Schuhe unterm Bett, die mir bekannt vorkommen, eine Jacke meines Vaters überm Stuhl. Überglücklich gehe ich nebenan auf die Toilette.

Da höre ich die Tür. Ich unterbreche den Druck der Blase, ziehe in Windeseile die Hose hoch, stürze ins Zimmer und sehe meine Mutter in ihrem Staubmantel vor dem geöffneten Hotelschrank stehen. Sie scheint etwas zu suchen.

Sie ist zurückgekommen! Aus dem Wirrwarr der Welt ist sie in ihr Hotelzimmer zurückgekommen! Sie wohnt hier tatsächlich. Vielleicht sogar mit meinem Vater. Und ich bin auch hier. Ich habe das Zimmer gefunden. Ein kleines Hotelzimmer unter den Billionen von Zimmern, die es auf dieser Welt gibt. Was für ein unfassliches Glück.

Sie dreht sich um, hat mich gehört, ich sehe ihr erstauntes, mädchenhaftes Gesicht, das in der langen Zeit, seit ich sie vermisse, eher jünger geworden ist.

Bist du da, sage ich leise.

Sie freut sich, aber sie ist gar nicht mal so überrascht. Eine sanfte Freundlichkeit schimmert auf ihrem Gesicht, und mir wird bewusst, dass dies das Wertvollste, Schönste ist, das ich je kennengelernt habe. Aber die Freundlichkeit bleibt bei ihr, sie wiegt sich in den Zügen ihres Gesichts, sie reicht nicht bis zu mir. Die Wellen, die alles im Leben transportieren, sind zu kurz und können diesen Ausdruck nicht bis in mein Herz tragen.

Wie schön, sagt sie. Hast du uns endlich gefunden.

Du hast mich doch geboren!, entfährt es mir, und ich denke noch: Was für ein dummer Satz.

Doch sie schüttelt den Kopf. Oder vielleicht sind es nur ihre Augen, die sagen: Nein, nein. Das ist ein Irrtum. Ich habe niemanden geboren.

Und dann redet sie von meinem Vater und sagt, er komme sicher jeden Moment zur Tür herein: Ich hole ihn und erzähle ihm, dass du da bist. Er wird sich so freuen.

Und dann geht sie hinaus, bevor ich sagen kann: Warte doch!

Ich folge ihr nicht, weil ich begreife, dass ich träume. Ich habe sie nicht umarmt, ja, nicht einmal berührt.

Ich weiß, sie kommt nicht wieder.

Weihnachten

Meine Eltern lieben Weihnachten. Ich kann mich sehr gut freuen. Das passt doch. Ich mache Weihnachten jetzt seit zwölf Jahren mit. Trotz der Wiederholung ist meine Freude noch echt. Manchmal helfe ich etwas nach.

Unsere Eltern geben sich wirklich Mühe. Sie öffnen sich, zeigen Wärme und sind sehr zugewandt. In der Nacht vorm ersten Advent schlagen sie unsere Stiefel, die wir vor die Haustür stellen, mit Weihnachtspapier aus, füllen sie bis in die Zehenspitzen mit einer Mandarine, einem Apfel, einem Marzipanbrot, Weihnachtsgebäck und bauen für meinen kleinen Bruder und mich je einen Adventskalender vor der Schuhspitze auf.

Auf den Bücherschränken im Flügelzimmer reihen sie Transparente aneinander. Überall im Raum verteilen sie Kerzenleuchter, Engel und Hirten, ein goldenes Glockenspiel, den duftenden Adventskranz mit straff gebügelten roten Bändern und kleine Teller mit den ersten selbst gebackenen Weihnachtsplätzchen. Dabei schauen sie uns schelmisch an und nehmen unsere Freude auf wie einen Spielball.

Jedes Jahr staune ich wieder neu über die Wirkung der vom Kerzenlicht beleuchteten Transparente. All diese andächtigen, bunten Figuren, Maria, Joseph, die Engel, die Hirten, die drei Könige, sind um dieses Kind in der Krippe angeordnet, dessen Göttlichkeit sie akzeptieren. Aber erst das wacklige Kerzenlicht dahinter scheint sie in religiöse Erregung zu versetzen.

Gottes Idee, sich in Gestalt seines Sohnes in eine Krippe zu legen, in totaler Armut, überwölbt von einer wunderschönen Mutter und unter den Augen eines erstaunlich sanftmütigen Ersatzvaters, der sprachlos danebensteht, löst bei mir einen Rausch aus. Geschenke alleine schaffen das nicht. Weder Kasperpuppen noch Teile einer Modelleisenbahn. Und auch nicht das Weihnachtsgebäck. Die ganze Vielfalt der Lebkuchen, die Haselnussstängchen, die Prager Kuchen, das mit Zitronat versetzte Schokoladenkonfekt, sind erst durch ihren Zusammenhang mit der Weihnachtsgeschichte mehr als eine normale, klebrige Süßigkeit. Der Biss in die Plätzchen mit ihrer speziellen Gewürzmischung schmeckt nur so gut, weil die Frage, wie Gottvater und Sohn dieselbe Person sein können, immer mitgekaut wird.

Den entscheidenden Schub geben mir die am Abend mehrstimmig gesungenen Weihnachtslieder, meistens begleitet von Klavier, Geige oder Flöten. Ich singe keinen Alt, keine zweite Stimme, sondern nur Sopran, also Melodie.

Bei meinem Lieblingslied «Ich steh an deiner Krippen hier» komme ich mühelos in die Höhe, genieße den Diskant und schneide messerscharf die Töne heraus. Tief unter mir mäandern die Harmoniefolgen am Klavier und der Bass meines Vaters, manchmal unterstützt von meinen Brüdern, dazwischen etwas unsicher die Geige meiner Mutter. Solange ich so singen kann, reicht das Weltall von den Sternen bis in jede Zelle meines Körpers hinein.

Noch vor meiner Schulzeit hat man mich einmal in eine Narkose versetzt, ich glaube, mit Äther, den man mir durch ein Sieb ins Gesicht gespritzt hat. Wucherungen aus Nebenhöhlen und Rachen mussten entfernt werden. In diesem Tiefschlaf hielt mich ein einziges Bild gefangen. Ich lag auf

Wüstensand und schaute in den nachtblauen, von Sternen übersäten Himmel. Sonst war nichts. Aber der Weltraum war erfüllt: von Glück.

In dieser Stimmung gleite ich durch die Adventszeit auf den Weihnachtsgottesdienst zu, am 24. Dezember um 16 Uhr in der Gefängniskirche. Das ist das Ziel. Die Gefangenen haben brennende Kerzen vor sich auf der Kirchenbank. Mein Bruder Martin sitzt uns im Rücken und lässt die Orgel rauschen. Er zieht alle Register, die das Instrument hergibt. Vor uns am Altar strahlen zwei deckenhohe Weihnachtsbäume, und wenn dann die vierhundert Jungs in «O du fröhliche» einfallen, dann ist Weihnachten bei mir angekommen. Der Gesang hat eine solche Gewalt, dass wir uns alle mit glänzenden Augen ansehen. Wo man hinschaut, schimmern Tränen.

Dann liefert unser Vater seine Weihnachtsansprache ab, über die er sich die Woche zuvor das Hirn zermartert hat. Er fängt an wie immer: «Liebe Jungs!», und sein leitender Gedanke ist trostreich, im Sinne von «Das wird schon wieder». Gott reicht seinen Gefangenen die Hand, sie sollen gewiss sein, dass er sie nicht im Stich lässt, und wenn sie gleich in ihre Zellen zurückgehen und ihre kleinen Pakete aufmachen, sollen sie spüren, wie die Liebe ihrer Angehörigen sie auch in der größten Einsamkeit begleitet. Sie sollen gewiss sein, dass sie mit Gott einen neuen Anfang machen können. Dass man sein Leben ändern kann. Dass Gott an sie glaubt und deshalb seinen Sohn in der Krippe geschickt hat. Und dass auch er, mein Vater, an sie glaubt, ebenso wie alle seine Mitarbeiter, und dass sie gemeinsam jedem von ihnen helfen werden, wieder Fuß zu fassen in diesem Leben, das auch andere, schönere Seiten für sie bereithält.

Wenn mein Vater fertig ist und seine Rührung bis zum Schluss zurückgehalten hat, singen alle «Stille Nacht, heilige Nacht». Das ist noch mal eine Steigerung. Sobald die vierhundert Stimmen raufrutschen müssen, um «Alles schläft, einsam wacht» zu singen, entlädt sich ein solcher Massenseufzer hin zur Gnade Gottes, dass ich gleichzeitig heulen und lachen könnte.

Dann beginnt ein endloses Händeschütteln mit den Mitarbeitern unseres Vaters, während Martin die Orgel noch mal brausen lässt und die Strafgefangenen Bank für Bank abrücken in ihre Zellenflure.

Ich bin so erfüllt von Gottesgegenwart, dass ich nicht verstehen kann, warum es nicht allen anderen genauso geht. Wenn der Anstaltspsychologe mit seinen dicken Brillengläsern auf uns zuwatschelt und uns verschmitzt zuruft: Na? Auch bekehrt?, frage ich mich, warum er nicht spürt, dass diese Nacht eine ganz andere ist, dass Gottes unendlicher Atem in diesem kalten Dezemberwind weht und uns hält, tröstet, Hoffnung macht und uns die Todesfurcht nimmt, dass die Geborgenheit, die er uns anbietet, unfassbar, ja schwindelerregend ist.

Vielleicht bin ich zu euphorisch. Wahrscheinlich ist meine Fontanelle noch nicht ganz zugewachsen. Meine Hirngrütze, die ich da oben in meiner Suppenschüssel balanciere, ist sehr empfänglich für alle vorstellbaren göttlichen Strahlen und Einflüsse.

Aber noch ist es nicht so weit. Noch ist nicht Heiligabend. Der Start in die weihnachtliche Narkose war diesmal holprig. Heute ist Nikolaus, und als ich gestern in die Küche komme, um meine Stiefel zu putzen, steht unsere Mutter weinend am

Fenster. Sie hält mir zerbrochene Holzschafe entgegen, ihre Mundwinkel zittern.

Ich sehe sofort: Krippenfiguren. Ich habe sie nicht beschädigt und betrachte meine Mutter daher mit neutraler Neugierde. Offenbar ist niemand außer uns beiden zu Hause. Ich bin ihr einziges Publikum. Sie möchte erzählen. Ich fühle mich geehrt.

Sie kann aber nur in Bruchstücken berichten: Ich habe sie wieder nicht geschafft. Zum vierten Mal.

Ich brauche einen Moment, um zu begreifen, dass dieser Satz nichts mit den Schafen zu tun hat. Es muss die Fahrprüfung sein. Sie hatte heute Termin. Es ist ihr vierter Versuch.

Schon beim letzten Mal hat der Prüfer sie begrüßt: Hallo, Frau Selge! Wie schön. Alle Jahre wieder.

Sie ist jetzt bei zweihundertfünfundfünfzig Stunden angekommen. Wenn sie wirklich noch mal durchgefallen ist, wäre das eine Katastrophe. Das Ganze ist heikel. Unsere Mutter sagt: Wenn ich die Fahrprüfung bestehe, bin ich in dieser Familie vielleicht noch etwas wert. Natürlich ist das absurd. Aber so sieht sie das.

Unser Vater erklärt meinen älteren Brüdern, die Art, wie unsere Mutter sich zurzeit ausdrücke, verrate den Anfang der Wechseljahre.

Für mich war seine Information nicht bestimmt, deshalb konnte ich nicht nachfragen, was Wechseljahre genau sind, welche Wirkung sie nach sich ziehen und so weiter. Jedenfalls darf niemand in unserer Familie v o r unserer Mutter die Fahrprüfung machen, geschweige denn die Fahrprüfung vor ihr bestehen. Werner nicht. Mein Vater nicht. Martin ist beim Militär, das ist eine Ausnahme. Ich bin noch keine Konkurrenz.

Das Auto ist schon seit einem halben Jahr gekauft. Es steht ohne Nummernschild auf der Straße vor unserem Haus. Es wird gelegentlich gewaschen, aber nicht gefahren. Nur mein Vater dreht manchmal heimlich nachts ein paar Runden um die Mauer seines Gefängnisses und übt Rückwärtsfahren.

Ich will meiner Mutter keinen Druck machen. Vorsichtig kreise ich das Problem ein: Konntest du nicht einparken?

Nein! Sie schüttelt vehement den Kopf: Einparken war ganz wunderbar. Gleich am Anfang.

Hast du die Vorfahrt nicht beachtet?

Doch. Habe ich. Bin schön langsam rangefahren, kurz gestanden, flüssig weitergefahren.

Wir alle wissen, dass sie sich nur schleichend an Vorfahrtsstraßen heranbewegt. Bei der letzten Prüfung ist ihr Fahrlehrer, Herr Lauszus, ein ruhiger Schlesier, schon über achtzig, ungeduldig geworden und hat sie in Gegenwart des Prüfers gefragt: Wie lange wollen Sie da noch stehen? Wollen Sie einen herbeizaubern?

Nein, sagt sie jetzt. Wunderbar. Ging tadellos. Fast zu gut.

Sie presst die Lippen aufeinander, ihre Tränen rinnen. Ich muss ihr jeden Satz aus der Nase ziehen. Sie will es so.

Hattest du einen Unfall?

Sie nickt.

Was! Hast du jemanden überfahren?

Sie hält die Schafe in die Höhe: Alle kaputt. Alle kaputt.

Das klingt unverständlich, aber spannend.

Es war der Radfahrer, keucht sie. In der Innenstadt. Dieser Radfahrer ist aus dem Nichts aufgetaucht.

Aha! Sie hat also einen Radfahrer überfahren.

Wie geht's ihm?, frage ich.

Sie winkt ab. Ich habe gebremst. Schon bevor alle im Auto

geschrien haben, habe ich gebremst. Ich habe alles richtig gemacht. Und dann ist es passiert. Plötzlich war ich im Schaufenster. Ausgerechnet im Handarbeitsladen.

Das ist ja Wahnsinn, denke ich. Das ist ja brachial.

Mit dem Kühler durch die Scheibe?, frage ich.

Sie nickt, macht eine hilflose Bewegung mit den Schultern und presst wieder die Lippen aufeinander.

Hoffentlich steht das morgen nicht in der Zeitung, denke ich. Wenn das meine Mitschüler erfahren, habe ich einen schweren Stand. Jetzt kann ich auch die Schafe einordnen. Der Handarbeitsladen ist ihr Lieblingsgeschäft. Dort gibt es die aus Olivenholz geschnitzten Krippenfiguren, die sie so mag. Jedes Jahr kauft sie da einen neuen Hirten, ein neues Schaf, ein Kamel oder einen neuen heiligen Dreikönig hinzu. Stück für Stück. Diese Krippenfiguren hat es schon vorm Krieg in Königsberg in Ostpreußen gegeben. Wir haben einen knienden Hirten, der sogar die Flucht mitgemacht hat. Der Handarbeitsladen ist das Geschäft, das im Dezember im Zentrum unserer Geldausgaben steht. Hier kommt der ganze Weihnachtsschmuck her, Transparente, Kerzenleuchter, Bienenwachskerzen, Tischdecken, Stoffservietten; alles, was schön ist und Bedeutung hat und festlich ist.

Wie kann man da reinfahren?

Nicht ich, sagt sie. Ich habe nichts gemacht. Gar nichts. Das Auto hat einen Satz gemacht. Der Prüfer hat geschrien: Sehen Sie den Radfahrer nicht? Herr Lauszus hat geschrien: Fahren Sie zur Seite! Sonst muss ich eingreifen. Dann fallen wir wieder durch.

Meine Mutter steht plötzlich wie eine Tragödin in der Küche, mit geweiteten Augen, hält ihre Schafe hoch und ist jetzt ganz in der Situation.

Ich b i n zur Seite gefahren! Ich habe das Auto auf den Bürgersteig gerissen. Ich stand bereits. Quer. Es war kein Fußgänger da. Es war alles gut. Ich bin rechtzeitig ausgewichen. Ich habe den Radfahrer nicht angefahren. Obwohl er schuld war. Herr Lauszus hat mich gelobt: «Das hat sie doch prima gemacht!», hat er zum Prüfer auf der Rückbank gerufen. Es war alles gut. Nur der Motor lief noch und heulte. Das hat den Prüfer gestört, und er hat geschrien: Fuß vom Gas!

Meine Mutter bekommt jetzt was von einer Furie.

Ich hatte den Fuß gar nicht auf dem Gas! Sonst wären wir ja nicht gestanden. Ich hab den Fuß zurückgerissen. Es war nicht das Gas, es war die Kupplung. Und da hat das Auto einen Satz gemacht. Ins Schaufenster.

In die Dekoration?, frage ich.

Sie nickt ernst: In die Krippe.

Dass sie wahrscheinlich vergessen hat, den Gang rauszunehmen, sage ich ihr nicht. Stattdessen nehme ich sie in den Arm. So gut ich das kann. Vorsichtig. Ich habe keine Übung darin, weinende Eltern zu umarmen, bin auch nicht unbedingt begeistert davon, wie ich das mache, aber ich wische ihr mit dünner Kraft über die Schultern.

Eigentlich bewundere ich sie. Das ist ja ein richtiges Ereignis! Mit dem Fahrschulauto durch das Schaufenster in sein Lieblingsgeschäft zu fahren. Dabei eine Krippe umzustürzen. Und das einen Tag vor Nikolaus! Ich finde das ungeheuer kraftvoll und für meine zarte Mutter sehr ungewöhnlich.

Sie sagt: Ich bin sofort ausgestiegen. Ich hab schon gesehen, dass Herr Lauszus und der Prüfer sich die Hände vors Gesicht hielten. Die schämten sich für mich. Sollen sie doch! Ich bin in den Laden gegangen. Alle Kundinnen und die Verkäuferin haben mich angeschaut, als sei ich ein Schreckensengel. Ich bin ins Schaufenster gestiegen und habe mich in die Scherben gekniet. Habe die Schafe unter der Stoßstange hervorgeholt. Die Krippe wieder aufgestellt. Dann ist Fräulein Butgereit gekommen und hat mich getröstet: Frau Selge, lassen Sie das doch! Schneiden Sie sich bloß nicht. Wollen Sie ein Glas Wasser? Nehmen Sie die Schafe ruhig mit. Die können wir nicht mehr verkaufen.

Jetzt stürmt mein Vater ins Haus.

Ich weiß alles, ruft er schon vom Flur her. Herr Lauszus hat mich angerufen.

Er kommt in die Küche, drängt mich von seiner Frau weg, obwohl ich ihm sofort Platz gemacht habe, umarmt sie: Signe, Liebste! Er wiegt sie hin und her. Wir lassen uns doch nicht entmutigen!

Er hat seine Hand in ihren Haaren. Seine Stimme strahlt männliche Trostkraft aus.

Nach Weihnachten nimmst du noch mal ein paar Stunden, und im Frühjahr, sollst du mal sehen, schaffst du die Prüfung.

Er zieht meine Mutter unnatürlich nah an sich heran. Dabei schaut er sich nach mir um wie nach etwas Überflüssigem.

Also verziehe ich mich. Meine Mutter braucht mich nicht mehr. Mache ich mal einen kleinen Spaziergang zum Handarbeitsladen. Den Tatort anschauen. Die Gegend kenne ich gut, Elisabethstraße, eigentlich eine einzige Kurve. Schöner Teil von Herford. Auf der einen Seite fließt die Aa. Wichtigstes Gebäude hier ist das Kino, das Capitol, direkt neben dem Handarbeitsladen.

Es ist kein Mensch mehr da. Die Geschäfte sind schon geschlossen. Nur das Kino leuchtet. Die unterschiedlichen Rottöne aus dem Kassenraum reichen bis auf die Straße.

Sofort fällt mir das dramatische Plakat von «Einer kam

durch» mit Hardy Krüger auf. Ein Kriegsfilm. Vor drei Jahren ist er rausgekommen. 1957. Bist du endlich da!, denke ich und schaue Hardy Krüger an.

So lange dauert es, bis ein guter Film Herford erreicht. Das ist das Elend in einer Kleinstadt. Meine Vettern aus Berlin haben mir davon erzählt. Die Handlung spielt 1940. Ein deutscher Pilot wird von den Tommys abgeschossen, rettet sich mit abenteuerlicher Bruchlandung auf einem Feld, wird von der Miliz gefasst und verhört, macht einen Fluchtversuch nach dem anderen, bis es klappt und er zurück nach Nazideutschland kommt. Die Briten haben sich gerühmt, dass man aus ihren Lagern nicht ausbrechen kann. Aber der Deutsche hat's geschafft! Dann steigt er erneut in eine Messerschmitt mit Hakenkreuz, macht wieder Jagd auf die britische Luftwaffe und stürzt mit einem Motorschaden in die Nordsee. Das Meer gibt ihn nicht mehr her.

Diesen Film will ich auf keinen Fall verpassen. Mir ist schon «So weit die Füße tragen» durch die Lappen gegangen, weil wir keinen Fernseher haben. Das darf nicht noch mal passieren. Ich muss das sehen. Ich will den Raum spüren, aus dem die Erwachsenen kommen.

Der Krieg ist die Zeit, wo alles passiert ist. Alle zehren vom Krieg. Alle beziehen ihre Kraft aus dieser Zeit. Auch wenn sie sich davon abstoßen. Nur ich habe keine Erinnerungen. Niemand redet genau über die Abläufe damals. Jedenfalls nicht Schritt für Schritt. Nicht in einer Reihenfolge, die einen Sinn ergibt.

Wo kriege ich bloß das Geld für diesen Film her?

Ich kann gar nicht weggucken von dem Plakat: das lauernde Gesicht Hardy Krügers mit der Pilotenkappe, das Hakenkreuz auf dem Flieger im Hintergrund. Mir kommt vor: Das sind wir. Das ist Deutschland. Immer auf dem Kiwief. In Deckung, aber auf dem Sprung. Ich muss die ganze Geschichte sehen, die dazugehört.

Einen halben Meter neben dem Plakat ist das Handarbeitsgeschäft. Das Schaufenster sieht aus wie ein Mosaik. Teilweise Bretter, teilweise Glas. Alles zusammengehalten von Paketklebestreifen. Ich schaue durch ein Scheibensegment. Sieht gut aus dahinter. Die Krippe. Maria und Joseph. Einige Hirten. Wenige Schafe, aber Ochs und Esel sind vollständig. Strohsterne. Weihnachtsschmuck, Transparente, Kerzenleuchter, Stoffservietten mit Emblemen von Tannenzweigen. Weiße Tischdecken mit eingestickten roten Kerzen. Die ganze Auslage sieht ansprechend aus. Nur die Scheibe selbst macht einen wüsten Eindruck, wie nach einem Einbruch. Das zahlt wahrscheinlich die Versicherung der Fahrschule. Wird nicht billig. So wenig, wie ich Hardy Krüger bin, kann ich mir vorstellen, dass meine Mutter durch diese Scheibe gefahren ist.

Beim Abendbrot erzählt mein Vater: Herr Lauszus hat noch vor dem Ersten Weltkrieg einem Prinzen aus der Kaiserfamilie Fahrunterricht gegeben. Es ist ein Glück für Herford, dass es ihn hierher verschlagen hat. Er hat mir versprochen: Ich gebe Ihnen mein Ehrenwort, Herr Doktor, ich werde nicht sterben, bevor Ihre Frau die Fahrprüfung bestanden hat. Sie fährt hervorragend, aber sie ist eben kein Prüfungsmensch.

Meine Mutter nickt.

Mein Vater ist noch im Dialog mit dem Fahrlehrer: Ich bin ein Prüfungsmensch, habe ich Herrn Lauszus gesagt, darauf können Sie sich verlassen. Bei mir holen Sie alles wieder rein. Ich brauche nur fünfzehn Stunden. Aber ich mache meine

Fahrprüfung erst, wenn meine Frau bestanden hat. Das ist so abgemacht.

Meine Mutter weiß nicht, wo sie hingucken soll. Ich bin eben langsam, sagt sie und schaut zu Andreas an ihrer rechten Seite. Sie streichelt seinen Arm. Wir beide sind eben langsam.

Andreas weiß nicht so recht, wie ihm geschieht.

Ihr seid die Schnellen. Dabei schaut sie mich und meinen Vater an.

Langsam muss nicht schlecht sein. Sagt mein Vater. Langsam heißt gründlich. Du bist viel gründlicher als wir. Dabei wirft er mir einen strengen Blick zu.

Ich denke: Langsamkeit hält auf. Aber das sage ich natürlich nicht.

Mein Vater nickt vor sich hin: An die dreihundert Stunden werden wir wohl rankommen. Nach Einschätzung von Herrn Lauszus. Das ist uns egal, habe ich ihm gesagt.

Die Züge seiner Zielstrebigkeit werden jetzt erkennbar. Die sind irgendwann dazugekommen, denke ich. Sicher bald nach seiner Schulzeit, als seine beiden Brüder gefallen und sein Vater ausgezogen ist, er Geld verdienen, sich zugleich ausbilden und um seine Mutter kümmern musste. Als ob er seitdem einen Prozess gegen das Leben führt.

Soll ich jetzt ins Kino gehen, oder soll ich einfach nicht ins Kino gehen? Meine Eltern brauche ich gar nicht zu fragen. Vor Weihnachten kommt kein Kino in Frage.

Neben mir sitzt Werner. Er sagt nichts, hat Mitleid mit unserer Mutter, andererseits würde er endlich gerne Fahrstunden nehmen. Das spürt man.

Vor dem Essen habe ich, als er auf der Toilette war, in sein Portemonnaie geschaut. So ein kleines, vom ewigen Sitzen am Cello plattgedrücktes Ding. Es schmatzt richtig, wenn man es auseinanderklappt. Da ist eine D-Mark drin, bei den Münzen, die würde ich brauchen, an die Scheine gehe ich natürlich nicht. Das müsste ich morgen Nachmittag machen.

Fünfzig Pfennig habe ich selber. Das ist so beschämend, so kläglich. Seinen Bruder zu bestehlen, ist einfach scheiße. Er wird es merken.

Sehr ernst und eindringlich sagt mir eine innere Stimme: Dieser Film ist für dich persönlich gedreht worden. Damit du ihn siehst. Hier sind alle wichtigen Informationen über den Krieg beisammen, über Kameradschaft, über die unzerstörbaren Kräfte von uns Deutschen. In diesem Film geht es um etwas, das uns niemand wegnehmen kann. Das kann dir nur Hardy Krüger erzählen. Und die Engländer, die mit ihm zusammenspielen, geben ihm recht. Dieser Film wird dir bestätigen, dass wir Deutschen einzigartige Qualitäten haben: Mut, Stolz, Durchhaltewillen, Raffinesse.

Nachts wache ich immer wieder auf, weil ich die Soldaten in diesem Film bereits miteinander sprechen höre. Ich bin nur nicht dicht genug dran und kann ihre Worte nicht verstehen.

Ich weiß, es ist nicht gut, zu stehlen. Das braucht mir niemand erzählen. Es ist nicht gut, seinem Bruder eine Mark aus dem Geldbeutel zu klauen. Wer das nicht begreift, dem fehlt jedes moralische Grundverständnis. Mir ist jedenfalls vollkommen klar, dass man das nicht machen darf. Mich braucht auch niemand zu verprügeln oder zu ohrfeigen, um mir das beizubringen. Aber ich will diesen Film sehen. Und anders geht es nicht.

Heute Nachmittag habe ich zu meiner Mutter gesagt, dass ich zu Christian gehe, um lateinische Vokabeln zu lernen.

Wir schreiben morgen eine Arbeit. Es kann sein, dass ich etwas später zum Abendessen zurück bin.

Als Werner eine Pause beim Üben einlegt, in den Garten geht, ein paar Klimmzüge an der Teppichstange macht und sein Quarkbrot isst, gehe ich in sein Zimmer und schaue nach: Die D-Mark ist noch da. Und dann wandert sie in meine Hosentasche.

Das ist gar nicht lange her. Drei Stunden vielleicht. Dazwischen liegt der Film.

Von Hardy Krüger habe ich gelernt, dass kein Gefängnis unüberwindlich ist. Man kommt überall raus. Ein Deutscher jedenfalls. Aber man muss viel aushalten. Eine echte Spritze voller Zuspruch und Ermutigung war das! Hat mir gutgetan.

Auf dem Rückweg vom Kino sind dann andere Bilder stärker: Werners schwarzes Portemonnaie ohne die einsame D-Mark zwischen dem klebrigen Leder. Wie soll ich ihn angucken? Er wird am Tisch sitzen. Neben mir. Ich werde an nichts anderes denken können als an diese D-Mark. Und ob er sie schon vermisst.

Warum bin ich ein Dieb? Warum hat ein Filmplakat so eine Macht über mich? Vielleicht geht es um etwas anderes. Vielleicht will ich einfach Vertrauen brechen. Wenn ich genug Geld hätte, würde ich mir dann ein anderes Verbot suchen, das ich übertrete? Brauche ich die Übertretung? Weiß ich sonst nicht, wer ich bin? Werde ich erst ein Mensch, wenn ich eine Regel verletze? Bin ich ein Fallbeispiel, wie unser Gefängnispsychologe das nennt?

Plötzlich bin ich zu Hause angekommen. Was für ein grauenvolles Ziel, wenn man seinen Bruder bestohlen hat! Wann werde ich endlich nicht mehr nach Hause kommen müssen?

Im Flur höre ich schon das Gesumm am Tisch.

Ich öffne die Esszimmertür. Sie sitzen alle unter dem warmen Licht der Lampe und löffeln Suppe. Rindsbrühe rieche ich. Hm! Wäre das schön. Rindsbrühe zu essen, ohne gestohlen zu haben. Auf meinem weißen, leeren Suppenteller liegt Werners Portemonnaie. Keiner sagt was. Mir kommt vor, bereits beim Öffnen der Tür hätte jemand noch schnell geflüstert: Pssst, jetzt wollen wir mal sehen.

Ich bleibe vor dem Stuhl stehen, schaue auf meinen Teller und frage blöd in die Runde: Was soll das?

Das fragen wir dich, sagt meine Mutter.

Werner zuckt die Schultern und sagt entschuldigend: Da war heute Nachmittag noch eine Mark drin. Das weiß ich genau.

Ja und?, sage ich. Ich schaue auf das Portemonnaie. Ich fühle mich selber wie aus Leder. Sollen sie mich doch totschlagen.

Wo kommst du her?, fragt mein Vater sachlich.

Von Christian. Wir haben Latein gemacht.

Meine Mutter blickt stöhnend zur Decke.

Mein Vater stützt sein Gesicht einen Moment lang in seine Hände.

Warst du im Kino?, fragt er.

Ich überlege kurz und denke: Warum nicht. Lieber ein Ende mit Schrecken. Ja, sage ich. «Einer kam durch». Mit Hardy Krüger. Ein Kriegsfilm. Den haben alle gesehen. Ich wollte den auch sehen.

Meine Mutter stöhnt noch einmal.

Das finde ich interessant, dass sie zweimal auf die gleiche Weise stöhnt, egal, ob sie die Wahrheit hört oder die Lüge.

Du warst also nicht bei Christian?, fragt mein Vater.

Nein.

Du hast uns also belogen?

Ja.

Hast du aus Werners Portemonnaie eine Mark gestohlen?

Ja.

Ich weiß nicht, in welcher Sekunde mein Vater aufgestanden ist und befohlen hat: Stell dich hin! Wann er ausgeholt hat. Ich höre den Knall der Ohrfeige. Gut getroffen, denke ich. Im nächsten Moment schlage ich mit dem Kopf an das Birkenholzbuffet an der Wand und gehe zu Boden. Blitzschnell stehe ich wieder auf den Beinen. Mein Vater sitzt schon wieder.

Setz dich hin und iss deine Suppe, sagt er.

Ich mache das. Ich setze mich hin. Jemand nimmt meinen Teller, entfernt Werners Portemonnaie und schöpft mit der Suppenkelle Rindsbrühe hinein. Mein Kopf dröhnt vom Doppelschlag. Ob die Hand meines Vaters oder der Fall gegen das Buffet schmerzhafter war, kann ich nicht entscheiden. Ich habe kein Gefühl.

Gott sei Dank, denke ich. Endlich wissen alle Bescheid. Ich muss an der Wirklichkeit nicht mehr rumdrücken oder rummodellieren. Ich habe gestohlen, gelogen und diesen Film gesehen. Die Spannung ist vorbei.

Iss, sagt mein Vater.

Ich tunke den Löffel ein und bemerke, dass meine Hand wild zittert. Kein Tropfen Suppe würde meinen Mund erreichen.

Nimm deinen Teller und iss in der Küche, sagt mein Vater.

Ich stehe auf und will den Teller in die Hände nehmen. Das geht gar nicht. Alle schauen zu.

Werner, trag Edgar seinen Teller in die Küche.

Werner steht auf und nimmt meinen Teller. Ich nehme den Löffel.

Nimm dir noch eine Scheibe Brot mit, sagt meine Mutter.

Ich mache auch das und verlasse hinter Werner das Esszimmer.

Der lange Weg über den Flur ist schön. Erlösende Schritte.

Am Küchentisch sitze ich vor meinem Teller, Werner steht hinter mir. Nach einer Weile sagt er: Das ging leider nicht anders. Er drückt mir kurz die Schulter.

Wird schon wieder, sagt er und verlässt die Küche.

Seine Freundlichkeit treibt mir massenhaft das Wasser aus den Augen und den Rotz aus der Nase. Alles zusammen mit der Rindsbrühe schmeckt salzig, aber sehr gut.

Weihnachten wird kommen wollen wie jedes Jahr. Das weiß ich.

Ich habe dann nicht mehr abgewaschen, bin die Treppe raufgegangen auf den Dachboden. Über unsere schöne lange Holztreppe. Jetzt sitze ich hier. Toll, dass ich im Haus ein Refugium habe, so weit weg von meiner Familie.

Aber ich ahne, dass das geschlossene System mit Gott nicht mehr so wasserdicht sein wird. Weihnachten wird nur noch daran erinnern, dass Christus auf die Welt gekommen ist. Also theoretisch. Gott wird nicht mehr unmittelbar anwesend sein. Wie der Unterschied beim katholischen und protestantischen Abendmahl: Oblate und Wein werden etwas bedeuten. Aber sie werden nicht mehr Leib und Blut Christi sein.

Traum von meinem Vater

Heute Nacht bin ich im Traum meinem Vater begegnet. Ich bewege mich durch die Wohnung meiner Kindheit, öffne vom Esszimmer her die Schiebetüren zum Flügelzimmer, und da sitzt er in einem der Polstersessel, gegenüber Rembrandts «Mann mit dem Goldhelm», der, wie man jetzt weiß, gar nicht von Rembrandt stammt, und schaut sich das Bild an. Bewegungslos.

Ich freue mich, ihn wiederzusehen, bleibe aber erst mal auf Distanz und bin ganz auf sein Aussehen fixiert. Ich suche nach Spuren von Verwesung in seinem Gesicht, finde aber nichts. Sein silbriges Haar liegt ein bisschen lang auf den Ohren, die Augenbrauen sind noch buschiger als früher. Seine fleischigen, behaarten Hände hängen reglos über der Sessellehne. Insgesamt wirkt er etwas dünner und blasser als zu Lebzeiten.

Ich selbst habe gar keinen Körper. Ich bestehe gewissermaßen nur aus meinem Sehvermögen und schwebe auf ihn zu wie eine Kamera.

Eine ungewöhnliche Stille geht von ihm aus und hält mich davon ab, ihm zu nahe zu kommen.

Etwas stimmt mit seinem Anzug nicht. Das Grau ist verblichen. Der Stoff ist durchscheinend wie Butterbrotpapier, aber das Fischgrätenmuster ist noch deutlich zu erkennen. Ich frage mich, ob er wirklich lebt. Nach und nach nehme ich seine Atmung wahr. Seine Jacke hebt und senkt sich leicht. Den Mund hat er halb geöffnet, manchmal bewegen sich seine Lippen, wie bei Fischen, und irgendwann haucht er: Ja.

Hast du mir geantwortet?, frage ich ihn.

Da hebt er die Hand und sagt leise: Jaja.

Bist du denn jetzt wieder da?

Er zögert einen Moment und haucht dann: Na ja.

Die ganze Zeit sehe ich ihn im Profil. Sein Blick geht durch den Rembrandt hindurch. Offensichtlich ist ihm bewusst, dass sein Leben hinter ihm liegt.

Er wirkt leer, erschöpft, ausgelaufen. Wie ein alter Prophet, dessen Autorität überstrapaziert worden ist.

War es das wert?, scheint sein Gesicht zu fragen: Diese Mühe, dieser Kraftaufwand. Will ich dieses Leben wirklich gelebt haben?

Schau mich an, sagt sein Bild zu mir. Aber nicht zu genau. Sonst bin ich verschwunden. Wie mein Anzug. Wenn du zu intensiv auf meine Jacke schaust, knistert sie unter deinen Augen weg wie brennendes Papier. Sieh mir bitte auch nicht unter die Haare und hinter die Ohren. Sonst löse ich mich ganz auf, und dir bleibt nur ein leerer Sessel. Aber noch bin ich da.

Seine Erscheinung ist ein kostbares Angebot, das ist mir bewusst, deshalb schaue ich jetzt ganz weich und mit hängenden Wimpern, als hätte ich schlechte Augen. Ich freue mich so sehr, dass er überhaupt da ist, dass ich ihn atmen sehe, und obwohl ich keinen Körper habe, wird mir ganz warm zumute.

Dann ist mein Erwachen nicht mehr aufzuhalten. Meine Kraft lässt nach, und ich kann sein Bild nicht mehr halten.

Wenig später nehme ich im Badezimmer meine Herzmedikamente ein und mache mir klar, dass der zerzauste Herr, der mich im Spiegel anschaut, genauso alt ist wie mein Vater, als er starb.

Warum bist du mir erschienen, frage ich.

Der Herr aus dem Spiegel sagt: Übernimm dich nicht.

Königlicher Musikdirektor

Wenn du ergriffen bist, Papa, wenn du von früher erzählst, wenn deine Stimme zu zittern beginnt, wenn es dir den Hals zuschnürt, du dir die Brille abnehmen musst, um dir mit dem Taschentuch das Gesicht zu trocknen, dann traue auch ich mich raus aus meiner Burg.

Leider kann ich das nicht zeigen. Ich finde nicht den richtigen Satz. Du könntest es an meinem Gesicht sehen. Aber du schaust, wenn du weinst, vor dich hin, in die Ferne. Dein Mund ist leicht geöffnet, und über deine schlaffen Lippen geht die Welt ein und aus.

Ich wollte dich schon immer mal fragen, ob dein Vater dich je geschlagen hat.

Aber das ist nicht so einfach. Ich möchte nicht, dass du gleich die Kritik heraushörst. Nicht sofort jedenfalls. Erst einen Tag später, wenn du noch mal über meine Frage nachdenkst.

So ist mein Plan. Ich muss die richtige Gelegenheit finden. Zu lange warten darf ich aber auch nicht. Ich muss dich unbedingt fragen, bevor du wieder mit mir Lateinisch machen willst. Denn das bedeutet Ohrfeigen.

Manchmal probe ich die Frage für mich allein in meinem Zimmer, halblaut, mit der Hand in der Hosentasche: Papa, hat dein Vater dich eigentlich jemals geschlagen?

Kaum habe ich das ausgesprochen, fühle ich mich verwandelt, in dich. Ich bin du, und meine Gefühle sind deine. Wie beschämend!, schießt es mir dann durch den Kopf. Wie kann er mich das fragen und mich an die Momente erinnern, wo mir die Hand ausrutscht!

Manchmal beobachte ich dich, wenn du an mir vorbei mit meinen älteren Brüdern sprichst, und frage dich in Gedanken: Hat dein Vater dich jemals geschlagen?

Ich stelle mir vor, wie die Frage in dir arbeitet, studiere dein Gesicht, deine Haut, deine Augen. Blitzartig können sie starr werden und deine Stimme unerwartet schneidend.

Nein, du bist mir zu unberechenbar. Ich warte lieber noch.

Eigentlich weiß ich die Antwort: Dein Vater hat dich nicht geschlagen. Wahrscheinlich nie. Aber die Frage würde ich trotzdem gerne stellen. Ich möchte dich einmal auf den Unterschied zwischen dir und deinem Vater aufmerksam machen, dich einmal mit der Nase in den Scheißhaufen deiner Ohrfeigen und Prügel stupsen. Offen kann ich das nicht ansprechen. Ich muss den Umweg über deinen Vater nehmen. Daran ist etwas Heimtückisches, ich weiß.

Dein Vater ist nicht irgendjemand. Er ist ein Fixstern, der wirkungsmächtigste Tote in unserer Familie.

Würde ich mal sagen. Vor dreizehn Jahren ist er verunglückt, noch vor meiner Geburt. Zwei seiner Dirigentenstäbe liegen griffbereit in deiner Schreibtischschublade. Einer ist eher ein Schmuckstück und nicht für den Gebrauch – dafür ist er zu dick: aus Ebenholz mit Elfenbein und Perlmutt verziert. Wahrscheinlich ein Ehrengeschenk. Der andere ist dünn, dunkelbraun, leicht gebogen, an einer Stelle angebrochen. Der hat sicher viele Oratorien und Chorkonzerte hinter sich. Ich vermute, dass du ihn gelegentlich in die Hand nimmst und von deinem Schreibtischstuhl aus imaginäre Musik dirigierst. Der Stab liegt unmittelbar neben deinem Pass. Auch eine kleine Emaille-Spange für die Mitglieder des Selge-Volkschors aus Berlin Steglitz liegt da. Und sein kurzes Testament, in dem er seiner Geliebten einen neu-erworbenen Dampfkochtopf vererbt.

In unserem Mottenschrank in der Diele hängt sein alter Frack. Den hättest du fast vergessen, wenn ich ihn nicht mal angezogen und dann zur Wohnzimmertür reingeschaut hätte. Ihr hörtet gerade bei einem Glas Wein Musik, Schuberts «Erlkönig», von deinem Lieblingssänger Fischer-Dieskau gesungen.

Was hast du denn da für einen Frack an? Hast du gefragt.

Ja! Rate mal, wem der wohl mal gehört hat. Habe ich geantwortet. Und bin schön vorsichtig im Türrahmen stehen geblieben. Dann habe ich den Dirigentenstab gezückt, die Augenbrauen hochgezogen und den Erlkönig mitdirigiert. Na? Weißt du's jetzt?

Da ist dir ein Licht aufgegangen: Tu den mal schnell wieder hin, wo du ihn herhast. Du sollst doch nicht an meine Sachen gehen! Hast du mir zugerufen und dein Gesicht wieder in deiner Hand versteckt. Und mit geschlossenen Augen weiter dem Erlkönig gelauscht.

Ich weiß schon, wo unsere Musikalität herkommt. Wer uns da alle infiziert, wer uns dieses Lebenselixier vererbt hat. Das ist dein Vater, Papa. Der hat sich vom bescheidenen Volksschullehrer in Posen mit dem Geld seiner Frau, einer Gutstochter aus dem benachbarten Kalisch, zum Musiklehrer ausgebildet und es schließlich zum Königlichen Musikdirektor in Berlin gebracht.

Es ist sein Rhythmus, sein Feuer, sein Fleiß und vor allem seine Sehnsucht nach diesem unsichtbaren Medium der Töne, das uns allen tief in den Knochen steckt. Ob wir nun Musiker sind oder nicht.

Und ich würde nichts lieber wissen als das: ob dich dieser Mann, der sehr ungeduldig, vielleicht auch cholerisch war, wie du, je geschlagen hat.

Plötzlich und unerwartet, am Mittagstisch, spüre ich: Jetzt ist die Gelegenheit gut.

Wir sitzen alle zusammen, und du erzählst wieder von früher, und zwar von eurer Hochzeit. Du erzählst, wie dein Vater bei eurer kirchlichen Trauung die Orgel spielte, danach aber allein nach Hause gehen musste, weil er zum Hochzeitsessen nicht mit eingeladen war. Schließlich lebten deine Eltern getrennt, und deine Mutter hätte es nicht ertragen, mit diesem Mann an der Hochzeitstafel ihres Sohnes zu sitzen.

Ohne schon einen genauen Plan zu haben, schalte ich mich in deine Erzählung ein und frage: Was? Dein Vater durfte nicht mitkommen? Auf deine Hochzeit?

Nein, sagst du, auch vorher und in der Kirche wollte ihn meine Mutter nicht sehen.

Aber Orgel spielen durfte er?

Ja, dagegen hatte sie nichts. Wahrscheinlich, weil sie ihn da nicht sehen musste.

Das muss aber traurig für ihn gewesen sein.

Ja, sagst du etwas kleinlaut, das war sicher nicht leicht für ihn. Nach dem Schlusschoral «Du, meine Seele, singe, wohlauf und singe schön» hat er noch ein langes Nachspiel an der Orgel improvisiert, oben auf der Empore, während wir alle, eure Mutter und ich, die Eltern eurer Mutter, ihre drei Schwestern, zwei davon mit ihren Ehemännern, meine Mutter und mein Bruder Aribert und unsere Verwandten und Freunde und vorneweg Pastor Frederking vom Altar durchs

Mittelschiff aus der Kirche gingen, in die Droschken stiegen und zum Essen fuhren.

Und dann? Was hat dein Vater dann gemacht?

Dann – was wird er gemacht haben? Du schaust in die Ferne, Papa. Offensichtlich hast du dir diese Frage noch nie gestellt.

Der wird alleine in sein Zuhause gegangen sein.

Er war ja nicht allein, wirft Mutti jetzt ein. Er lebte ja mit einer anderen Frau zusammen.

Das eröffnet eine andere Perspektive. Aber das scheint dich nicht zu berühren, Papa. Jedenfalls zeigst du keine Reaktion. Die Trennung deiner Eltern gehört zu den Wunden, an denen man nur vorsichtig kratzt, ohne den Schorf zu beschädigen. Und über diese andere Frau, die dabei im Spiel ist, wird nicht gesprochen. 1936, bei eurer Hochzeit, leben deine Eltern schon achtzehn Jahre getrennt.

Ich kann mir das gut vorstellen, sage ich.

Was kannst du dir gut vorstellen?, fragst du.

Wie dein Vater weiterspielt, bis alle die Kirche verlassen haben, dann die Noten zusammenklappt, die Orgel ausstellt, seinen Mantel anzieht und allein über das Kopfsteinpflaster am Händelplatz zurück in seine Wohnung trottet. Und dabei an dich und eure Hochzeit denkt. Traurig.

Ja, sagst du. Das war es sicher.

Vor allem war es traurig für Papas Mutter. Sagt Mutti.

Sie muss schon wieder was zurechtrücken. Offensichtlich will sie klarstellen, wer da Schuld auf sich geladen hat. Aber ich sehe da gar keine Schuld, sondern nur Unglück. Und du auch, Papa, wenn ich das richtig heraushöre. Oder siehst du da Schuld bei deinem Vater?

Was war das für eine Frau, mit der dein Vater zusammenlebte? Wie hat er die kennengelernt?, frage ich.

Das war Frau Splettstößer. Die war Altistin in seinem Chor.

Plötzlich sind Falten auf deiner Stirn, du wirkst viel älter als Sekunden zuvor. Dein Blick ist weich, etwas verschwommen.

Und?, frage ich. Wie ist das passiert?

Ich spüre, dass die Aufmerksamkeit am Tisch steigt. Eigentlich ist das Essen beendet, es fehlt nur noch das Dankgebet, aber die Hände entfalten sich noch mal, und auch Werner und Martin schauen jetzt fragend in dein Gesicht.

Mutti fängt an, die dreckigen Teller einzusammeln. Das Geklapper stört doch! Dabei kommst du gerade in Erzählschwung.

Das war bei einer Chorprobe, sagst du mit deiner Erzählerstimme. Es ist auch deine Vorlesestimme. Sie ist ruhig und episch und immer von den Menschen gefärbt, von denen du gerade erzählst. Sie hat einen unendlichen Atem. Mit dieser Stimme mag ich dich am liebsten. Du bist in einer anderen Welt, und da bist du bestens aufgehoben. Von mir aus könntest du da immer bleiben.

Ich sang, erzählst du, im Tenor. Ich war eigentlich noch im Stimmbruch, ich hätte nicht singen dürfen, aber mein Vater ließ mich in seinem Chor die ganze Zeit durchsingen. Mal im Alt, mal im Bass, mal im Tenor. Ich hatte einen sicheren Rhythmus und konnte gut den Ton halten. Er ließ mich einfach da singen, wo Verstärkung nötig war. Der Entwicklung meiner Gesangsstimme hat das natürlich geschadet. Ich hätte lieber ein, zwei Jahre Pause machen sollen. Ich hatte eine wunderschöne Knabenstimme vorm Stimmbruch. Wer weiß, was daraus hätte werden können.

War deine Stimme so schön wie meine? Die Frage kann ich mir nicht verkneifen.

Meine beiden älteren Brüder knurren mich von der Seite

an: Bilde dir bloß nichts ein, du! Eine schöne Kinderstimme ist nichts Besonderes.

Meine Stimme ist nicht von Pappe!, rufe ich. Das hat sogar Herr Willers in der Schule über mich gesagt, nachdem ich vorgesungen habe: Die Stimme ist nicht von Pappe!, hat er gesagt. Und der lobt nicht leicht!

Du legst sanft deine Hand auf meinen Arm und sagst: so schön wie deine. Und nach einer Pause: mindestens.

Und die Altistin?, frage ich.

Warte doch, sagst du. Irgendeinen Choral von Mendelssohn sangen wir. Es war eine besonders schöne Stelle, und wir schauten beim Singen gebannt auf meinen Vater, der mit weichen Bewegungen dirigierte, die Worte immer deutlich, aber stumm mitartikulierte, mit feurigem Blick zu den Altistinnen sah und bei einem verminderten Septakkord mit Fermate dramatisch in die Luft griff. Ich spürte, dass er eine ganz bestimmte Sängerin anschaut. Ich wollte sehen, wer das ist, und ich entdeckte sie auch und merkte, wie sie zurückschaut, zu meinem dirigierenden Vater, wie die Blicke der beiden verschmelzen. Und ich begriff in diesem Moment – du machst eine kleine Pause, Papa, als hättest du einen Kloß im Hals –, ich begriff, dass die Ehe meiner Eltern zu Ende ist.

Furchtbar, sagt Mutti.

Und? War sie zu Ende?, hake ich nach.

Du nickst. Drei Wochen später ist mein Vater ausgezogen.

Dir laufen die Tränen runter. Das sehen alle, aber natürlich sagt keiner was. Wir wissen ja, dass du ein Taschentuch hast.

Mutti legt dir die Hand auf den Arm und sagt nach einer kleinen Pause: Und das, nachdem zwei deiner älteren Brüder gerade gefallen waren!

Ich möchte lieber bei deinen Tränen und deinem Vater und der Altistin bleiben. Aber das Thema mit den Brüdern, die nicht aus dem Krieg zurückkommen, ist auch interessant. Ich muss beides am Laufen halten, bevor ihr alle vom Tisch aufsteht und die Geschichten verlorengehen.

Da wart ihr nur noch drei, rechne ich nach. Du, deine Mutter und dein ältester Bruder, Onkel Aribert.

Ja, sagst du, der Krieg war gerade zu Ende. Mein Bruder Werner ist noch in den letzten Kriegstagen 1918 durch eine Granate beim Essenholen verunglückt. Er hat seinen Schützengraben verlassen und ist quer zurück übers Feld gelaufen, mit zwei Henkelmännern, um aus der Gulaschkanone Suppe für sich und seine Kameraden zu holen.

Werner und Werner. Ich blicke links zu meinem Bruder, um zu sehen, wie es auf ihn wirkt, wenn von seinem gefallenen Onkel einfach als Werner die Rede ist.

Werner sagt nichts, lässt sich überhaupt nichts anmerken, schaut vor sich hin mit fast geschlossenen Lidern. Wenn er nicht will, kriegst du nichts raus aus ihm. Das ärgert dich, Papa, aber du hast es aufgegeben. Bei Werner hat auch der Rohrstock irgendwann nicht mehr gefruchtet.

Inzwischen hat die Rührung dich fest im Griff, aber du erwischst eine Zäsur im Weinen und bringst noch schnell einen weiteren Satz unter: Ich weiß noch, wie mein Vater durchs Wohnzimmer ging, in der einen Hand das Telegramm mit Werners Todesnachricht, mit der andern bedeckte er seine Augen, damit niemand seine Tränen sah.

Das muss ich mir merken. Diesen Gang deines Vaters durchs Wohnzimmer möchte ich nie vergessen. Dein stolzer Vater mit dem zentimeterdicken, pechschwarzen Haar, der Hakennase, den feurigen Augen und dem entschlossenen

Mund – dieser ungeduldige, durch sein Leben stürzende Musiker aus Posen, der in Berlin Steglitz 1947 noch eine Straßenbahn rechtzeitig erreichen will, aufs Trittbrett springt, ausrutscht und mit einem Fuß auf die Schienen gerät, wo er von den schweren Straßenbahnrädern überrollt wird, was zu einer Amputation mit Blutvergiftung führt, an der er stirbt: wie dieser von Rhythmus und Musik besessene Mann 1918 das Wohnzimmer durchquert, das Todestelegramm in der einen Hand, und sich die andere wie einen Schirm über die Augen hält, damit man seine Tränen nicht sieht – das ist ein Bild, das auch auf mich eine dramatische Wirkung hat. Wahrscheinlich geht dein Vater gerade am offenen Flügel vorbei, an dem dein Bruder Werner nun nie wieder seine langsamen Sätze spielen wird.

Hat dein Vater oft geweint?, will ich wissen. Ich habe ja meine wichtigste Frage noch im Hinterkopf und denke, es muss doch noch mehr Schmerz drin sein in diesem Großvater, den wir alle um sein Temperament und sein Aussehen beneiden, dessen Foto heute noch vergrößert und gut platziert in unserer Wohnung hängt. Aber nur Werner sieht ihm wirklich ähnlich.

Doch, sagst du, als mein Bruder Egon gefallen ist, gleich 1914, da hat er noch heftiger geweint. Egon mochte er am liebsten.

Aber wie hat er geweint, denke ich, wie? In welcher Haltung, wo stand oder saß er? In welchem Raum? War es morgens oder abends? Herrgott! Es sind die Details, die ich wissen möchte. Sie erlösen mich von mir selbst. Nur die Details.

Aber ich frage nicht danach. Leider. Stattdessen sage ich: Wie ist Egon gefallen?

Das will ich ja auch wissen. Das Wort «gefallen» für

«sterben», dieses besondere Wort für den Tod auf dem Schlachtfeld, hat es mir angetan.

Im Nahkampf, sagst du. Mit aufgepflanzten Bajonetten. In Frankreich.

Das elektrisiert mich. Ich wusste es eigentlich. Hatte es aber vergessen.

Also wie?, frage ich. Hat er sich mit einem Franzosen gleichzeitig die Brust durchstochen?

Dieses Bild regt mich richtig auf. Noch heute. Ich möchte es gemalt sehen, am liebsten von Delacroix: Egon mit seinem französischen Todeskameraden auf den Feldern von Verdun, wie sie sich gegenseitig mit dem Bajonett die Brust durchstechen.

Das haben wir uns nicht so genau vorgestellt, sagst du.

Das glaube ich dir nicht, dass ihr euch das nicht vorgestellt habt. Aber laut sage ich das nicht.

Und die beiden Brüder hatten sich so gefreut, dass sie eingezogen wurden und in den Krieg ziehen durften! Sagt Mutti und schlägt die Hände zusammen, um das Unglück noch größer zu machen.

Ja, erzählst du, Egon und Werner sind 1914 bei Ausbruch des Krieges vom Esstisch aufgesprungen, das war so, wie wir jetzt hier sitzen, und sind auf die Straße gelaufen, damit sie bloß noch eine Uniform und eine Waffe ergattern. Die hatten Angst, dass kein Gewehr mehr für sie übrig sein könnte.

Und du zeigst durch das Fenster auf unsere Eimterstraße Richtung Gefängnis, als würdest du sie dort laufen sehen.

Das kannst nur du, Papa: einen Augenblick, der fast ein halbes Jahrhundert zurückliegt, so heraufbeschwören, als hätte er vor wenigen Sekunden stattgefunden.

Ich blicke zu meinen Brüdern und stelle mir vor, wie sie

vom Tisch aufspringen und in den Krieg ziehen. Aber die kleben unbeweglich auf ihren Stühlen. Da ist nicht ein Funken Begeisterung.

Warum wollten deine Brüder unbedingt an die Front, wenn die beide so gut Klavier spielten?, möchte ich wissen.

Jetzt kommt Mutti in Fahrt: Die waren eben stolz auf ihr Land! Und sie klatscht wieder in die Hände. Es geht nicht immer nur um Musik. Und mit fast irrem Blick wiederholt sie das Wort: Musik Musik Musik! Und dann: Kunst! Literatur! Ihr denkt immer, das wär alles! Es gibt noch was Größeres, etwas, für das man bereit sein kann, sein Leben einzusetzen.

Gott, sage ich prompt.

Nein, ruft sie.

Ich staune. Gott steht doch im Mittelpunkt ihres Lebens.

Was dann?, frage ich.

Das Vaterland! Davon macht ihr euch gar keine Vorstellung, was das für uns bedeutet hat!

Erstaunlich, diese Wut, die da bei ihr herausbricht, denke ich. Wo kommt die her?

Und dein Vater?, frage ich dich, Papa, warum ist der nicht mit in den Krieg gezogen?

Mein Vater wurde uk gestellt, aber er musste immer mit dem Vorwurf leben, ein Drückeberger zu sein.

Ein Feigling, ergänzt Mutti und korrigiert sich gleich. Sie legt ihre Hand auf deine, Papa, und sagt: Ich meine nicht, dass dein Vater ein Feigling war, aber in meinem Elternhaus haben wir die, die zu Hause blieben, Feiglinge genannt.

Es entsteht eine Pause. Ich bin der Einzige, der in diesem Moment meine Mutter anschaut. Ich sitze ihr ja genau gegenüber. Ich bekomme eine Ahnung, aus was für einer linientreuen Familie sie kommt. Ihr eigener Vater ist dabei gewesen in diesem ersten großen Krieg. Der ist als Marinerichter über die Weltmeere geschippert, hat Todesurteile bei schweren Disziplinarvergehen unterzeichnet, war bei den Chinesen und bei den Hereros zu Besuch. Aber das lenkt mich jetzt nur ab.

Was heißt uk?, frage ich.

Unabkömmlich, sagt Martin.

Ach, du bist ja auch da, denke ich. Martin ist mutig. Der geht zum Militär. Ich geh da bestimmt nicht hin. Ich bin lieber ein Drückeberger. Schon weil mir der Ton nicht gefällt, mit dem meine Mutter die Kunst kleinredet.

Du lehnst dich zurück, Papa, und sagst: Mein Vater war vom Schuldienst unabkömmlich. Außerdem hatte er seinen Chor gerade gegründet. Den Selge-Volkschor in Steglitz-Lichterfelde. Ja, das könnt ihr euch heute nicht mehr vorstellen. Meinen Brüdern ging es plötzlich um was anderes. Die Musik trat in den Hintergrund. Das Schicksal wurde wichtiger, das Schicksal unseres Volkes. Sie waren voller Stolz und wollten für Deutschland ihr Leben einsetzen. Das hat sie gepackt. Das hat damals alle gepackt.

Ihr braucht nur dies Buch «Briefe gefallener Studenten» zu lesen, sagt Mutti. Die haben sich in ihren Schützengräben Gedichte vorgelesen. «Füllest wieder Busch und Tal». Und Menschen, die niemals Goethe gelesen hatten, waren plötzlich ergriffen von solchen Zeilen.

Und sind dann wenige Stunden später gefallen, sagst du, Papa, als sei noch was offen in ihrer Erklärung.

Füllest wieder Busch und Tal
Still mit Nebelglanz,

Lösest endlich auch einmal
Meine Seele ganz.

Das rezitiert ihr beiden plötzlich ganz versonnen. Wechselt euch mit den Zeilen ab. Ihr könnt das auswendig. Ihr könnt das Gedicht abrufen, wie man eine Lampe anknipst.

Ich will aber nicht, dass die Stimmung wechselt und wir vom Thema abkommen. Deshalb frage ich, bevor ihr zur zweiten Strophe kommt:

Egon wollte doch Theologie studieren, wenn er aus dem Krieg zurückgekommen wäre, oder?

Ja, sagst du überrascht. Das hast du gut behalten.

Wie kann man Theologie studieren, wenn man so gut Klavier spielt? Ich denke, der hat fehlerlos das Schumannkonzert zum Abitur gespielt?

Egon, antwortest du, wurde im letzten Schuljahr sehr ernst.

Sehr ernst – ja und? Ich denke, es kommt noch was. Aber nein. Mehr sagst du nicht. Nur «Egon wurde im letzten Schuljahr sehr ernst».

Das soll wohl beschreiben, dass er eine wichtige Lebensentscheidung getroffen hat. Die Formulierung erinnert mich daran, wie ihr über junge Musiker redet, deren Interpretationen ihr noch etwas nichtssagend findet. Ihr sagt, der oder die müsse eben noch «etwas erleben». Damit die Interpretation an Tiefe gewinne. Und es ist klar, dass ihr Liebe und Sexualität meint. Und dann schaut ihr euch tief in die Augen und gebt damit zu verstehen: Euer eigenes Leben hat durch eure Liebe und Sexualität an Tiefe gewonnen.

Das kann ja zutreffen. Aber mich stößt die Vorstellung ab. Ich finde das klebrig. Das würde heißen: Ich kann da gar nicht mitreden, wenn es um das sogenannte tiefere Verständnis von etwas geht. Von Musik. Von Dichtung. Vom Leben überhaupt. Da bin ich aber ganz anderer Meinung! Wer so intensive Prügel bekommt wie ich von dir, Papa, der kann auch als Kind ein tieferes Verständnis vom Leben haben.

Warum zieht Egon denn so gerne in den Krieg, wenn er an Gott glaubt?, frage ich dich.

Ihr schüttelt beide den Kopf. Du sagst: Das versteht von euch keiner mehr.

Und Mutti fügt knochentrocken hinzu: Wieso? Es gibt ja auch Militärpfarrer.

Aber Gott, sage ich, Gott ist doch kein Deutscher?

So kann man das natürlich nicht ausdrücken, sagst du tadelnd, überlegst einen Augenblick: Wir dachten, Gott ist auf unserer Seite. Auch im letzten Krieg haben wir das geglaubt. Am Anfang wenigstens.

Sag mal, Papa, hat dich dein Vater je geschlagen?

Für alle kommt die Frage unerwartet. Aber du wirst rot, lieber Papa. Jawohl, du wirst feuerrot. Und nicht, weil du an Ohrfeigen denkst, die du verteilst. Oder an den Hinterhalt meiner Frage. Sondern weil dich Zärtlichkeit für deinen Vater entflammt. Dein Gesicht leuchtet. Und mit einer ungewohnten Wärme sagst du:

Nie, niemals hätte mein Vater mich geschlagen. Dazu war er viel zu weich. Er war ein ausgesprochen liebevoller Vater.

Schau mal an, denke ich und halte den Blick mutig auf dich gerichtet. Da muss dir doch jetzt mal ein Licht aufgehen!

Wenn meine Brüder morgens die Haustür zuschlugen und zur Schule rannten, setzt du nun wieder ganz frisch an, dann ist meine Mutter zu mir ins Zimmer gekommen, um mich aus dem Bett zu heben. Nu hab ich Zeit für dich, hat sie gesagt. Nu komm. Aber plötzlich ging die Tür auf, und mein Vater, der eigentlich auch zur Schule musste, zum Musikunterricht, stürzte herein, zog meine Mutter von mir weg, drückte sie an die Wand und bedeckte ihr Gesicht mit unzähligen Küssen. Meine Mutter versuchte, ihn abzuwehren, sah zu mir hin, so gut es ging, und flüsterte unter seinem Schnauzer hervor: Nicht doch, der Junge! Der Junge sieht doch zu! Darauf fasste mein Vater sie am Arm und zog sie ins Schlafzimmer.

Jetzt machst du eine Pause, Papa, und für einen Moment kann ich dich in deinem Kinderbett sitzen sehen, wie du auf deine Mutter wartest.

Mein Vater kam dann irgendwann wieder raus aus dem Schlafzimmer, fährst du fort, zog sich den Mantel an, nahm die Notentasche vom Flügel und verschwand. Nach einer Weile kam meine Mutter zu mir, drückte mich an ihre Brust und sagte immer wieder: Nu komm, nu komm, mein Kleiner.

Jetzt erwischt es dich voll. Du heulst richtig. Wir fragen uns alle, wann du wohl weiterreden kannst. Einfach vom Tisch aufstehen kann jetzt jedenfalls niemand. Das geht nicht. Ich finde es gut, dass wir durch dein Weinen an unseren Stühlen festgeklebt sind. Ich könnte hier noch lange sitzen. Mir fällt gerade ein, dass du im Grunde seit der Zeit, als dein Vater auszog und zwei deiner Brüder im Krieg fielen, mit deiner Mutter allein gelebt hast. Anfangs war dein ältester Bruder Aribert noch da, dem sie in Frankreich den Daumen weggeschossen hatten. Aber der lag den ganzen Tag im Bett und schlief. Nachts stand er auf, hat Chinesisch gelernt und Gedichte übersetzt. Weil deine Mutter das nicht ausgehalten hat, hast du als Kleinster ihn aus dem Haus komplimentiert. Du hast ihm klargemacht, dass er die Nerven eurer Mutter ruiniert, wenn er den ganzen Tag im Bett liegt. Dieser Kraftakt von dir hat mich immer erstaunt. Achtzehn Jahre hast du mit deiner Mutter zusammengelebt. Und als du zum Staatsanwalt befördert wurdest, hast du sie mit nach Ostpreußen genommen. Nach Königsberg. Erst dann hast du dich nach einer eigenen Frau umgeschaut.

Wen hast du mehr geliebt, frage ich, nachdem du dich wieder etwas beruhigt hast: deine Mutter oder deinen Vater?

Da unterscheidet man nicht!, ruft Mutti dazwischen. Man fragt auch nicht, welches Kind am meisten geliebt wird. Man liebt alle gleich.

Ja. Das ist unsere Mutter. Mutti. Christliche Prinzipien. Die kehrt sie raus. Aber ihr Gefühl verbirgt sie. Du aber nicht, Papa. Du sagst ganz frei:

Natürlich habe ich meine Mutter mehr geliebt. Schon als Kind.

Das ist erstaunlich. Denn gerade bist du noch aus Liebe zu deinem Vater rot geworden.

Ich muss noch mal nachfragen: Und deinen Vater hast du nicht so geliebt?

Doch, auch. Er war eben sehr stürmisch.

Er hat sich vor allem um seinen Chor gekümmert. Sagt Mutti.

Plötzlich sagt Werner links neben mir in tiefstem Bass: Er war einfach ein Künstler.

Donnerwetter. Der hat so lange geschwiegen. Um dann diesen Satz zu sagen. Künstler. Das scheint die Lösung zu sein. Damit sind wir alle zufrieden.

Ja, er war ein Künstler, sagst du abschließend. Seine Chorkonzerte waren ihm das Wichtigste.

Und Mutti ergänzt: Darauf war deine Mutter auch sehr stolz. Sie hat alle guten Kritiken gesammelt. Und auch die schlechten über die Konkurrenz, wie zum Beispiel über die

Singakademie in Berlin Mitte, die hat sie immer ausgeschnitten und vorgelesen.

Ja, bestätigst du, meine Mutter war sehr stolz auf ihn.

Mit diesem Satz von dir könnte das Gespräch jetzt enden. Aber deine Frau schaut dich von der Seite an und macht so winzige, unschlüssige Kopfbewegungen. Die hat noch was auf der Zunge. Das siehst du nicht. Aber ich sehe es. Weil ich ihr gegenübersitze. Und gerade bevor alle aufstehen, bringt sie den Satz, der in ihr arbeitet, noch raus:

Ich glaube, deine Mutter war manchmal etwas verbittert, weil dein Vater das Geld, das sie mit in die Familie gebracht hat, für seine Ausbildung zum Musiker ausgegeben hat. Bis auf den letzten Pfennig. Ich meine, sie hat ihm das sicher gegönnt. Aber vielleicht hat sie etwas Dankbarkeit vermisst.

Jetzt entsteht eine Pause.

Und unsere Mutter legt noch mal nach: Die kam doch von einem großen Gut in Pommern. Und sie wurde ausbezahlt, wie ihre Schwestern auch, weil nur einer das Gut übernehmen konnte. Und das war, wie immer, der Mann, also ihr Bruder.

Wieder eine kleine Pause.

Dann macht sie weiter: Das soll doch sehr viel Geld gewesen sein. Jedenfalls genug, um mit deinem Vater eine Familie zu gründen und ihm eine Ausbildung zum Kirchenmusiker zu bezahlen.

Na, Papa? Was sagst du dazu?

Gar nichts. Du sagst einfach gar nichts. Das ist auch sehr klug von dir. Du nickst nur ruhig und großzügig vor dich hin.

Ich denke natürlich sofort daran, dass unsere Mutter ja auch Geld mit in die Ehe gebracht hat. Wir nennen es das Landgeld. Das sind Schrebergärten in Braunschweig. Die

stammen von unserer Großmutter mütterlicherseits, einer
Augenarzttochter. Und ein Viertel davon gehört jetzt unserer
Familie. Der regelmäßige Verkauf der Braunschweiger Par-
zellen spielt im Augenblick eine große Rolle bei uns. Und
du machst dabei den Händler, den Verkäufer, Papa. Du bist
der Fachmann, weil du eine Banklehre gemacht und dir als
Bankbeamter dein Jurastudium selber verdient hast. Du
kannst das. Wir alle vertrauen auf dich. Wir hoffen, dass du
nur Land verkaufst, wenn der Wert hoch steht. Du hast dir
gerade deinen neuen Steinway davon gekauft. Werner soll
ein richtig gutes italienisches Cello kriegen, ein Ventapane.
Mutti hat endlich eine böhmische Geige bekommen, die oben
am Griffbrett statt der Schnecke einen grinsenden Teufels-
kopf zeigt, quasi als Dauerkommentar zu all ihren zaghaften
Tönen. Martin hat sich schon lange eine silberne Querflöte
gewünscht. Er lernt blitzschnell jedes Instrument und bläst
die Flötentöne durchdringend durch alle dicken Wände. Es
sind immer noch ein paar Hektar übrig vom Braunschweiger
Land. Und die sollen liegen bleiben, im Wert steigen, am
besten zu Bauland werden. Denn eines Tages soll davon ein
Fertighäuschen in Herford gekauft werden, wenn ihr beiden, Mutti und du, mal aus der großen Dienstwohnung des
Gefängnisdirektors ausziehen müsst. Das steht alles schon
auf eurem Zettel.

So geht das. Das scheint so ein Schema zu sein, das sich
wiederholt: Die Gutstochter finanziert den Chordirigenten.
Die Augenarzttochter unterstützt den Reichsmilitärgerichts-
rat. Und unsere Mutter hilft dem Gefängnisdirektor. Die
Frauen bringen ein bisschen was mit in die Familie. Denn bei
den Beamten kommt nichts rein außer dem überschaubaren
Gehalt. Und bei den Künstlern ist sowieso meistens Ebbe.

Diese Männer, die ihr Leben auf dem Erbe der Frauen aufbauen! Aber ihren Frauen das Haushaltsgeld zuteilen! Nein, das stimmt nicht, da bin ich jetzt doch zu bösartig. Über die Zinsen der Braunschweiger Schrebergartenparzellen durftest du immer alleine verfügen, Mutti. Davon durftest du endlich mal die Kleider, Pullover und Schuhe kaufen, die du schön fandest. Keine Seide, kein Lurex, nichts Hochhackiges. Nichts Glänzendes, wie es dein Mann immer an dir sehen möchte. Sondern etwas Mattes. Warmes. Wolle. Mohair oder Merino. Und flache Schuhe. So, wie es dir gefällt. Und schöne Kleidung für die Kinder! Sachen, die eigentlich zu teuer für unsere Familie sind. Denn bei uns wird gespart. Die Kröten müssen zusammengehalten werden.

Ja, so nennst du das, Papa. Und auf der Speisekarte darf nur von der oberen Hälfte bestellt werden, wo's billig ist.

Mein Wunsch ist es, euch eines Tages zum Essen einzuladen. Zu Spargel und Kalbsteak. Und nicht zu Spargel o d e r Kalbsteak.

Jetzt seid ihr müde. Du gähnst schon. Der Mittagsschlaf ruft. Ihr habt Sehnsucht nach der Wärmflasche und nach eurem Bett. Ich kann dann die Küche sauber machen.

Mach ich aber heute gerne. Danke für das Gespräch.

Abwasch

Ich bin beim Abwasch, die Hände im Seifenwasser, und spüle die Essensreste der Familie von den Tellern.

Nichts habe ich erreicht. Das Gespräch hätte ich mir sparen können. Was hilft es mir zu wissen, dass du von deinem Vater nie geschlagen wurdest? Ich hätte dich fragen müssen: Warum schlägst du m i c h dann? Habe ich aber nicht gemacht. Den Augenblick habe ich verpasst. Obwohl die Gelegenheit günstig war. Und es hat einen Grund, dass ich nicht gefragt habe. Ich habe es längst akzeptiert, dass du mich schlägst. Mich dagegen aufzulehnen, ist etwas, wovon ich offensichtlich nur träumen kann.

Du hast schon angekündigt: Ich muss mir mal wieder Zeit nehmen und mit dir Lateinisch machen. An solchen Tagen kommst du etwas früher aus dem Gefängnis zurück. Schon wenn du den Schlüssel ins Schloss steckst, rutscht mir das Herz in die Hose. Komische Art, eine Tür aufzuschließen. Du schaust gar nicht richtig hin, wo du den Schlüssel reinschiebst. Du stichst einfach drauflos, dorthin, wo du das Schloss vermutest. Wie ein Betrunkener.

Dieses stochernde Geräusch ist das Erste, was ich in meinem Zimmer am anderen Ende der Wohnung von dir wahrnehme. Wenn du dann die Tür zuschlägst, vibriert es in meinem Körper, und ich denke: Das ist mein Untergang.

Unsere Haustür ist aus dickem Holz, in Kopfhöhe sind Glasscheiben, schmiedeeisern vergittert. Holz, Glas und Eisen erzeugen beim Zuschlagen einen scheppernden

Akkord. Es ist ein Signal: Papa ist da! Niemand außer dir schlägt so die Haustür zu.

Was kommt jetzt?, frage ich mich.

Signe!, rufst du als Nächstes, schick mir doch mal Edgar in mein Arbeitszimmer. Ich will mit ihm Lateinisch machen.

Das fährt mir in die Magengrube.

Wahrscheinlich stehst du noch in der gefliesten Halle neben dem Mottenschrank, wo der Frack deines Vaters hängt. Hätte ich doch die Chuzpe, mir den anzuziehen, das Lateinbuch unter den Arm zu klemmen, so im Arbeitszimmer zu erscheinen und dich zurechtzuweisen: Sag mal, was machst du da an meinem Schreibtisch? Ab in dein Kinderzimmer!

Ich erscheine ohne Frack mit dem Ludus Latinus unterm Arm. Du hast deinen Stuhl in den Raum gedreht, ich nehme einen Polsterhocker und setze mich vor dich hin.

Komm ruhig etwas näher, sagst du, weil ich den Hocker zu weit von dir wegstelle.

Ich weiß genau, warum ich nicht so dicht an dich ranwill.

Ich glaube, du weißt es auch.

Ich gebe dir mein Buch, blättere zu einer Lektion, die wir letzte Woche behandelt haben, weise mit dem Zeigefinger darauf und sage: Hier sind wir gerade. Meine Stimme zittert leicht. Ob du das bemerkst?

Ich finde mich schon zurecht, sagst du.

Woher willst du wissen, wo wir gerade sind?, frage ich mich.

Du lehnst dich zurück und fragst mich mit deiner Zigarrenraucherstimme: Du würdest zerstört werden?

Das ist die e-Konjugation, das weiß ich natürlich. Delere ist das Beispiel dafür im Buch.

Das ist das Paradigma hier in eurem Buch, sagst du und wunderst dich, dass ich nicht umgehend antworte.

Paradigma, denke ich, das sagt doch heute kein Mensch mehr. So hat man das vielleicht vorm Ersten Weltkrieg genannt.

Delereris, sage ich endlich.

Du nickst, im Sinne von: Das hätte schneller kommen können.

Und dann geht's los. Du fragst mich Verbformen ab. Wie im Kreuzverhör. Mal Deutsch, mal Lateinisch. Sehr gerne Konjunktive. Auch den raschen Wechsel von Aktiv und Passiv liebst du. Weil du so schnell bist, komme ich mit der deutschen Grammatik durcheinander. Könnte es sein, dass ich Deutsch noch viel weniger beherrsche als Latein?

Er wird zerstört, fragst du, und ich antworte: delebit. Das heißt aber: Er wird zerstören. Ich hätte sagen müssen: deletur.

Das ist doch ein Unterschied!, rufst du ungeduldig.

Natürlich ist das ein Unterschied. Das weiß ich doch! Aber ich bin so aufgeregt, dass ich bei dem Wort «wird» eben sofort denke: Futur!

«Würden» und «werden» kann ich in der Geschwindigkeit deines Abfragens auch nicht immer auseinanderhalten. Was bedeutet da Konjunktiv, was Passiv? Zum Beispiel: «Er würde zerstört» ist nicht «er werde zerstört». Das eine ist Konjunktiv Imperfekt, das andere Konjunktiv Präsens. Beides im Passiv.

Auch die Zeiten schieben sich für mich zusammen: Imperfekt, Perfekt und Plusquamperfekt finde ich plötzlich zum Verwechseln ähnlich. Perfekt Konjunktiv kriege ich im Deutschen gar nicht hin. Nur bei dem spitzfindigen Futur zwei bin ich relativ sicher. Weil ich mir oft sage, dass das Leben einmal vorbei gewesen sein wird.

Natürlich wechselst du ständig zwischen den Konjugationen: Amare – lieben ist das Paradigma für die a-Konjugation. Im Konjunktiv Präsens sieht sie aus wie der Indikativ der e-Konjugation.

Du stellst mir eine kleine Falle und fragst: Amet?

Vorsicht! Das heißt: Er möge lieben, und nicht: Er liebt!

Audire – hören ist das Beispiel für die i-Konjugation. Das darf ich auf keinen Fall verwechseln mit audere – wagen! Audirem ist nicht audiverim! In diesem verdammten Perfekt Konjunktiv kann ich «wagen» oder «hören» nicht mehr unterscheiden.

Legere – lesen ist das Paradigma für die konsonantische Konjugation. Da habe ich Probleme mit der Silbenanzahl: Bei legereris – du würdest gelesen werden – sage ich immer wieder: Legeris. Du verbesserst mich, aber beim nächsten Mal hänge ich aus Unsicherheit eine Silbe zu viel dran: legerereris.

Ich muss, wenn ich den Mund aufmache, aufpassen wie ein Schießhund! Du magst keine falschen Antworten. Vor allem nicht, wenn du mir etwas schon erklärt hast.

Das habe ich dir doch bereits gesagt! Wieso kannst du das nicht behalten, Menschenskind?

Du musst doch spüren, wie mir die Nerven fliegen!, denke ich.

Wenn du eine Frage gestellt hast, blickst du zur Decke und wartest angespannt auf meine Antwort. Ich denke: Wartest du auf einen Schuss? Du warst ja im Krieg bei der Flak. Hast du mit diesem Blick täglich den Himmel abgesucht, die Augen stechend, die Mundwinkel angezogen, bevor die Schüsse gefallen und die Flugzeuge runtergepurzelt sind?

Aber darüber darf ich nicht nachdenken. Bloß nicht! Wenn ich zu lange mit der Antwort warte, wiederholst du die Frage, aber in einem völlig anderen Ton. Und ich bin sicher, den hört man bis draußen auf die Veranda. Da sitzt meine Mutter und stopft. Sie könnte ja mal vorbeikommen, wenn's laut wird, und an die Tür klopfen. Fragen, ob bei uns alles in Ordnung ist. Macht sie aber nicht. Sie mischt sich nicht ein. Die Erziehungsbereiche habt ihr säuberlich aufgeteilt.

Zwischendurch habe ich immer wieder deine rechte Hand im Blick. Sie liegt auf der Armlehne. Lange schwarze Haare bedecken die Haut. Deine Fingernägel sind kurz geschnitten und sauber gebürstet. Du achtest ja auf Hygiene.

Es gibt einen Grad von Nervosität bei mir, da gebe ich nur noch falsche Antworten.

Dann triffst du meine Wange, voll und klatschend.

Ich greife mir vor Schmerz ins Gesicht.

Ich weiß nicht, ob sich irgendjemand vorstellen kann, wie es ist, Knie an Knie mit einem Menschen zu sitzen, der einen verhört. Der stärker ist als man selbst. Und bei jeder falschen Antwort muss man mit einer brennenden Ohrfeige rechnen.

Jetzt pass aber auf!, schreist du, um zu verdeutlichen, dass es sich hier erst um den Anfang handelt.

Du musst zuschlagen. Das ist ein Zwang. Du musst die Welt in Ordnung bringen. Du musst mit Ohrfeigen die Welt besser machen.

Aber sie wird nicht besser. Meine Antworten werden immer katastrophaler. Wenn der erste Schlag gesessen hat, ist mir der zweite so sicher wie das Amen in der Kirche.

Die Erfolglosigkeit deines Zuschlagens steigert deinen Zorn.

Irgendetwas stirbt in mir.

Warum stehe ich nicht auf und gehe?

Warum nicht?

Ich habe nicht die Kraft. Das Ganze ist ein Ritual, und ich bin unfähig, es zu durchbrechen. Geradeso gut könnte ich von mir verlangen, von einem Hausdach zu springen.

Irgendwann kann ich nicht mehr. Meine Stimme klingt so verschluchzt, so verängstigt, dass dir die Lust vergeht.

Geh mal für heute, sagst du plötzlich ganz sanft.

An der Tür drehe ich mich um und sage: Danke, Papa, dass du mit mir Lateinisch gemacht hast.

Das irritiert dich eine Sekunde, bevor du dich wieder in deinem Schreibtischstuhl umdrehst.

Meine Hände arbeiten immer lustloser im Spülwasser. Worauf soll ich noch neugierig sein? In jedem Menschen begegnest du mir zuerst, Papa. Mühsam muss ich mir klarmachen: Das ist nicht mein Vater. Sonst kann ich mich für niemanden interessieren.

Auch in dir muss ich erst meinen Vater vernichten, damit ich mich für dich interessieren kann. Und das will ich. Selbst wenn du eine einzige Bedrohung für mich bist.

Bin ich froh, dass Mutti sich schon vor dem Essen um die Bratpfanne gekümmert hat. Sie hängt bereits geputzt auf den weißen Kacheln. Etwas über meinem Kopf.

Auf dem Visionsfest, der Kirmes gleich bei uns um die Ecke, gibt es einen Kasper, der auf einen weißhaarigen Geist einschlägt. Dieser Geist erscheint, während der Kasper mit uns Kindern Späße macht, hinter seinem Rücken und ruft furchterregend: Ich bin der Geist der Unterwelt! Im Nu holt sich der Kasper seine Bratpfanne, haut sie dem Geist über den Holzkopf und antwortet trocken: Und jetzt ab mit dir nach Bielefeld. Das Geräusch vom Schlag der Bratpfanne ist der eigentlich komische Moment. Darüber lachen wir am lautesten.

Zur nächsten Nachhilfestunde sollte ich wirklich den Frack deines Vaters anziehen, Papa, und dich mit erhobener Bratpfanne und dem Lateinbuch unterm Arm begrüßen. Na, du Geist der Unterwelt?

Mir fällt ein Mitschüler ein, letzte Klasse Volksschule: mein Vordermann Klaus Kwiatkowski, ein freundlicher Junge mit eisenharten Armmuskeln, die er uns gerne zeigt und die wir anfassen dürfen.

Es ist kurz vor der ersten Stunde. Er setzt gerade seinen Ranzen ab, dreht sich zu mir um und zieht eine Grimasse.

Jetzt kommt sicher was Lustiges, denke ich. Aber ich deute sein Gesicht falsch.

Er beißt die Zähne zusammen, bewegt die Schultern vorsichtig und presst hervor: Boah, hat mich mein Vater gestern verdroschen! Das tut so weh! Jeder Zentimeter auf meinem Rücken. Ich krieg den Ranzen kaum runter.

Reflexartig sage ich so was wie: Das kann er doch nicht machen! Er ist doch dein Vater.

Da sind die Augen von Klaus nur noch Schlitze und funkeln vor Tränen.

Ha!, stößt er hervor, ha!

Ich glaube, er sagt noch, dass ich keine Ahnung habe.

Dann betritt Herr Engelke die Klasse. Klaus dreht sich um, wir sagen alle brav guten Morgen und setzen uns.

Die ganze Stunde starre ich auf seinen Rücken. Er trägt ein verwaschenes, türkisfarbenes Hemd. Ich versuche, mir die Haut darunter vorzustellen. Der Lehrstoff rauscht an mir vorüber. Ich hätte ihn ganz sanft antippen und ihm zuflüstern können: Mein Vater schlägt mich auch. Aber das habe ich nicht gemacht. Ich habe keine Verbindung zwischen uns hergestellt und gesagt: Ich kenne das. Ich habe mich nicht getraut. Nur eine Armlänge entfernt sehe ich seinen vor Schmerzen zuckenden Rücken und bringe kein Wort heraus. Ich wünsche es mir im Innersten, und ich tue es nicht.

Ich will meinen Vater schützen. Ich will ihn nicht auf eine Stufe mit seinem Vater stellen. Keiner soll denken, er sei brutal. Mein Vater ist kultiviert, musikalisch, belesen. Ich bin stolz auf ihn. Ich will ihn nicht fallen lassen.

In der Pause bildet sich auf dem Schulhof ein Pulk um Klaus.

Kwiatkowski zeigt seinen Rücken!, ruft einer in meine Richtung, aber ich bin nicht gemeint. Als ich ankomme, dreht sich ein anderer zu mir um und sagt leise: Du hast hier nichts verloren. Zisch ab, sonst sieht dein Rücken gleich genauso aus.

Inzwischen haben die Bewegungen am Spülbecken ganz aufgehört. Meine Hände hängen wie leblos im Schmutzwasser. Ich ziehe sie raus, lege die Abwaschbürste beiseite, setze mich an den Küchentisch und stütze meinen Kopf in die Hände, weil sich gerade alles Blut da oben versammelt.

Ich schäme mich. Wofür? Für meinen Vater? Für mich? Weil ich mich nicht wehre? Weil ich ihn sogar noch verteidige?

Oder einfach, weil ich i c h bin?

Einen Moment lang rühre ich keinen Finger. Am liebsten möchte ich nicht einmal atmen. Ich höre einen summenden Ton. Wahrscheinlich das Blut in meinen Ohren.

Dividieren ist mir fremd. Noch fremder als deutsche Grammatik. Beim Dreisatz gibt es einen logischen Schritt, den mein Hirn nicht mitmacht. 1 Maurer braucht für eine Mauer 3 Tage. Wie lange brauchen 3 Maurer für dieselbe Mauer?

Schon die Formulierung «für dieselbe Mauer» bereitet mir Kopfzerbrechen. Welche Mauer ist da genau gemeint? Brechen die drei Maurer die Mauer ab, die der erste gebaut hat, und bauen an derselben Stelle eine neue?

Auf meine Frage, ob die Aufgabe nicht falsch gestellt sei und eher von einer «ähnlichen» Mauer gesprochen werden müsse, bekomme ich einen wütenden Blick von Herrn Engelke zugeworfen.

Dreimal drei Tage. Also neun Tage. Antworte ich.

Die Klassenkameraden kreischen vor Lachen, und ich sage ganz offen, dass mir das auch sehr lange vorkommt, aber bei Rechenaufgaben geht es ja um was anderes als um Glaubwürdigkeit.

Um was denn? Um was geht's denn?, fährt mich Herr Engelke an. Nicht dreimal so lange! Sondern dreimal so schnell! Drei! Mal! So! Schnell! Kapiert?

Aber ich kapiere es nicht, weil der Lehrer diese blöde Formulierung mit «dreimal» verwendet. Weil er mich anschreit: «Drei Maurer machen es dreimal so schnell!» Dieses «dreimal so schnell» führt mich an die Grenzen meiner logischen Fähigkeiten. Aha, denke ich: Da muss man malnehmen.

Also dreimal drei, sage ich.

Dreimal so schnell! Nicht dreimal so lange! Herr Engelke ist jetzt so laut, dass man es in allen Klassenräumen des Gebäudes hören muss.

Er weiß nicht mehr weiter und lässt sich rückwärts gegen den Klassenschrank fallen, der gefährlich wankt. Im Schrank rumpelt es sogar. Da drinnen muss einiges durcheinanderkommen.

Herrn Engelke läuft der Schweiß über die Riesenstirn, seine Arme hängen schlaff herab. Er lehnt immer noch am Schrank.

Wieso geht das nicht in deinen Kopf? Was soll ich dir denn noch sagen? Ich bin am Ende mit meinem Latein.

Wie kann ich ihm bloß mein Problem erklären? Ich glaube, es hat damit zu tun, dass Worte in meinem Hirn manchmal ihre Bedeutung verlieren. Sie sind dann nur noch sinnloser Klang.

Ich versuche, mich zu konzentrieren, um Herrn Engelke zu helfen, und frage ihn, was denn der Unterschied zwischen «zu schnell» und «zu lange» sei.

Jetzt reicht es ihm. Ich fand meine Frage interessant, aber Herr Engelke findet sie saublöd, kommt an meinen Platz, stellt sich hinter mich und trommelt mit seinen Fäusten auf meinen Rücken ein: Ich bläu dir den Unterschied schon ein, du Idiot! Du Vollidiot!

Und ich denke, als er nach den ersten Trommelschlägen nicht aufhört, dass er nicht mehr ganz bei sich ist. Sogar einige Klassenkameraden sagen leise: Aua, das muss aber weh tun. Ist das nicht zu stark?

Ich höre das alles nur wie von fern, bin total fasziniert vom Klang meines Brustkorbs. Mein Oberkörper klingt wie eine Trommel. Was für ein Resonanzraum!, denke ich, merke aber auch, wie mir die Luft knapp wird, und wundere mich, dass mir die Tränen runterlaufen.

Schließlich ruft ein Mädchen, das viel weiter vorne sitzt: Aufhören! Sie müssen aufhören!

Er hört sofort auf. Alle sehen mich besorgt an, auch Herr Engelke. Er lässt die Arme fallen, rettet sich hinter sein Pult und flüstert nur noch: Bis morgen hast du das begriffen!

Lass dir das gefälligst von deinen Eltern erklären und schone meine Nerven!

Das kann ich nun wirklich nicht machen. Im Arbeitszimmer meines Vaters mit dem Mathematikbuch erscheinen!

Ich schaue wieder auf meinen Restabwasch, auf die Kacheln im Sonnenlicht über der Spüle. Ich kann mich nicht entschließen weiterzumachen.

An dem Tag, als Herr Engelke mir den Dreisatz nicht mehr erklären konnte, hat eine neue Zeitrechnung für mich begonnen. Von da an bin ich in einen Morast geraten. Wie habe ich überhaupt die Aufnahmeprüfung aufs Gymnasium geschafft?

In Mathematik kriege ich kein Bein auf die Erde. Dazu kommen die Schwierigkeiten in Latein und deutscher Grammatik. Lange wird das nicht gut gehen, denke ich.

Der Schulweg hat jetzt eine neue Bedeutung für mich. Er verläuft wie eine Zündschnur zwischen zwei Enden, an denen jeweils eine Katastrophe wartet. Aber die Zeit dazwischen wird plötzlich wunderschön, geradezu magisch. Ich stürze aus dem Elternhaus Richtung Schule und vergesse, was mich am anderen Ende erwartet. Und genauso stürze ich mittags aus der Schule und freue mich auf den Heimweg. Dass dort am Ende mein Vater steht, blende ich aus. Bis ich ihn sehe.

Jeden Sonntag liest unser Vater uns am Esstisch aus den «Brüdern Karamasow» vor, zwischen Nachmittagskaffee und Abendbrot, während es draußen dunkel wird. Die ganze Woche freue ich mich schon darauf. Die Karamasows sind meine Ersatzfamilie. Stolz sitze ich neben meinen Brüdern, fühle mich sicher und kann endlich in Ruhe über sie nachdenken, indem ich ihnen die fremden Figuren von Dimitri und Iwan überstülpe.

Manchmal schaue ich meine Mutter an und vergleiche sie mit Katerina Iwanowna. Auch mein Vater muss dafür herhalten, dass ich mir das alte Scheusal Fjodor Pawlowitsch Karamasow besser vorstellen kann, diesen Lustmolch.

Aber das Schönste an diesen Nachmittagen ist, wie lebendig mein Vater liest. Ich verstehe dann nicht nur die Figuren in diesem Buch, sondern die Menschen überhaupt. Ich ahne etwas von dem Sog der Selbstzerstörung, in den offensichtlich jeder im Lauf seines Lebens hineingerät. Ich kann nicht auseinanderhalten, ob mir Dostojewski das erzählt oder mein Vater. Ohne ihn und seine lesende Stimme könnte ich diesem komplizierten Autor ohnehin nicht folgen.

Beim Zuhören spüre ich, dass seine größte Sympathie Aljoscha gehört. Das tut mir gut. Denn das bin ich ja selbst. Dieser jüngste Karamasow-Bruder ist ein Mönch mit einer unendlichen Menschenliebe, möglicherweise ein bisschen beschränkt.

Wir sind hier bei den Karamasows unter unseresgleichen. Das schwingt in seiner Stimme mit. Keiner wird verurteilt. Nicht einmal der Mörder Smerdjakow.

Warum versteht unser Vater Dostojewski so gut? Vielleicht, weil er da drüben in seinem Jugendgefängnis vierhundert gescheiterte junge Menschen hinter Schloss und Riegel hat? Weil ihm täglich irgendein Strafgefangener seine Geschichte erzählen muss? An seinem Gefängnisschreibtisch, wo er jedem geduldig zuhört? Vielleicht auch aus einem Grund, den ich nicht kenne.

Aber ich werde nie begreifen! Ich begreife es einfach nicht! Ich kann es nicht begreifen: Warum! Er! Mich! Schlägt!

Ich schaue aus dem Fenster, ich weiß, eigentlich ist nicht mehr viel abzuwaschen. Die paar Schälchen vom Nachtisch und ein bisschen Besteck. Dann noch einmal mit dem nassen Lappen über die Flächen und fertig. Aber ich habe überhaupt keine Lust, vom Stuhl aufzustehen.

Auf dem Schreibtisch liegen meine Arme, kraftlos, meine Finger stellen sich tot, der ganze Körper ist taub, wenn ich an die Schläge meines Vaters denke. Nicht anders als damals am Küchentisch.

Es ist April. Die Tage sind erschreckend klar. Die Luft durchsichtig. Es wird weniger Auto gefahren. Weniger CO_2 produziert. Keine Flugzeuge in der Luft. Kontaktverbot. Leute über siebzig sollen nicht aus dem Haus. Ich bin Mitglied der Risikogruppe. Das Gesundheitssystem darf nicht kollabieren. Das ist das Wichtigste.

Die Klarheit dieses Tageslichts fragt mich durch die Fensterscheiben: Warum schämst du dich? Die Pandemie hält die Zeit an, damit ich ausspreche, was mir so schwer auf die Zunge will. Hier drinnen bin ich im Reagenzglas. Die Welt ist draußen, blendend, fast unbetreten, und guckt mir zu:

Mensch, Edgar, sag, was los ist!

Meine Liebe zu meinem Vater. Das ist es, was los ist.

Ich will nicht zugeben, von jemandem geschlagen zu werden, den ich liebe. Und noch weniger will ich zugeben, dass seine Schläge meine Liebe nicht ausgelöscht haben.

Ich will nicht einer sein, der den liebt, der ihn schlägt.

Kasperpuppen

Uli Heckeroth fällt mich von hinten auf dem Schulhof an, reißt mich zu Boden, rollt sich über mich, sitzt rittlings auf meiner Brust, zwängt mich zwischen seine nackten Oberschenkel, greift meine Schultern, krallt sich in ihnen fest und schüttelt mich im Rhythmus seiner keuchenden Sätze:

Du-bringst-morgen-deine-Kasperpuppen-mit! Hörst du? Du Blödmann! Du-spielst-für-uns-morgen-Kaspertheater! Eine ganze Stunde lang. Wir wollen morgen keinen Unterricht. Wir wollen morgen Kaspertheater sehen. Zier dich bloß nicht, du! Ich verdresche dich, dass dir Hören und Sehen vergeht.

Er keucht stoßweise seine Sätze heraus. Ihm tropft die Spucke vom Kinn auf meine Brust.

Das Wort «sexy» kenne ich noch nicht. Leider. Hätte ich dies Wort zur Verfügung, ich würde Uli Heckeroth in dies Wort hineinpressen, dass er nie wieder herausfindet. Ist der sexy! Diese Haut! Diese Glätte! So blank! Glatte, spiegelblanke, gelb gebräunte Haut. Die Oberschenkelmuskeln. So was von stramm. Und sie kommen aus einer dunkelgrünen, vor Fett blitzenden Lederhose.

Sein dunkelblondes Haar, kurzgeschoren bis zum Deckhaar, wippt mit jeder Bewegung mit, seine Augen haben Feuer, und seine Stimme, seine Kinderstimme, ist ein Zaubertrank. Es ist eine weibliche Altstimme mit einem warmen, vibrierenden Ton. Aus ihm redet eine Sängerin, eine hysterische Altistin. Eine Stimme, die sich immer wieder in der Höhe überschlägt. Eine Stimme mit einem Sprung. Manchmal kratzt sie. Der Stimmbruch kündigt sich an. Eine Stimme zum Austrinken.

Er schreibt nur Einser. Ein Superschüler. Stammt aus einer Straße mit lauter alten Villen. Jugendstil. Walmdächer. Veilchenstraße. Da sehen die Häuser aus wie Kaffeetanten. Mit blühenden Glyzinien auf den Fassaden. Da wohnt er. Mit einer Mutter, die seine Stimme und seine Haut hat, groß wie Pallas Athene vorn auf unserem Geschichtsbuch, eine Frau, der man die Wünsche von der Stirn ablesen will.

Tut das weh, wie der auf mir draufhockt und mich durchschüttelt. Ist das schön. Ein unfassbarer, völlig unerwarteter Rausch.

Vier Jahre habe ich ihn beobachtet. Nie angesprochen. Wertlos kam ich mir vor. Und plötzlich springt der mich an! Am Ende der Pause. Auf dem Schulhof. Auf den letzten Metern der Grundschulzeit. Kurz bevor wir alle auseinandergehen. Auf die Gymnasien, die Realschulen, die Hauptschulen.

Und der geht nicht runter von meiner Brust. Obwohl fast alle Schüler schon im Gebäude sind. Der bleibt auf mir sitzen und zieht mich in ein anderes Zeitfenster. Ein einsamer Schulhof – und wir zwei liegen auf dem Asphalt.

Glaub bloß nicht, dass ich dich loslasse! Hast du mich verstanden?

Manchmal vergisst er, mich zu schütteln, und starrt mich nur an. Dann reißt er wieder an meinen Schultern: Bringst du die Kasperpuppen mit? Sein Kopf kommt immer dichter an mein Gesicht. Du sollst sagen, dass du morgen spielst, verdammt noch mal!

Ich werde den Teufel tun und ihm antworten! Sitzen bleiben soll er auf mir. Ich antworte einfach nicht. Das ist das Beste. Dann m u s s er auf mir sitzen bleiben.

Hast du mich verstanden? Spielst du? Wirst du spielen?

Klar, ich werde spielen. Aber warum soll ich ihm das sagen? Natürlich werde ich spielen. Kaspertheater kann ich immer spielen. Mit links. Aber warum soll ich ihm das sagen?

Er soll mich zusammenpressen. Tag für Tag. Am besten Tag und Nacht.

Er wird irre vor Wut, weil ich nichts sage. Weil ich ihn nur fühle und wortlos anglotze. Er presst meine Rippen zusammen, sodass ich kaum noch Luft kriege. Enger geht es nicht. Ich reiße den Mund auf. Wenn doch nur sein Speichel da reintropfen würde! Was für ein Rausch. Warum muss der enden?

Der wird enden. Ich weiß es. Der wird enden. Der wird so nie wiederkommen. In meinem ganzen Leben nicht. Das weiß ich.

Plötzlich lässt er los. Steigt ab.

Wir müssen rein!, schreit er mich mit seiner Gesangsstimme an. Wir kommen zu spät. Komm schnell!

Ich wusste gar nicht, wie schnell ich laufen, wie viele Stufen ich auf einmal nehmen kann, wie viel Kraft ich habe. Weil ich mit ihm auf gleicher Höhe bleiben will. Dass ich das kann! Dass ich so stark und schnell bin!

Einen Meter vor Herrn Engelke flitzen wir in die Klasse. Noch über die Bänke hinweg funkelt er mich an, ballt die Faust und ruft mir zu: Denk an die Kasperpuppen!

Dvořák

Seit Wochen übt Werner Dvořáks Cellokonzert.

Ich sitze vor seinem Zimmer, auf dem Boden neben seiner Tür, und höre zu.

Wie oft übt ein Musiker ein und dieselbe Stelle? Hundertmal, sagt man. Ich denke, das kommt hin.

Jetzt hat er sich den Anfang vorgenommen, den allerersten Einsatz des Solocellos nach der Orchestereinleitung. Es ist ein kurzes, prägnantes Motiv: Eine Viertel mit einem Punkt, zwei Sechzehntel und eine Halbe. Mehr nicht. Das wird einmal wiederholt, mit einer leichten Abweichung, und das war's schon. Zwei Weckrufe. Das ist das Material.

Ich staune, wie viel Spannung darin steckt. Binnen weniger Takte entwickelt sich daraus ein unaufhaltsamer Strom an Lebenskraft. Im Handumdrehen ist ein musikalischer Einfall in einen Strudel von Formen explodiert. Die Energie hat sich vervielfacht. Da ist etwas erwacht, das seine Möglichkeiten entdeckt hat und das jetzt, einmal aufgestört, nicht mehr zu bändigen ist. Eine Spur frisst sich ins Leben.

Werner spielt das von Anfang an unerbittlich. Er setzt beim ersten Ton seinen Bogen auf den Saiten auf, als ob eine Axt ins Eis fährt. Und alles, was folgt, eine Passage von vielleicht sechzig Takten, wird unter seinen Händen zu einem einzigen leidenschaftlichen Bekenntnis. Dabei ringt er in jedem Moment so genau um den Rhythmus, um die Kürze oder Länge der einzelnen Note, als ginge es um Sein oder Nichtsein.

Ist das aufregend! Keine zwei Meter von mir entfernt, gleich hinter der Tür, bohrt sich der Stachel seines Cellos in den Boden. Das ist, als säße ich zwischen den Füßen meines Bruders. Aber er sieht mich nicht. Er weiß gar nicht, dass ich da bin. Er spielt nicht für mich, er übt für sich, und ich belausche ihn.

Man kann diesen Anfang vom Dvořák-Konzert auch anders spielen. Gesanglicher. Wir haben verschiedene Schallplattenaufnahmen. Zum Beispiel von einem Franzosen, Pierre Fournier. Den habe ich mal in Bielefeld in der Oetker-Halle gehört, mit einem Sonatenabend. Eine Karte war übrig. Mein Vater und Werner haben mich mitgenommen.

Beim Auftritt humpelte ein gutaussehender weißhaariger Mann mit seinem Cello auf die Bühne. Im Alter von neun Jahren hat er Kinderlähmung gehabt, wollte eigentlich Pianist werden, konnte aber mit dem rechten Fuß die Pedalbewegung nicht mehr ausführen. Also hat er auf Cello umgesattelt. Er ist ein weltberühmter Musiker geworden und hat in der Nazizeit in Frankreich unendlich viele Konzerte gegeben. 1949 bekam er ein halbes Jahr Aufführungsverbot wegen Kollaboration mit dem nazifreundlichen Vichy-Regime.

Der Herr, der mit ihm auf die Bühne kam, war der Pianist Wilhelm Kempff. Auch ein weltberühmter Musiker. Auch ein Propagandapianist in der Nazizeit.

Von dem Augenblick an, als die beiden an ihren Instrumenten saßen und spielten, habe ich das alles vergessen und nur noch hingerissen zugehört. Immer wenn sie das Podium verlassen haben oder wieder aufgetreten sind, habe ich mich gewundert, wie vornehm sie unter tosendem Applaus über ihre Vergangenheit hinwegschreiten und mit ihren weißhaarigen Köpfen in Beethovens Aura schweben.

Ich bin natürlich total mit Zweitwissen gefüttert. Es sind Werners Informationen, die mich auf dem Laufenden halten. Damit ich nicht alles glauben muss, was meine Eltern mir erzählen.

Werner hat am Ende des Konzerts in der Oetker-Halle spöttisch bemerkt, dass es schon etwas Besonderes ist, diese beiden alten Nazis zusammen musizieren zu hören. Normalerweise suchen die sich jetzt jüdische Künstler als Partner. Kempff zum Beispiel tritt gerne mit Yehudi Menuhin und Henryk Szeryng auf.

Mein Vater hat die Lippen zusammengekniffen. Irgendwann hat er gesagt: Aber dass sie großartig gespielt haben, wirst du doch nicht bestreiten.

Jaja, sagt Werner lässig. Etwas ölig spielt Fournier schon. Ein bisschen charakterlos eben.

Das nächste Mal kannst du dir deine Karte selber kaufen, sagt unser Vater ziemlich scharf.

Kein Problem, meint Werner, mit meinem Studentenausweis wäre ich sowieso umsonst reingekommen.

Der Rest der Rückfahrt verlief in eisigem Schweigen.

Da ich bei so einem Streit nichts beizutragen habe, spüre ich nur die Spannung zwischen den beiden, und das ist nicht gerade angenehm. Außerdem möchte ich es mir mit keinem verderben. Mit meinem Vater habe ich seltsamerweise Mitleid. Ich spüre, dass er an der Wand steht und ihm die Argumente schlapp aus den Händen fallen. Er will nicht als Nazi rüberkommen, aber sein ganzes Denk- und Sprachgebäude ist in dieser Zeit errichtet worden, und so schnell findet er kein anderes.

Von der völkischen Bewegung, die ihn mal getragen hat, ist nichts mehr übrig. An ihm klebt nur noch Hurrageschrei,

Rausch, Taumel, leeres Pathos vom deutschen Wesen, Größenwahn, Hass auf die Juden und alle Andersdenkenden, und vor allem die Lager! Wie soll er damit umgehen, dass er mehr gewusst hat, als er zugibt? Er weiß nicht, wie er da wieder rauskommen soll, ohne einen Teil seines Lebens durchzustreichen.

Bei unserer Mutter ist das ähnlich. Und bei Kempff und Fournier wird es nicht anders sein.

Meine Brüder sind mein Tor zur Welt. Jede Information von ihnen ist für mich Gold wert. Aber wie Werner mit seinen Sätzen zubeißt, erschreckt mich. Verblüffend, dass er mit unserem Vater so oft gemeinsam musiziert! Manchmal mehrmals in der Woche. Dabei scheinen sich beide sehr wohlzufühlen. Sobald sie an ihren Instrumenten sitzen, respektieren sie einander. Dann zählt nur die Musik.

Vielleicht ist es aber auch so, dass sie aufeinander angewiesen sind. Denn beide wollen unbedingt Kammermusik machen. Sie wollen diese riesige Sonatenliteratur kennenlernen. Und dazu müssen sie zusammen spielen. Ganz egal, was jeder vom anderen hält.

Jedenfalls komme ich zwischen den beiden gar nicht vor. Ich bin nur Zuhörer. Publikum. Mein einziger Vorteil ist, dass ich jung bin. Sie müssen damit rechnen, dass auch ich mal größer werde. Und das tun sie. Ich spüre, dass sie mich als ein Potenzial von morgen behandeln, auch wenn ich nichts darstelle und nichts kann. Ich spiele mäßig Klavier, bin ein miserabler Schüler, ich stottere, weil ich zu viel zu schnell erzählen will, ich neige zur Unverschämtheit, weil mir niemand die Zeit gibt, meine Gedanken zu entwickeln, ich bin unehrlich, damit ich nicht geschlagen werde. Oft mache ich andere nach, um sie auf Distanz zu halten. Komischerweise akzeptieren das alle. Bis auf meine Mutter. Die lacht erst ein bisschen, aber dann sagt sie: Ich soll nicht so überheblich sein.

Werners Vorbild ist ein kleiner, kräftiger Spanier: Pablo Casals. Den kenne ich auch von der Schallplatte, wie Fournier. Auf der Hülle seiner Dvořák-Aufnahme gibt es ein Foto von ihm am Cello, die linke Hand liegt locker auf dem Griffbrett, in der andern hält er den Bogen, aus dem Mund hängt eine Pfeife. Es heißt, er weigere sich, seine Heimat zu betreten, solange General Franco dort regiert. Deshalb veranstaltet er jedes Jahr in einem winzigen Grenzdorf in den französischen Pyrenäen internationale Festspiele. Eine Demonstration gegen die spanischen Faschisten. So spielt er auch Cello. Als ein Bekenntnis zur Freiheit. Und als eine Ansage gegen unentschiedenes Schön-Spielen.

Das kann man hören. Die Auf- und Abstriche seines Bogens können aggressiv, ja brutal sein, aber auch so weich und leise, dass man den Anfang des Tons gar nicht ausmachen kann. Mit seiner Kunst des Phrasierens erschafft er immer neue, unerwartete musikalische Zusammenhänge, und seine Verzögerungen und Beschleunigungen im Tempo sind unendlich vielfältig. Am meisten ergreift mich sein Ton in der Tiefe. In Dunkelheit gefangen zu sein und von einem Sonnenstrahl zu träumen, könnte keinen besseren Ausdruck finden.

Keine Frage, dass ich das Cellospiel von Casals dem von Fournier vorziehe. Aber wenn ich meinen Bruder aus der Nähe hören kann wie jetzt, fehlt mir auch Casals nicht.

Unser Vater unterscheidet zwischen schöpferischen und nachschöpferischen Fähigkeiten. Da muss man erst mal drauf kommen! Aber er sieht da ausdrücklich einen Rangunterschied. Dramatiker und Komponisten etwa rangieren über ihren Interpreten, den Musikern und Schauspielern. Zuhörer, Leser, Theaterbesucher und so weiter sind sowieso nur Fußvolk.

Das macht mich zornig. Ich finde es eine Zumutung, vom schöpferischen Vorgang ausgeschlossen zu werden. Zuhören kann doch eine ebenso schöpferische Tätigkeit sein wie Komponieren!

Mein Vater zeigt mir einen Vogel, wenn ich das sage, er glaubt an Oben und Unten. Ganz egal, ob er von Gott spricht, von Beethoven, Dostojewski, Rembrandt, Hitler, Adenauer, von Generälen oder Eltern: Überall wimmelt es von Vorgesetzten. Das ist seine Welt.

Wenn er das Wort «schöpferisch» ausspricht, mit feuchter Aussprache und kurzem, akzentuiertem ö, muss ich an eine Suppenkelle denken. Seine Hand zuckt kurz in der Luft, als würde ein großer Geist aus dem Nichts schöpfen.

Das kann nicht sein! Jeder Schöpfer findet etwas vor, womit er umgeht und was er verwandelt. Und das tue ich beim Hören vor Werners Tür auch. Ich empfinde etwas, lasse mich berühren, stelle mich zur Verfügung. Der Komponist, der Interpret, der Zuhörer, alle legen doch gemeinsam ihre Erfahrungen von Chaos und Ordnung nebeneinander. Gerade weil es Dvořák und meinem Bruder gelingt, den Eindruck unbändiger Lebenskraft so plastisch entstehen zu lassen, öffnen sich meine eigenen Abgründe und Sehnsüchte. Da muss ich durch. Das muss ich zulassen und überstehen. Ganz alleine. Und das gelingt mir nur, wenn ich mich in der Gemeinschaft von Dvořák und meinem Bruder als Gleicher unter Gleichen erlebe.

Unser Vater hat aber noch eine Variante seiner Theorie

vom Schöpferischen. Beim Mittagessen sagt er: Die Juden seien nachschöpferisch, aber nicht schöpferisch. Zugleich versucht er, mit dieser Unterscheidung seine Bewunderung für die gesamte russisch-jüdische Geigentradition auszudrücken, aber im Sinne von: Schuster, bleib bei deinem Leisten. Ihr Juden könnt zwar toll Geige spielen, aber bildet euch nicht ein, komponieren, dichten oder malen zu können.

Am Tisch herrscht Stille. Niemand sagt was.

Meine Mutter stimmt zu. Sie, die selbst nur ein eierndes Vibrato auf der Geige hinkriegt, redet angeekelt über rutschende Tonübergänge, sogenannte «jüdelnde Rutscher», und meint damit Jahrhundertgeiger wie Kreisler, Hubermann, Heifetz oder Menuhin.

Werner und Martin sagen nichts. Als ob sie abwarten. Die Stimmung ist gespannt.

Ich spüre unsichtbare Funken in der Luft, jongliere in Gedanken mit einem Einwurf und hoffe, ein Feuerchen zu entfachen. Ich sage nur: Mendelssohn ist doch ein großer Komponist, oder?

Unsere Eltern brauchen einen Moment, um nachzudenken. Natürlich schätzen sie diesen Komponisten. Dann ziehen sie fast gleichzeitig die Stirn kraus und gleiten gemeinsam in diesen missmutigen Ausdruck, der auf ihrem Gesicht erscheint, wenn das Gespräch auf die Juden kommt: Mendelssohns Musik sei eben eigentlich z u schön. Ein bisschen wie Konfekt. Wenn man zu viel davon hat, wird einem schlecht. Mendelssohn sei zwar sehr eingängig, aber ohne Tiefe. Letztlich ohne Seele. Das reiche an Brahms oder Schumann nicht ran.

Trotzdem, das geben sie zu, hören sie gern das Violinkonzert, das Klaviertrio, einige Lieder ohne Worte, und auch das

Oratorium Elias hat unvergesslich schöne Stellen. Und nicht zu vergessen: Als Wiederentdecker von Bach haben ihm die Deutschen viel zu verdanken.

Dann meldet sich Werner zu Wort.

Das habe ich gehofft.

In Mendelssohns Schönheit, sagt er, sei immer eine Hetze spürbar, ein Gejagt-Sein. Die Rastlosigkeit, mit der dieses Volk in seiner ganzen Geschichte geschlagen sei, könne man in jedem Takt hören. Allerdings müsse man die Musik dazu richtig spielen, ein hohes Tempo riskieren, das falsche Rubato weglassen und sich nicht auf den sogenannten schönen Stellen ausruhen, bis sie einem zum Hals raushängen.

Da sind unsere Eltern still.

Erst mal, weil unser Vater rein technisch die Tempi im Mendelssohn-Trio nicht so schnell nehmen kann wie Werner auf dem Cello. Von meiner Mutter, die eigentlich nur die langsamen Sätze spielen will, ganz zu schweigen.

Aber die beiden Alten sind sich auch nicht mehr so bombensicher, ob ihr Urteil über die Juden und das Jüdische stimmt. Es ist ihnen selbst nicht recht, was sie denken, ihre Vorurteile machen sie nicht froh, zurück können sie aber auch nicht, und so stecken sie in einer Gedankenfalle. Deshalb kommen sie jetzt auf jüdische Bekannte zu sprechen, die sie schätzen und achten.

Es könnte alles gut sein. Das Gespräch könnte einen friedlichen Verlauf nehmen. Der große Streit scheint abgewendet.

Aber Edgar, der kleine Zündler, ist noch nicht zufrieden. Ganz harmlos werfe ich ein: Ist die Bibel keine schöpferische Erfindung?

Prompt antwortet unser Vater: Die Bibel ist überhaupt

keine Erfindung, sondern Gottes Wort, das sich an alle Menschen richtet!

Das würde ich aber auch sagen, ereifert sich unsere Mutter. Gerade die Juden haben Gottes Botschaft des Neuen Testaments mit Füßen getreten und Christus, der sie retten wollte, respektlos ans Kreuz genagelt.

Trocken, vollkommen humorlos, sagt Werner: Dann seid ihr ja quitt. Von Respekt zeugt euer Umgang mit den Juden auch nicht. Eher von Mordlust.

Das ist ein Satz für eine große Stichflamme. Eine kurze Zäsur, und dann schlägt unser Vater mit der flachen Hand auf den Tisch, dass Geschirr und Besteck klirren: Es hat niemand gewusst, was in den KZs geschieht, und wer es gewusst hat, ist abgeholt und selbst nach Auschwitz geschickt worden!

Und unsere Mutter schüttelt den Kopf, weil wir Kinder keine Ahnung haben, wie die Juden sie damals von allen Plätzen gedrängt hätten. Im Theater, in der Oper, in Konzertsälen, in den Universitäten, in den feinen Restaurants, in den Zeitungen, in der Politik, ach, überall, wo man hinsah: Die Juden waren immer schon da. Überall haben sie einem vor der Nase gesessen.

Ich muss gar nichts sagen. Die Sache läuft von alleine. Auf Werner ist Verlass. Im richtigen Augenblick ist er zur Stelle.

Zu unserer Mutter sagt er: Regt euch doch nicht auf. Ihr habt ja gründlich aufgeräumt. Jetzt könnt ihr zufrieden in eurem arischen Mief sitzen und euch an der eigenen Tiefe berauschen. Seele im Überfluss.

Keiner bleibt mehr auf dem Stuhl sitzen, die Tafel ist schlagartig aufgehoben.

Aber das Essen ist noch warm, der falsche Hase und der Rotkohl und die Salzkartoffeln auf dem Teller sind gerade erst probiert und haben Appetit gemacht. Niemand will jetzt beleidigt in seinem Zimmer verschwinden. Selbst unser Vater will mit unserer Mutter nicht ins Bett, bevor er gegessen hat.

Also setzen sich alle wieder hin und essen schweigend weiter. In den Hirnen arbeitet es. Auch bei mir.

Paul Celan ist doch auch kein schlechter Dichter, sage ich und schiebe mir zur Sicherheit eine Gabel mit einem großen Stück falschen Hasen in den Mund.

Martin hat mir zu Weihnachten ein Büchlein von ihm geschenkt: «Mohn und Gedächtnis». Eigentlich zu früh für mich. Aber Martin verfolgt eben auch seine pädagogischen Pläne, und mir hat dies Geschenk enorm geschmeichelt.

Jeder in der Familie hat in den Weihnachtstagen einen Blick auf Celans Gedichte geworfen, vor allem auf die «Todesfuge».

> Schwarze Milch der Frühe wir trinken sie abends
> wir trinken sie mittags und morgens wir trinken
>   sie nachts
> wir trinken und trinken
> wir schaufeln ein Grab in den Lüften da liegt man
>   nicht eng

Die Worte sind schön, sagt unsere Mutter. Auch wenn ich sagen muss, dass ich nicht alles verstehe.

Und unser Vater sagt zu Martin über seinen Brillenrand hinweg: Du kannst ja dann Edgar erklären, was das heißt:

> Dein goldenes Haar Margarete
> Dein aschenes Haar Sulamith

Erklär du's ihm doch, sagt Werner. Du weißt doch am besten Bescheid.

Mein Vater wirft sein Besteck auf den Teller, dass am Rand eine Ecke abspringt, und schreit: Red doch nicht von Dingen, von denen du nichts verstehst! Du hast doch damals noch gar nicht gelebt!

Ich bin 1940 geboren, falls du es vergessen hast, und da haben sie in den Todesfabriken gerade so richtig losgelegt.

Ach, und als Baby hast du das mitgekriegt, ja? Mach dich doch nicht lächerlich!, höhnt unser Vater. Warum haben wir dich bloß gezeugt!

Unsere Mutter legt ihre Hand auf seinen Arm und murmelt: Das solltest du trotzdem nicht sagen.

Ja, natürlich, verbessert er sich. Aber wenn er einen solchen Stuss zusammenredet …

Es ist schon zu spät. Werner lässt sich seine Antwort nicht nehmen: Ich dachte eigentlich, ihr hättet schon genug Kinder umgebracht, aber sicher hättet ihr mich im Euthanasie-Programm auch noch unterbringen können.

Jetzt geht's los.

Wenn du bei mir am Tisch sitzen willst, pass auf, was du sagst!

Ich muss hier nicht am Tisch sitzen. Ich kann auch in Detmold wohnen.

Werner bleibt immer ganz ruhig. Je länger der Streit dauert, desto besser gefällt er ihm. Er bleibt keine Antwort schuldig. Er hat immer das letzte Wort.

Ich schick dich in eine Schlosserlehre!, brüllt unser Vater.

Das ist jetzt zu spät, sagt Werner.

Das wollen wir doch mal sehen!

Versuch's doch mal.

Noch hängst du von mir ab. Du bist nicht volljährig. Ich zahl dein Studium.

Da finden wir schon eine Lösung, entgegnet Werner. Wir können das Gespräch ja in der Akademie fortsetzen. Mit den Professoren. Wir können ja mal wegen eines Stipendiums nachfragen. Wenn du nicht mehr zahlen willst, weil ich deine Nazi-Ansichten nicht teile, haben sie vielleicht Mitleid mit dir. Aber ich fürchte, da wirst du kleinere Brötchen backen.

Das Fleisch im Gesicht unseres Vaters wird leicht zittrig, unsere Mutter wird dünner und dünner, ihr Blick immer härter. Hinter ihrer Stirn hält sie verzweifelt fest: Es kann nicht alles falsch gewesen sein, womit ich aufgewachsen bin! Und das, was daraus entstanden ist: Auschwitz, Stutthof, Dachau, Buchenwald – das hat doch nichts mit mir zu tun!

Mein Vater springt auf, rennt aus dem Zimmer, knallt die Tür zu und schreit im Schlafzimmer weiter.

Ja, ich geh dann üben, sagt Werner, steht auf und verlässt das Zimmer.

Ich habe nicht mitbekommen, dass mein Bruder aufgehört hat zu spielen. Plötzlich geht die Tür auf, und Werner stürzt mit seinem Cellokasten an mir vorbei in den Flur. Er sieht mich kaum, so eilig hat er es. Die Haustür schlägt hinter ihm zu. Irgendwas hat er zu mir gesagt. Wahrscheinlich, dass er schnell auf den Zug muss.

Er fährt jetzt nach Detmold, in die Musikakademie. Ich habe ihn da mal besucht. Wir standen in diesem alten Palais auf dem Flur, im ersten Stock, und ich habe nur gestaunt. Von überall her ein Gewirr von Klängen, wie vor einem Symphoniekonzert, wenn alle durcheinanderspielen und ihre Instrumente stimmen. Hinter jeder Tür eine andere Musik.

Alles gleichzeitig. Auf breiten Treppen liefen Menschen auf und ab, sangen oder summten vor sich hin. In der Kantine schnatterten sie in fremden Sprachen und warfen sich quer über die Tische Melodien zu. Geräusche wie in einer Vogelvoliere.

Und jetzt? Was mache ich jetzt? Schularbeiten? Klavier üben? Nicht einmal den Deckel über der Tastatur möchte ich aufklappen. Üben ist wie Steine klopfen. Ich träume von einem Leben, wo ich nicht so viel üben muss.

Seit Werner die Haustür hinter sich zugeschlagen hat, ist es deutlich stiller im Haus. Eigentlich ist es ganz still. Es ist niemand da.

Das darf doch nicht wahr sein!, denke ich. Sobald ich allein bin, ändern die Dinge ihren Charakter. Außergewöhnlich, wie dieser Tisch da steht. Was Sessel und Stühle für einen angespannten Ausdruck haben. Die Bilder der Komponisten an den Wänden schauen wie echte Gesichter ins Zimmer. Das Fenster mit allem, was es von außen hereinlässt, ist eine Fratze. Der schwarze Flügel scheint eine einzige Drohung.

Was soll das? Die Dinge leben doch nicht!

Doch, sagen die Dinge: Bis hierhin sind wir gekommen. Nicht weiter.

Das überfordert mich und macht mir Angst. Bloß raus hier. Ich stürme aus dem Haus und schnappe mir meinen Roller. Nichts wie weg.

An der Mauer

Dvořáks Viervierteltakt sitzt mir in den Knochen. Mit dem Fuß stoße ich mich auf der Eins und auf der Drei vom Boden ab. Dazu singe ich mit. Nicht melodisch. Eher wie ein Hund, der an der Leine zerrt.

So fahre ich mit meinem Roller um das Gefängnis herum. Auf der einen Seite die Mauer, auf der andern die kleinen Doppelhaushälften der Aufseher. Alles aus demselben rostroten Klinker.

Jeden Meter dieser Strecke kenne ich. Jede Familie, jedes Gesicht, jeden Tonfall, jeden Blick. Die Beamtenfrauen sitzen jetzt am Küchentisch und lösen Kreuzworträtsel. An jeder Tür könnte ich klingeln. Überall würde man mir freundlich öffnen. Aber seit ich auf dem Gymnasium bin, habe ich meine Besuche eingestellt. Was ist los mit mir? Bin ich plötzlich was Besseres?

Auf der Rückseite vom Gefängnis ist freies Gelände. Keine Häuschen mehr, nur noch die Mauer, und rechts davon eine breite Wiesenböschung hinunter zu einer Weißdornhecke, die die Straße abschirmt. Immer liegt hier ein schwerer, süßer Geruch in der Luft, von Karina, der Schokoladenfabrik auf der anderen Seite der Werrestraße. Nie habe ich hinter den großen Fenstern ein Gesicht gesehen, nur Umrisse von Rohren und Kesseln. Hier kommt niemand her. Hier bin ich unbeobachtet.

Ich lasse den Roller auf den Boden fallen, lege mich ins Gras, stütze den Kopf in die Hände und habe das Gefängnis im Blick. Die Mauer ist schon besonders. Das sind nicht nur simpel aufeinandergeschichtete Ziegel. Nein, die haben sich richtig was einfallen lassen. Alle zehn Meter vertikale Pfeiler, im oberen Bereich verbunden durch einen gemauerten Bogen, im unteren durch eine vorspringende Rampe. Wie ein verschlossenes Bühnenportal sieht so ein Mauerstück aus. Zigfach aneinandergereiht. Wo es um die Kurve geht, gibt's Ecktürmchen. Wir haben ein richtiges preußisches Vorzeigegefängnis.

Immer wieder springen Sträflinge von dieser Mauer runter, fünfeinhalb Meter tief, reiben sich vermutlich die Knöchel, die Panik im Nacken, und laufen dann weiter. Die Böschung hinunter, vorbei an der Schokoladenfabrik bis zur Gasanstalt, dann die Bahngleise entlang bis in die Schweichelner Berge und durch die Felder Richtung Löhne bis zur Porta Westfalica. Und am Ufer der Weser die Frage: Hamburg oder Rotterdam.

So würde ich das machen, wenn ich der Flüchtling wär. Aber ich kann so weit laufen, wie ich will, mein Gefängnis trage ich immer mit mir herum. Es sitzt in mir drin. Das weiß ich seit langem. Ich hab keinen Mut, andere zu enttäuschen. Wenn ich das könnte, wäre ich frei.

Ich setze mich auf, lehne mich mit dem Rücken an die Mauer, die Sonne hat die Ziegel vorgewärmt, das Gras wächst bis an die Steinkante, es gibt sogar Schäfchenwolken am Himmel.

Seit ich aufs Gymnasium gehe, bin ich noch häufiger allein als vorher. Eigentlich halte ich das gut aus. Ist ja immer was los in meinem Kopf. Zu zweit ist es neuerdings schwieriger. Ich weiß nicht, was mir dabei mehr zu schaffen macht, das Alleinsein der anderen oder mein eigenes.

Das ist eben das, was sich geändert hat. Deswegen besuche ich die Frauen der Aufseher nicht mehr. Früher habe ich mich gern an ihren Küchentisch gesetzt, mit dem warmen Kakaobecher zwischen den Händen. Mir hat es gefallen, dass dann nicht pausenlos gesprochen wurde wie bei uns zu Hause. Die Frauen konnten lange schweigen, während sie mich über den Tisch hinweg anlächelten und mir zunickten. Hin und wieder haben sie mir Fragen gestellt, was ich so mache, was ich mal werden will, bei welchem Lehrer ich bin, wann ich aufs Gymnasium komme und so weiter. Aber es blieben immer diese langen Unterbrechungen, in denen wir uns bloß angeschaut haben. Und wir waren sehr zufrieden damit.

Bei meinen Besuchen habe ich gewisse Unterschiede in den Familien bemerkt, aber vor allem hat mich erstaunt, wie ähnlich sich alle sind. Manchmal dachte ich, die unterscheiden sich nur durch das Geschirr, durch die Tasse, aus der ich trinke, durch das Muster auf den Gardinen, den Geruch im Zimmer.

Einsam waren diese Frauen. Das hab ich an ihren Blicken gesehen. Manchmal zuckten sie wie aus dem Nichts mit den Schultern und lächelten. Mir ist dann aufgefallen, dass ich auch allein bin. Und wie Puzzleteile haben wir stumm unsere Einsamkeiten verglichen und ohne Worte viel Zeit damit verbracht. Das war alles andere als sinnlos.

Jetzt besuche ich sie nicht mehr, weil ich mich schäme und schuldig fühle, wenn sich jemand in meiner Gegenwart allein fühlt. Hat das was mit dem Gymnasium zu tun? Vielleicht liegt es an dem Mädchen, das vor mir in der Bank sitzt und mir den Kopf verdreht hat.

Es muss gegen fünf Uhr sein. Meine Lieblingszeit. Der Tag bekommt Gewicht, hängt sich aus, bevor er in die Dämmerung und dann in die Dunkelheit fällt.

Ich imitiere ein Waldhorn und blase das Seitenthema aus Dvořáks Cellokonzert, erster Satz, ganz leicht, ohne Druck in den Lippen, schön weich, mit lockeren Backen. Sogar ein kleines Vibrato kriege ich hin.

Das ist eine einzigartig schöne Melodie. Unvergesslich, wie die Moldau von Smetana. Laut Werner mischen sich da böhmische Einsamkeit und die Weite amerikanischer Landschaft. Der ausgewanderte Dvořák hatte Heimweh. Das passt in seiner Stimmung gut hierher, zwischen Knast und Schokoladenfabrik. So viel Heimweh, so viel Sehnsucht nach Freiheit staut sich in diesem Gefängnis in meinem Rücken und muss sich wegträumen.

Dvořáks lyrisches Seitenthema ist keine Erfindung aus dem Nichts. Er hat dafür einen afroamerikanischen Gospelsong verwendet: «Go, tell it on the mountain». In seinem Musiklexikon hat Werner mir den Text gezeigt. Ich habe den sofort lernen wollen, wegen der Zeichnung daneben: eine Gemeinde schwarzer Christen, die zwischen den Kirchenbänken stehen und die Arme zum Himmel strecken. Sie scheinen außer sich zu sein, während sie singen.

Go, tell it on the mountain
That Jesus Christ is born
He made me a watchman
Upon the city wall
And if I am a Christian
I am the least of all.

Ich ziehe mir versuchsweise diese Strophe auf Dvořáks Musik. Vom Rhythmus her funktioniert das, aber es bringt nichts. Die reine Horn-Version ist viel schöner. Sie braucht keine Worte. Absolute Musik nennt man das: Wenn eine musikalische Struktur so genau ist, dass Sprache nur noch stört.

Das Singen hat bei uns zu Hause nicht so einen großen Stellenwert. Hin und wieder Kanons. Da muss man aber die Stimme halten können, sonst wird unser Vater ungeduldig, und ihm rutscht schon mal die Hand aus, wenn man mehrmals falsch einsetzt. Zu Weihnachten singen wir die bekannten Lieder. Da geht's dann um Mehrstimmigkeit und um die Leistung, die zweite und dritte Stimme gegen die andern zu halten. Danach geht jeder wieder an sein Instrument, macht Musik ohne Worte, und alles ist Form. Alles ist Kunst. Das hat schon was. Aber irgendwas fehlt auch.

Sonntagvormittag machen sie Kammermusik. Meine Eltern arbeiten sich mit Werners Unterstützung durch alle Klaviertrios. Manche schnellen Sätze müssen sie wegen meiner Mutter überspringen. Am Nachmittag schiebt Martin, in Bundeswehr-Uniform, mit meinem Vater die beiden Flügel so eng zusammen, dass sie wie e i n Instrument aussehen. Dann spielen sie ein Bachkonzert oder die Haydn-Variationen von Brahms. Auf einem Hocker rücke ich dicht an Martins linke Seite. Ich mag es, wie er beim Thema von Haydn die linke Hand zum tiefen «Es» ausfährt und dabei mit seinem Ellenbogen an meinen Brustkorb stößt. Er spielt sauberer als unser Vater, gestochen, klar, und er scheint dabei kühler zu sein, nickt mir immer wieder zu und kommentiert die Musik mit seinen Augen und Stirnfalten, als ob er sie mir erklärt.

Und manchmal nehmen sie sich Mozarts D-Dur-Sonate für

zwei Klaviere vor. Das Andante spielen sie, als ob sie einen Abendspaziergang machen, Hand in Hand, so harmonisch, als wollten sie nie wieder voneinander lassen. Takt für Takt trägt sie dasselbe Gefühl. Einer legt einen Melodieteil vor, und der andere antwortet. Das ist so schön wie ein Leben, das es gar nicht gibt.

Wieder fällt mir das Mädchen ein, das in der Schule vor mir in der Bank sitzt. Tag für Tag schaue ich auf ihre blonden Haarsträhnen. Wie es das Licht schafft, jedes einzelne Haar an ihr anders aussehen zu lassen, interessiert mich mehr als jeder Lehrstoff. Ihre Augenbrauen sind ein breiter, dunkler Bogen. Die vereinzelten, langen Haare auf ihren Unterarmen sind schwarz. Bei den Körpern scheint es wie in der Musik zu sein: Die Gegensätze bauen die Spannung auf.

Ihre Oberlippe macht von den Seiten her einen Aufschwung zu einer kleinen überheblichen Kanzel. Ihr Blick ist abschätzend, aber ihre Freundlichkeit scheint großzügig.

Sie geht, als hätte sie Kurven. Es sind eher noch Andeutungen, aber sie ist der Typ dafür. Überhaupt: Dass ihr Körper auf etwas zuwächst, was sie noch nicht erfüllt, ist das Schönste an ihr.

Nach der Schule folge ich ihr in einem Abstand von gut hundert Metern bis zu ihrer Villa, dann erst gehe ich nach Hause. Irgendwann werde ich diesen Weg mit ihr Hand in Hand gehen. Darauf vertraue ich. Deshalb habe ich keine Eile.

Das Abenteuer der Liebe ist Sehnsucht, nicht Erfüllung. Das wollen die Menschen nicht glauben. Weil sie Verbraucher sind.

Diesem Mädchen würde ich gerne sagen, dass ich nur ihretwegen in die Schule gehe. Dass ich ihretwegen so ein miserabler Schüler bin. Dass ich ihretwegen so vollkommen untätig mein Leben verbringe. Dass ich sogar meine Lieblingsbücher aus der Hand lege, weil ich lieber an sie denken möchte. Dass ich ihretwegen meine Tage verträume.

Irgendwann werde ich ihr sagen, dass ich sie liebe.

Ja, so blöd werde ich sein. Ich werde diesen dummen Satz sagen, als ließe sich damit etwas Wesentliches vorantreiben. Als würde man damit ein Weltgeschehen anstoßen.

Aber erst mal habe ich etwas anderes gemacht. Das ist noch nicht so lange her. In der zweiten Schulpause, der Zehn-Minuten-Pause, bleiben wir im Klassenzimmer auf den Bänken und essen unsere Brote. Dazu kann man Milch oder Kakao bestellen. Seit dem frühen Morgen liegen die Flaschen zwischen den Rippen der Heizkörper und wärmen sich an. Sie werden jetzt verteilt, und alle stechen mit einem Strohhalm durch die silberne Stanniolabdeckung und schlürfen ihre Milchmahlzeit.

Mit den Fingernägeln reiße ich die Seiten des Papiers ein, bis ich den Deckel abheben kann, nehme die Flasche, es ist Kakao, und leere sie über die blonden Haare vor mir aus. Den ganzen Viertelliter.

Sie schreit entsetzt auf. Alle, die das mitkriegen, sind wie aus dem Schlaf gerissen, sie können sich kaum beruhigen. Der Lehrer kommt dazu, starrt mich fassungslos an, will eine Erklärung von mir.

Ich sage nichts. Ich versinke vor Scham und denke trotzdem: Jeder muss doch begreifen, dass man nicht ungestraft so schön herumlaufen darf.

Aber niemand begreift es. Niemand versteht mich. Ich bin verabscheuungswürdig.

Sie weint sehr heftig und schaut sich mit ihrem verheulten Gesicht zu mir um.

Willst du dich nicht entschuldigen, du Scheusal?, fragt mich der Lehrer.

Ich schüttele den Kopf, strecke ihr aber meine Hand entgegen.

Sie nimmt sie nicht. Sie schiebt sie zurück. Ganz zart. Und langsam. Sie versteht nichts. Sie rätselt. Ihr Hirn beschäftigt sich mit mir.

Jetzt wird mir klar: Das war mein Ziel.

Ihre Nachbarinnen sammeln Taschentücher zum Abwischen. Nee du, nee, sagen sie immer wieder in meine Richtung, wie kann einer so blöd sein! Und zeigen mir ihre heruntergezogenen Unterlippen und schütteln den Kopf dazu.

Sie darf natürlich nach Hause gehen. Haare waschen. Ich muss bleiben und kann ihr diesmal nicht folgen.

An der Klassentür hat sie sich noch einmal umgedreht und zu mir hergeschaut. Ausschließlich zu mir. Vielleicht war das der erste Kredit, den sie mir gegeben hat.

Ich befreie meine Füße aus den Schuhen. Neuerdings wird mir alles zu klein. Oberhemden kneifen unterm Arm, Hosenbeine werden kürzer. Obwohl ich wachse, verliere ich an Gewicht. Wo soll das hinführen?

Gelächter

Vierhundert Eingesperrte habe ich in meinem Rücken und denke an ihre von Stein und Eisen niedergehaltene Kraft. An ihre Wut, ihre Sehnsucht nach Freiheit.

Wenn sich die Gartenkolonne zum Kamp aufmacht, um in den Beeten und Gewächshäusern zu arbeiten, winken mir immer wieder Einzelne von ihnen zu. Ich spüre dann ihre Versuche, kurz aus der Gruppe auszuscheren und sich mir zu nähern, ein paar Worte mit mir zu wechseln. Wie magnetisch ziehen wir uns an, plötzlich steht einer vor mir: Hey, komm doch mal her! Wer bist du? Was machst du hier? Wohnst du in der Nähe? Da drüben? In dem großen Haus? Arbeitet dein Vater hier? Was, der ist der Chef?

Manchmal sprudeln sie gleich mit ihrer eigenen Geschichte heraus. Vor allem die Neuzugänge: Weißt du, warum ich hier bin? Ich hab geklaut, aber nicht schlimm. Ich komm bald wieder raus. Bei guter Führung ganz bald.

Bald – ein Wort, in das sie eine besondere Wärme legen, eine große Hoffnung, die sie mir für einen Moment anvertrauen. Ein ungewohnter Ton, den ich von zu Hause nicht kenne.

Ich sitze hier frei in der Sonne an der Mauer, ziehe die süßen Schwaden von Karina ein. Genau genommen ist es so, dass die Eingesperrten uns ernähren. Nicht nur, weil sie unser Gemüse und unser Obst anbauen. Grundsätzlich, einfach weil sie da sind. Wir leben von den Gesetzesbrechern. Alle, die hier angestellt sind, die hier arbeiten, auch unser

Vater, finden hier ihr Auskommen. Unsere Häuser lagern sich um die Gefängnismauer wie Bäuche um einen großen Suppentopf.

Meine Eltern sehen das natürlich anders. Aber ich muss ihre Ansichten umdrehen, damit ich zu meinen eigenen komme. Erst mal müssen Menschen Straftaten begehen und Strafgefangene werden. Dann kann man mit ihrer Erziehung Geld verdienen und sich in dem schönen Gefühl wärmen, etwas Sinnvolles zu tun. Wir alle, die wir frei herumlaufen, haben festgelegt, wo das Böse ist: innerhalb dieser Mauern. Da befinden sich die Gestrauchelten, ihnen gilt unser ganzes Erziehungsprogramm.

Was für eine wacklige Lage, in der ich mich befinde. Gerade ich kann froh sein, nicht eingesperrt zu sein. Oft juckt es mir in den Fingern, wenn ich an etwas vorbeikomme, das ich gut gebrauchen könnte. Ständig benötige ich mehr Geld, als ich besitze. Ich habe Lust, Dinge zu behaupten, die nicht stimmen. Gebe wahllos Versprechungen ab, die ich nicht halten kann. Es ist mein Blick auf die Welt, vor dem ich mich fürchte.

In Grimms Märchen gibt es die Geschichte von den sechs Dienern. Ein Königssohn trifft auf seiner Wanderung durch den Wald sechs Menschen mit besonderen Fähigkeiten und stellt sie als Diener ein. Darunter ist einer, der trägt eine Binde um die Augen, weil sonst alles zerspringen würde, was er ansieht. Der guckt praktisch die Welt kaputt.

Mit dem bin ich doch verwandt!, habe ich sofort gedacht. Überall sehe ich einen Riss hinein, und dann bleiben Teile zurück, die nicht mehr zusammenpassen.

Alle naselang treffe ich auf Leute, die vom «Abschaum» reden, von «Unerziehbaren», vom «Verbrechergesindel», das sich hier im Gefängnis auf Staatskosten ernähren lässt. Es sei gar nicht so lange her, sagt Herr Niewöhner und zieht bedrohlich die Stirn nach oben, da habe man die Sittlichkeitsverbrecher nach Düsseldorf-Derendorf geschickt und sie dort fachgerecht mit chirurgischem Eingriff entmannt. Zigeuner und Juden habe man nach Hamburg-Langenhorn geschickt. Zu den Geisteskranken. Da seien sie gut aufgehoben gewesen, denn sie seien prinzipiell unerziehbar. Die Juden und die Zigeuner und die Kommunisten. Und die Polen. Von Hamburg aus seien sie in die Lager weiterbefördert worden. Jetzt lägen uns diese Verbrecher wieder auf der Tasche.

Herr Niewöhner ist Aufsichtsbeamter. Ich halte den Atem an und fühle seinen Blick. Er erwartet Bestätigung. Ich sage nichts. Ich erkenne den Riss zwischen uns, aber ich tue so, als hätte ich noch die Binde um meine Augen. Dabei ist sie längst weg.

Herr Niewöhner fixiert mich und wartet auf meine Reaktion. Die kriegt er aber nicht.

Dann lächelt er. Brauchst keine Angst zu haben, junger Mann. Die Gestapo kommt nicht mehr.

Wieder macht er eine kleine Pause.

Weißt du, wer das ist, die Gestapo?

Ich nicke.

Er lacht und winkt ab: Die Gestapo gibt's doch gar nicht mehr. Er schaut mich die ganze Zeit an, als ob er eine Antwort erwartet. Gut für uns, oder? Haben wir Glück gehabt, was? Er lacht, wird geschüttelt vom Lachen, dass er sich fast verschluckt: Die gibt's nicht mehr! Keine Gestapo mehr! Prustend stößt er heraus: Das wollen wir nie wieder erleben! Was, junger Mann?

Er boxt mich leicht gegen die Brust, damit ich auch lache.

Es kommt aber nicht viel von mir. Ich sehe seine blitzenden Zähne unter dem grauen Schnurrbart und errate, wo die Gestapo untergekrochen ist. Ein super Versteck ist das, wo sie niemand findet: Sie hat sich selbst verschluckt und fertig. Die Gestapo strahlt wie ein Kind nach der Mahlzeit. Alles aufgegessen! Keine Gestapo mehr da!

Auch Herr Niewöhner strahlt.

Solange ich den Blick mit ihm halten kann, sehe ich, dass ich nicht der Einzige bin, der Angst hat. Es flackert in seinem Auge.

Zwei Ängstliche, die sich belauern.

Zweihundert Meter links von mir, hinter dem nächsten Mauertürmchen, kommt ein Doppelhaus, das es in sich hat. Auf der einen Seite wohnen Niewöhners, auf der andern Linnenbrüggers.

Herr Niewöhner: Hauptverwalter bis 1949, noch von den Nazis eingesetzt. Herr Linnenbrügger: sein Nachfolger, von den Besatzern, den Tommys, eingesetzt. Herr Niewöhner wurde von ihnen degradiert und musste zurück ins Glied treten. Jetzt wohnen beide im selben Doppelhaus.

Wohnten. Denn Herr Linnenbrügger ist seit zwei Wochen tot. Hier hinter diesem Mauerstück, vor dem ich sitze, ist er zusammengebrochen. Kurz vor seiner Pensionierung. Auf dem Sportplatz.

Keinen Aufsichtsbeamten habe ich besser gekannt als ihn. Seit ich sechs war, vielleicht noch früher, habe ich ihn und seine Frau besucht. Fast täglich. Auf jeden Fall samstags um zwölf. Aber als ich den ersten Tag aufs Gymnasium ging, habe ich meine Besuche eingestellt. Von heute auf morgen. Einfach so.

Vergiss uns nicht, haben Gustav und Anna Linnenbrügger mir nachgerufen, als ich wider Erwarten die Aufnahmeprüfung bestanden hatte.

Nie!, habe ich getönt, warum soll ich das vergessen?

Kommst einfach am Samstag, wenn die Schule aus ist.

Ja. Mach ich.

Und prompt den ersten Samstag danach hatte ich keine Lust mehr.

Das ist nicht zu erklären. Ich wollte immer, ich wollte ... aber ich bin nicht hingegangen.

Jetzt sitzt Anna allein in ihrer Wohnung, löst Kreuzworträtsel oder liest Kalenderblättchen. Und hin und wieder denkt sie sicher: Warum kommt Etja nicht?

Ich könnte gleich hingehen. Jetzt könnte ich sie besuchen. Anmeldung braucht es nicht. Das war nie nötig. Na, komm rein, haben sie immer gesagt, wenn ich vor der Tür stand. Schön, dass du da bist. Der Kakao ist auch gleich fertig.

Aber ich weiß, ich werde da nicht hingehen. Gerade jetzt nach Gustavs Tod nicht. Ich will Annas Alleinsein nicht erleben. Ich habe Angst, es wird mich erdrücken. Ich traue mir nicht zu, das Gefühl der Einsamkeit bei ihr zu lindern. Ich glaube nicht, dass ich so etwas kann.

Bei Linnenbrüggers habe ich von Julius Siekmann gehört, einem Herforder Gestapobeamten, der 1949 zu sieben Jahren Zuchthaus verurteilt wurde. Wegen Verbrechen gegen die Menschlichkeit.

Bei dem Ausdruck brauche ich immer ein paar Sekunden, bis ich begreife, dass mit Menschlichkeit etwas ganz Gutes gemeint ist.

Siekmann hat laut Gerichtsurteil fünfzehn politische

Gefangene auf dem Gewissen. Die hat er in unserer JVA verhört. Menschen, die in der falschen Partei waren, in der SPD oder der KPD oder in der Gewerkschaft. Oder die heimlich den Feindsender gehört haben. Das war verboten, wegen Wehrkraftzersetzung.

Noch so ein Wort, das ich erst auseinandernehmen muss, um es zu verstehen. Da geht es also um einen Zerstörungsvorgang. Da geht etwas kaputt. Nämlich die Wehrkraft. Die muss eine Qualität unseres Volkes gewesen sein. Gegen Kriegsende hat die Zersetzung dieser Wehrkraft unser Volk geschwächt und den Feind gestärkt. Das kann aber nicht nur schlecht gewesen sein, sonst wäre Herr Linnenbrügger nicht Hauptverwalter geworden.

Es ist wie mit diesem Wort «Zusammenbruch», das immer wieder fällt. Ich kriege nie raus, ob das eine Katastrophe war oder eine Erlösung. Keiner scheint es genau zu wissen. Keiner will sich entscheiden. Unsere Eltern sagen: Letztlich muss man froh sein, dass es so gekommen ist. Aber ihre Gesichter sehen nicht froh aus, wenn sie das sagen. Und das gibt mir zu denken.

Julius Siekmann hat seine fünfzehn Opfer aus dem Bielefelder Gefängnis zu uns nach Herford verlegt, weil er hoffte, da kann er sie ungestört verhören. Der Vorvorgänger unseres Vaters, Herr Wüllner, hat sich bei der übergeordneten Stelle in Hamm darüber beschwert, dass diese Verhöre Unruhe unter seinen Gefangenen stiften. Er hat darum gebeten, sie diskreter zu gestalten. Weiter wollte er sich nicht einmischen.

Einige von Siekmanns Opfern mussten auf dem Sportplatz, hier direkt hinter mir, auf der Hundert-Meter-Bahn hin- und herlaufen. So lange, bis sie zusammengebrochen sind. Die

Strafgefangenen im angrenzenden Zellenflügel haben zugesehen und gejohlt. Einige haben auch protestiert. «Schokolade riechen» hat Siekman diesen Lauf genannt. Sagt Herr Niewöhner.

Die Luft hier riecht demnach heute nicht anders als damals.

Ist das nicht ungerecht, dass Siekmann als Einziger für die ganze Gestapo bezahlen musste?, hat mich Herr Niewöhner gefragt und dabei scharf beobachtet.

Einer ist besser als keiner, habe ich geantwortet.

Aber das habe ich mich nur getraut, weil ich vorher gerade bei Herrn Linnenbrügger gewesen war. Sieben Jahre für fünfzehnfachen Mord!, hat der gerufen und mit seiner gewaltigen Faust auf den Tisch geschlagen. Lächerlich! Und alle anderen haben sie laufen lassen! Da weißt du Bescheid.

Wenn Siekmann 49 verurteilt wurde, läuft er seit vier Jahren wieder frei rum. Lebt der jetzt in Herford? Hab ich ihn vielleicht schon mal gesehen?

Ich weiß nicht, ob das alles wirklich etwas mit unserem Keller zu tun hat. Ich habe Angst, da runterzugehen.

Meine Angst sei pathologisch, sagt mein Vater.

Was auch immer das heißt.

Jedenfalls ist es ein Desaster, wenn er mich losschickt, um Most oder Kompott raufzuholen. Ich kann mich nicht weigern. Ich kann nicht sagen: Da gehe ich nicht runter. Das würde extrem lächerlich wirken. Also erhebe ich mich vom Tisch, verlasse das Esszimmer, wo meine ganze Schutztruppe ihre Suppe löffelt, und mache mich auf in den Keller.

Auf Wiedersehen, denke ich, denn ich bin mir nicht sicher, ob ich je zurückkomme.

Die ersten Stufen versuche ich noch mit Schwung zu

nehmen, aber mitten auf der Treppe werde ich ausgebremst, weil mir die unüberschaubaren Räume da unten im Halbdunkel signalisieren: Hier lauert Gewalt hinter jeder Ecke! Wir sind angestrichen worden, murmeln die Wände, unter uns schreit Blut. An uns kannst du nicht so einfach vorbeigehen.

Ich steh auf der Treppe, starre die Wände an und komme nicht weiter. Nicht freiwillig. Überall spüre ich Augen.

Es ist keiner da, sage ich laut, und ich glaube das auch. Aber meine Stimme zittert und widerlegt mich. Der Raum fühlt sich zäh an. Das wird das «Pathologische» sein, von dem mein Vater spricht.

Seine ungeduldige Stimme tönt vom Esstisch: Wo bleibt denn unser Most?

Gleich!, rufe ich.

Wie lange sollen wir denn noch auf unseren Rhabarbersaft warten?

Der gibt keine Ruhe. Die haben alle Durst da oben. Ich muss mir einen Ruck geben und losrennen.

Ich lasse einen Angriffsschrei los, fliege beinahe über die Stufen und durch den Kellerflur bis in den hintersten Raum, wo die Saftflaschen liegen. Vor der Tür muss ich anhalten, versuche, so schnell wie möglich den Schlüssel ins Loch zu bringen, dann schlage ich mit der Hand auf den Lichtschalter und muss diese vielen handgeschriebenen Flaschenetiketten entziffern: Stachelbeere / Johannisbeere rot / Johannisbeere schwarz / Holunder / Apfel / Birne, wo ist der verdammte Rhabarber? Rhabarber! Da ist er. Und bin schon wieder weg und rauf, in einem solchen Affentempo, dass ich außer Atem am Esstisch ankomme, die Flasche auf die Tischplatte knalle und keuche: Hier ist euer Most!

Was ist denn los? Erschreck uns doch nicht! Wir haben doch keinen Geist im Haus.

Kopfschüttelnd zieht mein Vater den roten Gummipfropfen von der Flasche und gießt sich und meiner Mutter ein.

Die sagt: Mensch, Edgar, dass du immer noch solche Angst hast! Das ist aber nicht mehr normal.

Werners Augen leuchten. Ich bin sicher, er kann sich vorstellen, was mit mir los ist.

Martin scheint unbeteiligt. Er kennt keine Angst. Er verkörpert in unserer Familie den Mut. Wo ich romantisch in die Strömung der Werre schaue, macht Martin Handstand auf einem Brückenpfeiler. Oben von der Stiftberger Kirche aus, wo meine Volksschule ist, brettert er mit dem Fahrrad in vollem Tempo die steile Marienstraße runter und biegt 90 Grad links in die Bismarckstraße ein, die genauso steil vom Stuckenberg runterkommt. Verwettet sein Leben darauf, dass ihn kein Auto erwischt. Herforder Roulette nennen wir das.

Er ist ein guter Pädagoge. Das weiß ich. Es gibt nichts, was man bei ihm nicht lernen könnte. Er hat Geduld.

Ich schiebe mir die Kartoffeln rein, obwohl mir das Herz noch bis zum Hals schlägt, und stelle mir vor, wie Martin mit mir gemeinsam in den Keller geht. Immer wieder. Ganz langsam. Durch alle Räume. In jede Ecke schauen wir. Und dann wiederholen wir diesen Gang im Dunkeln. Er macht das Licht aus, geht hinter mir her, schiebt mich in die Schwärze und redet beruhigend auf mich ein.

Hier ist niemand, würde er sagen. Der Keller ist menschenleer. Gewöhn dich daran.

Aber wenn ich ihm sagen würde, dass ich eigentlich vor unsichtbaren Wesen Angst habe, müsste er kapitulieren. An Geister von Verstorbenen glaubt er nicht.

Ich nehme ein paar tiefe Züge von Karinas Schokoladengeruch. Komisch: Hier habe ich keine Angst. Hier kann ich sogar im Dunkeln sitzen. Ich schleiche mich auch nachts in den Garten des Mädchens, das ich liebe. Ich geh sogar in die Spätvorstellung. Aber in unsern Keller will ich ums Verrecken nicht.

Als meine Eltern mir gesagt haben, Herr Linnenbrügger sei tot umgefallen, habe ich mich so geschämt, dass ich nicht auf die Beerdigung wollte. Wegen der langen Zeit, die ich nicht mehr bei ihnen war. Aber mein Vater hat darauf bestanden, dass ich mitkomme: Das ist dein Freund gewesen! Da gehst du jetzt hin. So lässt man Menschen nicht fallen, die einem mal was bedeutet haben.

Und dann hat er sich mit mir auch noch in die erste Reihe gestellt, direkt an den Rand der Grube. Anna stand auf der andern Seite. Genau mir gegenüber.

Zum ersten Mal sehe ich ihr wieder in die Augen. Sie hat den Trauerschleier von ihrem Hut für einen Moment nach oben über die Krempe geschlagen. Ihr runzliges, verweintes Gesicht lächelt mir zu. Dann lässt sie den Schleier wieder herunter und faltet die Hände.

Auch mein Vater und ich haben Tränen in den Augen. Gerade ist der Sarg runtergelassen worden. Pfarrer Podewils, der eigentlich nur noch Aushilfe macht oder eben auf besonderen Wunsch der Witwe noch mal antritt, hat zwei Gebete verwechselt: das Vaterunser mit einem Tischgebet.

«Komm, Herr Jesus, sei du unser Gast, und segne, was du uns aus Gnaden bescheret hast». Obwohl er das Gebet durchdringend, mit Grabesstimme, intoniert, stört sich niemand daran. Die Leute beten stumpfsinnig ihr Vaterunser weiter.

Nur ich denke an den Koloss, der im Sarg liegt, und murmele blöderweise zu meinem Vater: Na dann guten Appetit!

Daraufhin packt uns beide die Hysterie. In seinem schwarz verkleideten Körper spüre ich kleine Explosionen. Unsere Ellenbogen berühren sich, und das Tremolo seiner Muskeln geht auf mich über. Ich sehe vorsichtig an ihm hoch. Krebsrot beißt er sich auf die Unterlippe. Er verliert gerade den Kampf gegen sein Zwerchfell. Fasziniert schaue ich ihn von der Seite an. So habe ich ihn noch nie gesehen.

Wir müssen jetzt beide um unser Leben «Weinen» spielen. Mit einem solchen Lachanfall darf er auf keinen Fall erwischt werden.

Während ich mir Sorgen um ihn mache, wird mir klar, dass ich selbst keineswegs ernst bin: Ich zittere wie er und grinse hemmungslos. In diesem Augenblick fällt mein Blick auf Anna, die gerade wieder den Schleier hebt, und binnen einer Sekunde erkläre ich das Beben meines Körpers zum Ausdruck verzweifelten Schluchzens. Ich hoffe, dass mein Vater das auch so gut kann. Überzeugend klingt er nicht. Ich jedenfalls wirke glaubhaft. Eine Dame hinter mir legt ihre Hand auf meine Schulter und sagt zu ihrer Nachbarin: Der arme Junge.

Darauf entfährt meinem Vater ein Heuler. Einige drehen sich um, weil sie einen Hund in unserer Nähe vermuten.

Mein Vater entfaltet seine Hände, presst sie auf die Gegend seiner Galle und macht sich vom Acker. Ich glaube, das ist das Klügste, was er machen kann.

Der Schützenverein hat gespielt. Viele haben ihre Taschentücher gezückt. Die Schützen tragen Tracht. Die Aufsichtsbeamten ihre Uniform. Die Frauen ihr feinstes Schwarz. Eine sichtbare Ordnung und Feierlichkeit rund ums Grab.

Nur mein Vater und ich tanzen aus der Reihe. Ich finde,

das passt. Wir haben eben eine Sonderstellung in Herford. Wer an userm Haus vorbeigeht, hört Musik, zu jeder Tageszeit. Wann kümmert der sich eigentlich um seine Gefangenen?, fragen sich die Angestellten. Ein Gefängnisdirektor, der mit seiner Familie Tag und Nacht musiziert, kann nicht ganz richtig im Kopf sein.

Hier bin ich, sage ich etwas später und tippe an seine Schulter. Er dreht sich ruckartig um und faucht mich an, ob ich noch alle Kerzen auf dem Leuchter hätte! Wenn wir nicht auf einer Beerdigung wären, müsste ich dich übers Knie legen! Wie kann man so lachen, wenn andere Menschen trauern?

Du hast doch auch gelacht, sage ich vorsichtig.

Aber doch nur deinetwegen! Das hält ja kein Mensch aus neben dir. Du hättest mal dein Gesicht sehen sollen. So was Irres habe ich überhaupt noch nie erlebt!

Du hast aber zuerst gelacht, versuche ich, mich zu verteidigen.

So ein Quatsch, schreit er unterdrückt.

Wir sind noch auf dem Friedhof, und vom Personal der Strafanstalt um uns herum soll keiner was mitkriegen.

Er beugt sein Gesicht herunter, kommt dicht an mich heran und stellt klar: Ich war die ganze Zeit todernst! Dich kann man nicht mal auf Beerdigungen mitnehmen!

Ich wehre mich, so gut ich kann: Dein Ellbogen hat so gezuckt. Das ist auf mich übergesprungen.

Jetzt regt er sich auf. Mit so viel Widerspruch hat er nicht gerechnet. Das glaubst du doch selber nicht! Ich bin der Vorstand dieser ganzen Leute! Die schauen auf mich. Die haben Respekt vor mir. Was sollen die jetzt von mir denken? Dass ihr Chef ein Hanswurst ist?

Wenn Podewils so einen Unsinn betet?, wende ich ein.

Haben die andern gelacht?, ruft er. Na? Haben die etwa gelacht? Da denk mal drüber nach! Er hat jetzt wieder seinen Staatsanwaltston drauf. Ich sage es dir in aller Klarheit: Bring mich nie wieder zum Lachen!

Ich zucke mit den Schultern.

Hast du das verstanden? Er sieht mich scharf an. Offenbar ist es ihm jetzt sehr ernst.

Ob du das verstanden hast, habe ich dich gefragt!

Ich suche in seinem Gesicht nach einer letzten Spur unserer Lachorgie, finde aber nichts.

Ja, sage ich.

Nie wieder!

Ja.

Auf dem Dach gegenüber leuchtet der rote Schriftzug von Karina. Der Duft dieser Schokolade ist viel besser als ihr Endprodukt. Karina ist eine Billigmarke mit wenig Kakaoanteil, sehr mehlig, sie schmilzt nicht am Gaumen, man muss lange kauen, um sie runterzukriegen. Aber ihr Herstellungsgeruch ist Weltklasse.

Auch bei den Gefangenen sind die Zellen, die zu Karina hinaus liegen, besonders begehrt. Man guckt von da auf den Sportplatz, hat praktisch einen Logenplatz bei den Faustballspielen und kann dabei Schokolade inhalieren.

Was ist das für ein Gelächter, das mich wegträgt? Es hat so viel Auftrieb, dass auch Annas Schmerz am Grab es nicht unten halten kann. Es ist wie Fliegen. Wegfliegen.

Blaskapelle

Als ich halb so alt war wie jetzt und noch nicht zur Schule ging, habe ich bereits meine täglichen Spaziergänge entlang der Mauer gemacht. Noch nicht bis hierhin, wo ich jetzt sitze. Nur so weit, wie die Doppelhaushälften der Aufseher reichen.

Neugierig habe ich in die Vorgärten geschaut, bei manchen Aufsehern habe ich geklingelt, weil sie mir irgendwann mal gesagt haben, ich soll sie doch besuchen. So eine Aufforderung habe ich immer ernst genommen. Ich stellte mir dann vor, dass es bei diesen Leuten eine Lücke gibt, die ich ausfüllen soll.

Herr Linnenbrügger macht immer richtig Programm für mich. Er bestellt Samstagvormittag zwölf Uhr eine Kapelle, die in seinem Garten vorm Küchenfenster Märsche spielt. Eine Stunde lang.

Unser Vater ist hochmusikalisch, keine Frage, aber Herr Linnenbrügger ist genial. Er spielt kein Instrument, er kennt sich bei Brahms, Beethoven und Co nicht aus. Aber alle Märsche der Welt, die er einmal gehört hat, kann er auch spielen, weil er sämtliche Blasinstrumente wie Holzflöten, Trompeten, Posaunen, Tuba perfekt imitieren kann, Horn nicht zu vergessen. Für die Becken, Pauken, Trommeln und Triangeln nimmt er das Kücheninventar von Anna zu Hilfe. Töpfe, Löffel, Deckel und so weiter.

Wenn ich komme, sitzt er bereits wie ein eingeklemmter Buddha hinterm Küchentisch, seine Requisiten vor ihm ausgebreitet. Er trägt nur ein langärmeliges Unterhemd, über die enorme Wölbung seiner Brust laufen die breiten Hosenträger, die Jacke hat er ausgezogen. Anna hat sie auf dem Schoß und näht die Knöpfe wieder fest, die ihm regelmäßig abspringen. Die gewaltigen Oberschenkel, die er nur mit Mühe in die schwarzen Uniformhosen zwängen kann, hat er unter die Tischkante gepresst. Alles an ihm ist großflächig, seine Stirn, seine Backen, sogar die Nasenflügel.

Auffällig sind seine herunterhängenden, langen Wimpern. Sie sind rötlich wie bei Elefanten. Überhaupt scheinen seine Augen immer geschlossen zu sein, aber er linst natürlich unter den Wimpern durch. Ich nenne ihn deshalb Herrn Linsenbrügger. Das stört ihn nicht im Geringsten.

Er fragt mich noch schnell, ob ich meinen Eltern auch Bescheid gesagt habe, wo ich bin, dann öffnet Anna die Fenster, und er ruft in den Garten: Ist die Kapelle angetreten, Herr Hauptmann?

Jawoll, tönt es zurück, denn Gustav Linnenbrügger kann auch bauchreden.

Sind da welche? Oft stelle ich diese dumme Frage, obwohl ich ja sehe, dass da niemand ist. Aber ich will die Antwort von ihm hören.

Na warte mal ab!

Dann geht's los. Badenweiler Marsch, sagt er, den lassen wir uns vom Führer nicht kaputt machen, auch wenn's sein Lieblingsmarsch gewesen ist.

Nach jedem Marsch macht er eine Pause. Vorsichtig frage ich: Wo sind die jetzt hingegangen?

Die müssen sich kurz ausruhen, erklärt er. So wie wir jetzt. Außerdem müssen sie die Spucke aus den Mundstücken und Ventilklappen ihrer Instrumente schütteln. Da sammelt sich beim Blasen der Speichel, und dann sind die Töne nicht mehr sauber.

Und er macht mir vor, wie ein Horn klingt, in dem sich zu viel Spucke angesammelt hat. Das klingt wirklich komisch, blubbernd. Versoffene Töne, nennt er das.

Ich sehe die aber gar nicht, sage ich.

Gustav ist die Geduld in Person. Er sagt einfach, dass die Kapelle in der Pause ist.

Die sind gerade mal um die Ecke. Schau mich an, dann spielen sie auch!

Also schau ich ihn an.

Auch er beobachtet mich unter seinen Wimpern. Er spürt, wie mir die Posaunen, Trompeten und Pauken reinfahren und mein Zwerchfell kitzeln.

Manchmal frage ich mich, ob er weiß, was seine Marschmusik in meinen Eingeweiden eigentlich anrichtet. Bei den Piccoloflöten kann ich die Beine nicht stillhalten, bei den Posaunen dehnt sich mein Brustkorb, die Oboen haben ihren Resonanzraum unter meiner Schädeldecke, und das Fagott zwickt mich. Die schneidigen Trompeten machen mich fassungslos, weil ihr Strahlen so unerwartet mächtig ist. Die Tuba klingt saukomisch, das Horn todtraurig. Ich glaube, wenn er die Wirkungen bei mir ahnt, legt er noch mal nach.

Überhaupt: Man muss sich mal vorstellen, dass er mit seinem Mund ja gar keine Harmonien spielen kann! Nur Melodie. Nur e i n e Stimme. Aber die Schwingungszahl kann er unendlich erhöhen. Und so wird sein Ton immer enger, immer intensiver.

Ich bin froh, dass Anna auch in der Küche ist. Wer weiß, was er sonst noch machen würde. Sein Speichel sprüht bei den Trompetenstößen einen feinen Nebel über mein Gesicht. Meine Nerven tanzen auf seinen Tönen.

Nach circa einer Stunde, gegen eins, schließt Anna in einer Marschpause das Fenster.

Sonst denken die Nachbarn, du bist plemplem, sagt sie sanft.

Mach noch mal auf, sagt Gustav. Petersburger Marsch fehlt noch.

Und dann spielt er «Denkste denn, denkste denn, du Berliner Pflanze, denkste denn, ick liebe dir, nur weil ick mit dir tanze …».

Er spielt, und Anna singt. Ich glaube, er spielt es für sie.

Das Lied kenne ich auch von meinen Eltern. Aber Gustav und Anna behandeln den Rhythmus, die Punktierung am Anfang viel genauer. Die Sechzehntel sind bei ihnen kürzer, und nach dem «denn» machen sie eine winzige Pause.

Es hält mich kaum auf dem Stuhl.

So ist das sicher gedacht. Schließlich sollen die Leute in den Berliner Ballhäusern ja auch aufspringen und sich einen Tanzpartner suchen.

Wieder will Anna die Fenster schließen, aber Gustav sagt: Anna, nur dies noch. Einmal musst du noch singen.

Was folgt, ist ein trauriges Lied. Kein Marsch. Aber die beiden haben einen so elektrisierenden Rhythmus, dass es nicht traurig klingt.

Mein Vater wird gesucht,
er kommt nicht mehr nach Haus.

Wieder gibt es eine Punktierung, diesmal am Ende des Viervierteltaktes, auf der Vier, also: «wird-ge-sucht».

Und genauso: «mehr-nach-Haus».

Der Schlag davor, die Drei, ist eine Pause, die sie strikt einhalten.

Und den Auftakt, diese Sechste auf «Mein Va-», nehmen sie wie einen Walzer-Auftakt, leicht verzögert vor der Eins, sodass es wie ein Tanzlied klingt.

Anna bemüht sich nicht, ihre Stimme schön klingen zu lassen. Sie tippt die Töne nur an, weil sie den Inhalt singt.

Es ist ein Lied aus dem Widerstand. Da kennen sich Linnenbrüggers aus. Die Nazis fingen damals an, Leute «abzuholen». Dass das nichts Gutes bedeutete, kann ich jedem ansehen, der dieses Wort gebraucht. Und das sind viele. Aber nur bei Linnenbrüggers klingt eine Trauer an. Als würde die Zeit stehenbleiben: «Den haben sie auch abgeholt.»

Manchmal fallen dann auch Namen. Gustav Milse etwa, den hat Julius Siekmann abgeholt. Oder Fritz Bockhorst. Die beiden sind nicht mehr nach Haus gekommen. Die Gestapo hat den Familien geschrieben, sie hätten sich im Gefängnis umgebracht. Das glauben die Familien aber nicht.

Darum geht es auch in dem Lied. Anna wird ganz streng im Rhythmus und schaut mich dabei an, als wollte sie mich mit ihren Augen anstoßen:

das glaub-ich aber nicht,
er hat uns doch ge-sagt,
so etwas tät er-nicht.

Die letzte Strophe lassen sie weg. Denn sie sind ja keine Kommunisten. Dann schließt Anna das Fenster endgültig.

Gustav, der sie nur auf dem Fagott begleitet hat, mit zarter Unterstützung des Beckens, wird leiser, er spielt die letzte

Strophe, die sie nicht singen, piano, pianissimo. Und dann ist nichts mehr. Er hebt noch einmal zwei Topfdeckel, sie bewegen sich in Zeitlupe aufeinander zu und schweben, ohne sich zu berühren, nach oben.

Jetzt ist die Kapelle abgezogen, sagt er erschöpft. Die gehen jetzt zwei Häuser weiter, zu Ploegers.

Anna gibt ihm einen Kaffee, Gustav wischt sich den Schweiß von der Stirn und sagt: Ploegers sind feine Leute. Die haben viel mitgemacht.

Und dann fängt er an zu erzählen. Er weiß, was er sagen will und was nicht. Er verfolgt eine Absicht. Ich soll etwas lernen. Und ich hänge an seinen Lippen. Er erzählt vom Tod von Fritz Bockhorst.

Anna ist das nicht recht. Sie steht hinter ihm am Kohlenherd, eine Hand an der immer gefüllten Kaffeekanne, in der andern den Becher, beides in demselben weiß-blauen Zwiebelmuster. Sie pustet und nippt abwechselnd und sagt immer wieder: Gustav, der Junge ist gerade sechs.

Aber er antwortet ihr: Was ich dem sagen will, kann keiner früh genug lernen.

Die Linnenbrüggers haben keine Kinder, deshalb verschätzt er sich vielleicht, was er einem Kind sagen darf, was nicht. Ich liebe aber Menschen, die mich mit Informationen überfordern, und so sind wir beide wie gesucht und gefunden.

Warum haben sie Bockhorst umgebracht?, frage ich ihn.

Weil er Flugblätter verteilt hat, gegen die Nazis. Und an die Häuserwände hat er Parolen gemalt. Der war SPD und Gewerkschaftler. Das hat schon gereicht. Ein Werkzeugmacher, ein gewitzter Kopf, der viel reden konnte, ohne andere zu verraten.

Wo haben sie den umgebracht?

Im Knast. Seine Frau hat verlangt, ihren Mann noch einmal zu sehen. Das haben sie ihr erlaubt. Sie hatten ihn aufgebahrt, in der Leichenhalle. Die Gestapo war dabei, als sie neben dem Leichnam stand. Sie hat sofort den Hals ihres Mannes abgesucht, ob sie die Striche sieht.

Welche Striche?

Vom Strick! Von der Strangulation! Im Knast heißt Selbstmord zu neunzig Prozent: sich aufhängen.

Und? Hat Frau Bockhorst was gesehen?

Nichts. Da war gar nichts. Alles glatt. Aber die Zähne waren blutverkrustet. Und ein Pflaster ist ihr aufgefallen, auf der Stirn, über der Augenbraue. Das hat sie blitzschnell weggerissen, bevor die Beamten sie daran hindern konnten.

War da was?

Da war ein Loch.

Anna sagt wieder: Lass es jetzt, Gustav.

Aber er redet weiter. Er spürt meine Neugier: Am 30. Juni 44 haben sie Fritz Bockhorst umgebracht. Und ein Jahr später hat seine Frau die Gestapobeamten angezeigt. Was glaubst du, wie das ausgegangen ist?

Ich zucke mit den Schultern.

Die Gestapo bestand darauf, dass es Selbstmord war. Und die Richter haben das geglaubt.

Wer ihn auf dem Gewissen hat, erzählt Gustav nicht. Aber er weiß es. Das merke ich an der Pause, die er macht, wenn ich ihn frage.

Es ist nicht gut für dich, Etja, alles zu wissen, die Leute sind ja noch da und halten zusammen. Niewöhners von nebenan haben damals den Ton angegeben. Aber jetzt sind sie still.

Warum kann Frau Bockhorst die Gestapo jetzt nicht noch mal anzeigen?, frage ich.

Gustav schüttelt den Kopf. Etja, wir denken immer, die Zeiten ändern sich. Aber das stimmt nur halb. Die Menschen bleiben dieselben.

Wir schweigen eine Weile.

Plötzlich sagt Anna an ihrem Kohlenherd, ganz leise, mit der Tasse vor den Zähnen: Sag mal deinem Papa, er soll meinen Gustav nicht so über die Höfe hetzen.

Ihr Mann lässt einen richtigen Trompetenschrei los: Anna!

Anna winkt ab, lächelt verschmitzt: Ich sach nix mehr.

Wir schweigen wieder. Ich verstehe nicht, was sie meint.

Gustav hat sich wieder beruhigt und erklärt mir etwas. Er beugt sich über den Tisch zu mir, die Kante drückt sich in seinen Bauch: Schau dir die Frau Ploeger an, wenn sie bei Niewöhners vorbeigeht. Da kannst du viel lernen. Vor Niewöhners Haus wird sie ein Stück langsamer. Mit einer kleinen Bewegung schaut sie, ob sie beobachtet wird, dann geht sie weiter. Etja, die ist einfach nur froh, dass sie da wieder ohne Angst vorbeigehen darf.

Angina Pectoris

Meine letzte Begegnung mit Gustav vor seinem Tod liegt fast vier Wochen zurück, und der Gedanke daran treibt mir das Blut in den Kopf.

Ich stand vor dem Haus und sagte mir: Komm, besuch die beiden wie früher! Ist doch egal, wie lange du nicht mehr da warst.

Und schon bin ich die Treppen hoch, steh vor der Tür und drehe mit meinem Zeigefinger Pirouetten auf dem Klingelknopf.

Das kannst du nicht machen, ermahne ich mich, du kannst bei denen nicht Alarmklingeln, die drehen doch durch in ihrer Küche! Aber das Schellen in die Länge zu ziehen, ist purer Genuss, und es ist so einfach. Ich höre diesen hellen Ton aus lauter winzigen Tropfen, die aus meinem Zeigefinger fließen. Als ob mein Finger Töne pissen könnte!

Dann höre ich Gustavs Ächzen hinten auf dem Flur und laufe so schnell davon, dass ich fast über die Stufen stolpere. Hinter der nächsten Ecke werfe ich mich gegen die Mauer und pruste los, weil ich mir vorstelle, mit welcher Wucht sich Gustav vom Küchentisch hochgestemmt hat und jetzt mit den Armen ausholt, um seine massigen Oberschenkel anzutreiben, und so ritsch, ratsch im Scherenschnitt zur Haustür tanzt, sie aufreißt und mit fliegendem Atem ins Leere schaut.

Was ist bloß in mich gefahren? Das hat sich alles so schnell in meinem Kopf entschieden. Anna und Gustav sind doch meine Freunde! Wie konnte ich das bloß tun?

Es kommt noch schlimmer. Kaum sind die letzten Wellen meines Gelächters verebbt, laufe ich zurück, wieder die Treppen hoch, zur Haustür, und liebkose ein zweites Mal mit dem Finger diesen Klingelknopf. Ich will den scheppernden Ton auskosten, bis ich Gustavs Schritte höre. Aber da wird schon die Tür aufgerissen, und sein halb entblößter, haarloser Arm schnellt heraus, stößt vor zu meiner Joppe, packt mich am Hals und zieht mich über die Fußmatte hinein in die Wohnung. Mit dem Fuß schiebt er die Haustür zu. Dann drückt er seinen Rücken an die Wand und lässt mich am ausgestreckten Arm verhungern.

Das ist eine Wendung, mit der ich nicht gerechnet habe. Ich muss das rückgängig machen, sofort, denke ich, aber natürlich ist es zu spät. Er hat mir aufgelauert, weil er mich besser kennt als ich mich selbst. Er hat gewusst, dass ich ein zweites Mal klingele.

Gustav sagt nichts. Seine Augen scheinen geschlossen, Atemstöße jagen über seine Lippen.

Die Sekunden wollen nicht vergehen, der Flur ist dunkel, und von Anna keine Spur.

Lassen Sie mich bitte los. Es tut mir leid. Ich mach das nicht wieder.

Jetzt hab ich dich!, zischt er.

Spielt er, oder ist es ernst?

Hast gedacht, du kannst mich an der Nase herumführen. Kannst du aber nicht.

Es ist ihm ernst. Sehr sogar.

Wieder so eine lange Pause, und sein Griff lockert sich nicht.

Wir sind viele da draußen, lüge ich drauflos. Ich hab Angst, er könnte was Unüberlegtes tun.

Linnenbrügger sagt nichts. Sein Gesicht ist mir zugewandt, aber wegen seiner Elefantenwimpern sieht es aus, als ob er schliefe.

Alles verloren, denke ich. Alle Samstage der letzten Jahre. Dieser Moment löscht alle Freundschaft aus.

Es tut mir weh, sage ich.

Das soll es auch.

Vorsichtig taste ich mich an seine Faust und versuche, den Griff zu lockern, aber er dreht meinen Kragen unerbittlich weiter.

Es wird eng. Ich kann gerade noch in Richtung Küche blicken. Keine Anna.

Mach das nie wieder. Hörst du?

Nein. Nie.

Hetz mich nie wieder über den Flur.

Nein, bestimmt nicht.

Dann beugt er sich vor, öffnet die Haustür einen kleinen Spalt und lässt mich los. Wie ein Vogel entwische ich, ohne mich umzudrehen.

Es ist das letzte Mal, dass ich ihn sehe.

Könnte ich durch die Mauer schauen, sähe ich hinter mir auf der anderen Seite den Sportplatz. Das ist der schönste von den vier Gefängnishöfen, die alle aussehen wie riesige Tortenstücke. Zwei gerade Seiten entlang der Zellengebäude und ein Kreisbogen entlang der Mauer.

Das Gefängnis ist gebaut wie ein Kreuz. Panoptische Kreuzform heißt das. In der Mitte ist eine zentrale Kanzel, von der aus man in die vier Flügel und Zellenflure schauen kann. Bei den Nazis war das der Platz von Herrn Niewöhner, danach der von Gustav Linnenbrügger.

Jeden Vormittag zwischen elf und zwölf musste Gustav mit meinem Vater einen Gang über die vier Höfe machen. Unterwegs inspizierten sie die Werkstätten, und er meldete ihm dabei die neuesten Vorkommnisse. Eigentlich sollte er meinem Vater immer ein paar Schritte voraus sein, um vor ihm die Tore auf- und hinter ihm wieder zuzuschließen. Aber mein Vater hat diesen vorausstürzenden Gang, der legt einen solchen Zahn zu, da ist Gustav einfach nicht mehr mitgekommen. Mit Seitenstechen und schwer atmend ist er zurückgeblieben.

Mein Vater ist freundlich zu ihm. Er weiß, dass sein Hauptverwalter Angina Pectoris hat. Also schließt er sich die Türen selber auf und wartet mit seinem Katzenlächeln, bis Herr Linnenbrügger angekommen ist: Lassen Sie sich bitte nicht von mir hetzen, Herr Linnenbrügger. Ich kann einfach nicht langsamer gehen. Ich hab so eine Unruhe in mir, verstehen Sie? Nehmen Sie sich alle Zeit, die Sie brauchen.

Herr Linnenbrügger ist alte Schule. Auch er hat eine Unruhe in sich. Aber eher, wenn er zu schnell ist. Schlimm genug, dass er bei dem Tempo nicht mithalten kann. Auf keinen Fall will er seinen Chef noch länger warten lassen.

Der letzte Hof, den die beiden durchlaufen, ist der Sportplatz. Und die letzte Strecke ist dann immer die Armin-Hary-Bahn. Sie ist nur 95 Meter lang, weil dem Zellenflügel 5 Meter fehlen, um eine echte 100-Meter-Bahn daraus zu machen. Dafür läuft der schnellste Gefangene beim Sportfest auf dieser Strecke auch 11,2, nur eine Sekunde langsamer als Armin Hary, der gerade in Rom zwei Goldmedaillen für Deutschland geholt hat, 100-Meter-Sprint in 10,2 Sekunden plus die 400-Meter-Staffel. Eigentlich ist er sogar mal 10,0 gelaufen, in Zürich, aber die Sportfunktionäre, diese missgünstigen Kommissköppe, haben dem aufmüpfigen Hary, wo sie konnten, ein paar Zehntelsekunden draufgedrückt.

Wir sind hier wie die meisten Deutschen stolz auf unseren eigenwilligen 100-Meter-Läufer und haben die Strecke nach ihm benannt. Sie endet unmittelbar vor der Tür der Gefängnisküche.

Und da zieht es meinen Vater nach seinem Inspektionsgang magisch hin. Auf einem kleinen Extra-Tisch wird ihm um zwölf das beste Stück Fleisch mit wenig Gemüse serviert. Das ist auch in Ordnung, es gehört zu den Aufgaben eines Chefs, das Essen für seine Gefangenen zu überprüfen.

Für meinen Vater bedeutet Fleisch auf dem Teller die Wiederherstellung seiner Grundrechte. Zwischen Weihnachten 42 und der Währungsreform 48 war es Mangelware. Aber jetzt kann er immer noch nicht fassen, dass es längst wieder genug Fleisch gibt. Er glaubt es nur, wenn sich das erste Stückchen auf der Gabel seiner Zunge nähert. Dann beruhigt sich sein hungriger Blick, und er ist für alle Probleme der Welt wieder ansprechbar. Das Erlebnis vom gebratenen, duftenden Schwein oder Rind vor seiner Nase muss er ständig wiederholen. Jeden Mittag erzählt er zu Hause, was es heute in der Gefängnisküche gegeben hat. Das ist für unsere Mutter auch nicht gerade einfach.

Gustav Linnenbrügger wartet, solange mein Vater isst, an der Gefängnisküchentür, hält sich an den weiß gestrichenen Eisenstäben fest und hofft, dass sich sein Atem beruhigt.

Bei ihrem letzten Gang über die Höfe ist er an dieser Tür nicht mehr erschienen. Er ist auf der Armin-Hary-Bahn zusammengebrochen. Als mein Vater fertig gegessen hat, vermisst er seinen Hauptverwalter an der Tür und hört stattdessen aufgeregte Stimmen vom Sportplatz. Da packt ihn das kalte Grauen. Er ahnt, was passiert ist.

Zu Hause sitzt er schluchzend am Schreibtisch: Ich kann doch nicht langsamer laufen, ich kann es einfach nicht! Ich hab so eine Unruhe in mir. Es macht mich verrückt, wenn ich so dahinschlendern muss. Ich hätte den Gang mit Herrn Meißner machen müssen. Aber das wollte ich Linnenbrügger nicht antun. Ich habe gehofft, bis zu seiner Pension hält er noch durch!

Mein Vater hat auch Angina Pectoris. Aber er wusste es noch nicht, als er mit seinem Hauptverwalter über die Höfe hetzte.

Auch ich habe unerwünschten Kalk in meiner Vorderwandarterie. Genetischen Kalk. Uns treibt dieselbe Unruhe. Und wehe, wir treffen auf Menschen, die nicht schnell genug sind. Die hetzen wir über Gefängnishöfe und Wohnungsflure.

Unser Vater bricht wenige Jahre nach seiner Pensionierung zusammen, nachts, auf seinem gelben Ohrensessel, der inzwischen ausrangiert in Werners Wohnung in Krefeld steht.

Um die Schmerzen seiner Hüftarthrose zu lindern, hat er sich in den heißen Sand von Ischia eingraben lassen und sich gewundert, dass er danach vor explodierender Unruhe am liebsten vom Balkon springen wollte. Der herbeigerufene italienische Arzt tippte unverständlicherweise auf eine Nierenentzündung. Es war aber der erste Herzinfarkt. Unsere Eltern packten die Koffer und fuhren überstürzt zurück nach Herford. Mit dem Zug, 2. Klasse.

In Krefeld, bei Werner, machen sie Station. Unser Vater

schleppt die schweren Koffer die Bahnhofstreppen rauf und runter. Als er nachts noch mal auf die Toilette geht, kommt Werner gerade zurück von der Oper.

Was hast du heute gespielt?, fragt ihn unser Vater.

Aida.

Und?

War eine richtig gute Vorstellung.

Ach, das freut mich. Wie geht noch dieses wunderschöne Duett zwischen Radamès und Aida?

Welches meinst du?

Na am Schluss, wenn die beiden lebendig eingemauert werden?

Ach so, Anfang vierter Akt: «Leb wohl, o Erde, Tal der Tränen».

Ja, richtig.

Werner deutet kurz die Melodie an.

Sag mal, unterbricht ihn sein Vater: Was sind denn das für verrückte Bilder hier an den Wänden?

Wo?

Diese zerlaufenden Uhren!

Das sind Drucke von Dalí.

Dass du damit leben kannst! Ich kann da gar nicht hinschauen. Da kriege ich gleich Beklemmungen.

Soll ich sie abnehmen und umdrehen?

Nein, lass mal.

Und dann setzt er sich in seinen gelben Sessel und sagt ganz ruhig: Ich glaube, ich sterbe.

Und als Werner sich zu ihm umdreht, lebt er schon nicht mehr.

Kino

In meinem Blickfeld hier an der Mauer gibt es einen Bretter-verschlag, mit einem geteerten Dach aus Pappe und zwei wackligen Flügeltüren, die mit einem Schloss verkettet sind. Dass etwas neu Errichtetes von vorneherein so klapprig aus-sehen kann, erstaunt mich sehr. In diesem Schuppen steht ein schickes Auto, ein Zweisitzer von Renault, weiß, mit roten Ledersitzen und offenem Verdeck. Auf dem Heck steht «Floride Caravelle», der lange Kühler hat die Form eines Haifischmauls. Ein wunderschönes Cabrio.

Es gehört unserm Gefängnispfarrer Kubis. Seine Frau meint, das Auto verletze die Gefühle der Anwohner, wenn es zwischen Mauer und Aufseherhäuschen für alle sichtbar herumsteht. Deshalb haben sie diese hässliche Bude errich-tet. Damit es keinen Neid erregt, keine falschen Träume, und auch vor klebrigen Kinderhänden und unerlaubten Über-griffen geschützt ist.

Pastor Kubis fehlt ein Bein. Er hat es bei der Verteidigung des Westwalls verloren. Es war nur noch Matsch, hat seine Frau mir erzählt, da haben sie es lieber gleich abgeschnitten. Sein Ersatzbein hat mich schon immer interessiert. Kubis stellt es manchmal im Schlafzimmer ab, mit Strumpf und Schuh, und wenn ich es dort sehe, tut es mir leid, weil es in der Ecke stehen muss wie ein ungezogenes Kind, das nicht mitspielen darf. Meistens läuft es aber mit Herrn Kubis herum, und da ich oft rechts und links verwechsle, bin ich früher gelegentlich mit einer Gabel unter ihren Frühstückstisch gekrochen, um durch den Hosenstoff herauszufinden, wo das Holzbein ist.

Es sind höllische Schmerzen, hat mir seine Frau erzählt, die er an seinem Stumpf hat. Nur hinterm Steuer, bei möglichst hoher Geschwindigkeit, am liebsten auf der Autobahn, beruhigen sich die Nerven seiner Amputationswunde. Deshalb fahren sie beide jedes Jahr um den halben Globus, erst auf einem Motorrad mit Beiwagen, dann in einer Isetta, dann mit einem Gutbrod und jetzt mit der Floride. Meistens geht die Reise ins Heilige Land, und zwar so ziemlich nonstop.

Ich kenne seine Frau gut. Über Jahre war ich in ihrer Kindergottesdienstgruppe. Sie erzählt sehr anschaulich alle biblischen Geschichten, lächelt etwas süßlich dazu, winkelt die Ellenbogen an, faltet die Hände beim Sprechen und nickt den Rhythmus ihrer Sätze mit. Das stört mich nicht. Sie liebt, was sie erzählt, und mehr brauche ich nicht, um zuzuhören. Ihr habe ich zu verdanken, dass ich mich im Alten und Neuen Testament gut auskenne. Wie bei Grimms Märchen finde ich in den Gleichnissen, die Christus erzählt, das vertrackte Schema meines eigenen Lebens wieder.

Vor wenigen Tagen hat Pastor Kubis mich bei meinen Eltern verpfiffen, und das bedeutet einen tiefen Einschnitt in sein und mein Verhältnis. Seitdem erinnert mich dieser Verschlag daran, dass ich in seinen Augen zu einem problematischen Fall geworden bin.

Kubis hat beobachtet, wie ich nach einem heimlichen Kinobesuch nachts in mein Zimmer eingestiegen bin. Es war die Spätvorstellung von «Denn sie wissen nicht, was sie tun». Er schaute gerade aus dem Fenster, weil er mit seinem Predigttext nicht vorankam. Predigen fällt ihm viel schwerer als Autofahren.

Ich nehme zu seinen Gunsten an, dass er in Gedanken immer noch auf der Flucht ist vor den Kugeln, die sein Bein zerfetzt haben. Der Mann hat seine fünf Sinne einfach nicht beisammen. Trotzdem hätte er erst mit mir sprechen können, statt gleich zu meinen Eltern zu rennen.

Eigentlich hat er mir immer gefallen. Er ist ein sportlicher Typ, hasst das Gehüpfe mit den zwei Krücken und trägt, wenn es die Schmerzen zulassen, Prothese, enge Hosen, schicke Oberhemden, Autohandschuhe. Oft sogar eine Rennfahrer-kappe mit herunterhängenden Bändern und eine prangende Sonnenbrille von Ray Ban. Samstags wäscht er seine Floride, wringt den Lederlappen aus und legt sich der Länge nach auf den Kühler, um hingebungsvoll die Frontscheibe zu polieren. Wenn er nach getaner Arbeit glücklich neben seinem Auto steht und zwischen lauter rostrotem Gefängnisklinker nach einem Stück blauer Ferne Ausschau hält, denke ich an James Dean.

Der ist mit vierundzwanzig Jahren auf dem Weg zu einem Autorennen in seinem Porsche verunglückt. Vielleicht hätte er eines Tages ausgesehen wie Pfarrer Kubis. Beide tragen in ihrem Gesicht Schmerz, Härte und Einsamkeit.

Ich habe Kubis bewundert, aber das ist vorbei. Ich komme nur noch nicht drüber hinweg und starre deshalb immer wieder auf diese Bruchbude. Es ist mir ein Rätsel, warum mir Kubis so viele künftige Filmerlebnisse kaputt machen musste. Für mich ist das so schwerwiegend wie für ihn, wenn er nicht mehr Auto fahren dürfte.

Von meiner Mutter habe ich gehört, dass er in der Nacht, als er mich am Fenster entdeckte, über einem Text aus der Offenbarung des Johannes brütete:

Siehe, ich komme wie ein Dieb.
Glückselig, der wacht und seine Kleider bewahrt,
damit er nicht nackt einhergehe und man seine
Schande sehe.

Sicher war Kubis verzweifelt, weil er mit diesem Text nicht zu Rande gekommen ist. Seine Schmerzen haben ihn ans offene Fenster hüpfen lassen, um in der Nachtluft Weite und Unendlichkeit zu spüren.

Ich vermute, er hat nichts von der Schönheit dieses Vergleichs begriffen. Dass Christus am Jüngsten Tag in die Rolle eines Diebs schlüpft, der die Sünder auf frischer Tat ertappt, und eben nicht wie ein Aufseher oder Denunziant, sondern wie ein Verbündeter, ist ein großer Trost. Andererseits nennt Christus diejenigen, die anständige Kleider tragen, glückselig. Aber das ist der schwarze Humor, den Jesus oft an den Tag legt, wenn er Pharisäer bloßstellen will, die glauben, durch Biederkeit und Gesetzestreue dem göttlichen Strafgericht entgehen zu können. Vielleicht befürchtet Kubis, dass dieser Offenbarungstext als Predigt vor Gefängnisinsassen untauglich ist. Denn er könnte ja die Strafgefangenen ermutigen, auf ihre Vergehen stolz zu sein, anstatt zu bereuen.

Alle, die im Strafvollzug arbeiten, sind total auf die Reue ihrer Schützlinge fixiert. Sie warten auf die ersten Anzeichen der Umkehr sehnsüchtig wie Gesangslehrer bei ihren Schülern auf die Entwicklung der Stimme. Reue kann aber nicht kontrolliert werden. Grundsätzlich nicht. Wer das versucht, züchtet Schauspieler.

Gepeinigt von Schmerzen und verzweifelt, keinen sinnvollen Predigttext bis Sonntag früh zehn Uhr zustande zu bringen, wird sich Kubis am Fenster gefragt haben, warum er statt Theologie nicht Jura studiert hat wie sein Freund Dr. Selge im Haus gegenüber, der nie auf eine Kanzel muss, ein Gefängnis leitet und den ganzen Tag Klavier üben darf. Und dabei wird ihm aufgefallen sein, dass sich da drüben eine kleine Gestalt von einer Mülltonne aus in ein Fenster hochstemmt. «Wie ein Dieb!», kann er nur gedacht haben.

Vielleicht hat er sogar gerufen, um den Dieb zurückzuhalten. Ich habe allerdings nichts gehört. Wenig später wird er gesehen haben, wie statt eines Diebs der Sohn vom Chef aus der Haustür tritt, die schwere Mülltonne nach hinten in den Garten rollt, im Laufschritt zurückkommt, dabei Arme und Beine wie blödsinnig in die Luft wirft und leise singt: Ich bin ein Maharadscha.

Pfiffig wird er zu seinem Schreibtisch und den mageren Notizen seiner Predigt zurückgekehrt sein. Die Vision am Fenster hat ihm aber nicht die Augen für den Text der Offenbarung geöffnet. Stattdessen hat er am nächsten Tag ein langes Gespräch mit meinen Eltern geführt.

Filme haben für mich eine überwältigende Anziehungskraft. Meine Eltern und meine Brüder unterhalten sich darüber, ob ein Film gut ist und warum. Mir ist das leider ziemlich egal. Ich will einfach nur raus aus meiner Welt und in eine andere hinein. Schon wenn ich ein Filmplakat sehe, packt mich die Sehnsucht. Dunkel soll es werden, der Alltag um mich herum verschwinden, und auf der knisternden Leinwand soll eine Geschichte entstehen, die mich unterhält und wärmt.

Wie jeder Süchtige sondiere ich alle Möglichkeiten, um an

meine Droge heranzukommen. Prinzipiell scheinen Schwierigkeiten, die sich mir dabei in den Weg stellen, überwindbar. Ich bin auch bereit, menschlich zu enttäuschen und zu unschönen Mitteln zu greifen.

Ich habe kein Geld. Das ist mehr als ein Satz. Das ist eine Lebenslage.

Also habe ich die Klassenkasse veruntreut, das heißt, ich hatte mich angeboten, sie zu verwalten, damit ich ohne Probleme ins Kino gehen kann. Dass das niemand bemerkt hat, ist ein echtes Geschenk Fortunas.

An dem Tag, als ich vor der Klasse ultimativ aufgefordert wurde, das Geld mit in die Schule zu bringen, ist meine Patentante Pia aus Mainz zu Besuch gekommen. Ich habe Blut und Wasser geschwitzt, bin hier an die Mauer geeilt, habe auf den Bretterverschlag gestarrt und an die Floride gedacht. Kubis schließt sein Auto nicht ab, und im Handschuhfach bewahrt er das Geld zum Tanken auf. Mit Werkzeug aus dem kleinen Handwerkskasten meiner Mutter habe ich versucht, das Schloss der Flügeltüren aufzubrechen. Aber über fürchterliche Kratzer und Verbiegungen bin ich nicht hinausgekommen.

Ich habe auch überlegt, welchen Strafgefangenen ich überreden könnte, das Schloss zu knacken, den Wagen kurzzuschließen und gemeinsam mit mir nach Hamburg abzuhauen. Aber zu niemandem hatte ich genügend Zutrauen. Nachher kriegen die kalte Füße und schwärzen mich bei meinem Vater an, um gut dazustehen.

Das alles habe ich meiner Patentante gebeichtet, sie hat mir mit dem aufmerksamen Blick eines Eichhörnchens zugehört. Sie ist unverheiratet, arbeitet bei der Blutbank der Uni-Klinik Mainz und hat mir mal gestanden, dass sie heimlich trinkt. So viel, bis ihr leichter wird und sie einschlafen kann.

Meine Notlage hat sie sofort erfasst und das fehlende Geld für die Klassenkasse ersetzt. Dann hat sie eine Erklärung abgegeben, die ich nie vergessen möchte. Sie hat mir dringend abgeraten, so eine Veruntreuung je zu wiederholen. Man verliere seinen Ruf fürs ganze Leben. Ausführlich hat sie dargelegt, dass andere Menschen, die sie die «normalen» nennt, darin einen unverzeihlichen Vertrauensbruch sehen. Sie denken, wer so etwas macht, der wird es immer wieder tun. Sie sind froh, wenn sie bei anderen Menschen einen Makel dauerhaft festmachen können. Das brauchen sie wie Wegweiser in ihrer moralischen Wüste.

Bevor Tante Pia nach Mainz zurückkehrte, hat sie mir zu einer anderen Technik der Geldbeschaffung geraten. Sie muss meine Verzweiflung gespürt haben. Ihren Rat habe ich eine Weile mit Erfolg praktiziert: Vor unserem Küchenradio liegt das Restgeld vom Einkaufen. Das schiebe ich zu einem Zeitpunkt, den ich instinktiv erwischen muss, hinter das Radio. Wenn einer fragt, wo das Geld abgeblieben ist, sage ich: Liegt hinterm Küchenradio. Habe ich da hingeschoben, damit es keiner wegnimmt. Zwei Tage später ist das Geld vergessen und gehört mir.

Mit Büchern, die mir ebenfalls das Leben ersetzen wie Filme, mache ich es anders. Häufig bemerke ich beim Durchblättern in der Buchhandlung, dass in einem Text von mir die Rede ist. Dann besorge ich mir eine Zeitung, kehre ins Geschäft zurück und trage das entsprechende Buch verdeckt aus dem Laden heraus. So bin ich in den Besitz von Marcel Prousts «Auf der Suche nach der verlorenen Zeit» gekommen.

Natürlich haben die Leute recht, wenn sie sagen, dass ich zu jung bin, um Proust zu verstehen. Aber gleich auf der ersten Seite war mir klar, wovon der Erzähler spricht. Er spricht von seiner Kindheit. Man weiß nie genau, mit wem man es gerade zu tun hat, mit dem Kind selbst oder mit dem Erwachsenen, der sich an seine Kindheit erinnert. Jedenfalls geht's ums Einschlafen. Ein Junge, ungefähr in meinem Alter, vielleicht etwas jünger, erwacht eines Abends eine halbe Stunde nachdem er eingeschlafen ist, und hat alles Zeitgefühl verloren. Was er vorm Einschlafen gelesen hat, was er während der halben Stunde geträumt hat, alles stürzt mit anderen Erinnerungen durcheinander, und plötzlich gibt es keine Zeit mehr. Oder alles ist gleichzeitig, was aufs selbe hinausläuft. Und weil mir das bekannt vorkam, habe ich dieses Buch gestohlen.

Es gibt niemanden in meiner Umgebung, mit dem ich darüber reden kann, dass es Zeit eigentlich nicht gibt. Gerade hier an der Mauer frage ich mich oft, ob nicht alles gleichzeitig passiert und nur durch unsere Art zu leben in ein Nacheinander zerfällt. Ich neige dazu, das zu glauben. Leider fehlt mir das Handwerkszeug, um das zu Ende zu denken.

Rembrandt war der Erste, der mich auf diese Idee gebracht hat. Als ich mit meinem Vater in Dahlem war, weil er den «Mann mit dem Goldhelm» bewundern wollte, stand ich im Saal nebenan vor einem andern Rembrandt: «Simson bedroht seinen Schwiegervater». Und da gehen mir anscheinend die Augen auf, denn ich entdecke, dass dieser Maler eine einzigartige Fähigkeit besitzt. Seine Farbe erzählt Zerfall. Er malt nichts anderes als den Übergang der Welt in Moder, ganz gleich, ob es sich um Steine, Stoffe oder Menschenfleisch handelt. Was für eine berauschende Entdeckung. Mir jagt das Blut durch die Adern und verrät mir, dass ich Teil dieses Kreislaufs bin. In einem Augenblick habe ich begriffen, dass es der Zerfall ist, der uns zusammenhält. Der alles zusammenhält. Wie in einem feinen Regen vibriert die ganze Welt im Zerfall. Das kann doch, denke ich mir, hier zwischen Gefängnismauer und Bretterverschlag nicht anders sein als in der Kunst.

Der Weg aus meinem Alltag ins Dunkel des Kinosaals bis zu dem Moment, wo das Licht auf der Leinwand zu flackern beginnt, ist gespickt mit Schwierigkeiten. Ich bin noch vorm Stimmbruch. An der Kinokasse vom Scala sitzt meistens nicht die Kassiererin, sondern ihr verhaltensauffälliger Sohn. Er ist etwas älter als ich und lacht ständig. Er besucht deshalb die Hilfsschule, ist aber meiner Meinung nach sehr intelligent.

Wenn er mich sieht, hält er sich gleich die Hand vor den Mund, um sein Grinsen zu verbergen. Bei Filmen ab sechzehn versucht er mich ernsthaft zu fragen, wie alt ich bin. Ich drücke auf meine Stimmbänder, als hätte ich mich verschluckt, und sage: sechzehn.

Dann entfährt ihm ein Juchzer, er reißt die ersehnte Kinokarte von der Rolle, drückt sie mir in die Hand und ruft mir nach: Sag bloß meiner Mutter nix!

Wenn die an der Kasse sitzt, brauche ich die Eingangshalle gar nicht zu betreten. Sie entdeckt mich schon von weitem und schreit hinter der Glasabdeckung: Du blöder Knirps, hau bloß ab und lass dich hier nie wieder blicken!

Manchmal schwingt sie auch ihre lange Taschenlampe und ruft: Bist du schon wieder da, du Kretin? Willst du 'ne Tracht?

Eine weitere Schwierigkeit ist die Verabschiedung von meinen Eltern. Viertel vor zehn muss ich aus dem Fenster. Meine Eltern sind dann natürlich noch nicht im Bett. Irgendwie muss ich verhindern, dass sie in mein Zimmer schauen, um mir gute Nacht zu sagen. Also verabschiede ich mich gegen Viertel nach neun mit einem vorgefertigten Satz: Entschuldigt mich bitte, morgen wird ein anstrengender Schultag, ich muss früh ins Bett. Gute Nacht! Dann küsse ich punktgenau die Stellen ihrer Gesichter, die sie mir hinhalten, schaue noch, ob da irgendwo Argwohn zu erkennen ist, und gehe in mein Zimmer. Jetzt lasse ich ihnen eine Viertelstunde Zeit, falls sie noch irgendeine Frage an mich haben. Dann gehe ich davon aus, dass sie nicht mehr kommen.

Gegen elf liegen sie selbst im Bett. Da habe ich mich schon längst aus dem Fenster gehangelt und begleite Charlton Heston als Ben Hur durchs Altertum, Kirk Douglas als Spartacus oder eben James Dean beim Autorennen.

Viele Filme haben Überlänge. Wenn ich zurückkomme, ist es Nacht. Einen Hausschlüssel haben bei uns nur die Eltern. Ich muss also hinten in den Hof und die schwere Mülltonne bis vor mein Fenster rollen. Während ich in die Schwärze des Gartens eintauche, erwacht meine Angst. Als würden sie in Sirup waten, stemmen sich meine Beine gegen die Dunkelheit. Aber gleichzeitig lache ich und verhöhne mich selbst.

Was soll denn James Dean von dir denken, wenn du zu feige bist, in einen dunklen Garten zu gehen?

Meine Muskeln zucken vor Lust, weil sie etwas tun, wovor sie Todesangst haben. Hinten am Schuppen, bei der Jauchegrube mit dem verrosteten Eisenblech und der rauschenden Tanne, halte ich es kaum noch aus. Zitternd umschließe ich die Griffe der Mülltonne und freue mich unbändig, dass ich es bis hierhin geschafft habe. Dann rolle ich die Tonne, die je nach Wochentag unterschiedlich schwer ist, den ganzen Weg bis vor mein Fenster und steige in mein Zimmer ein. Keiner sieht mich.

Nur im Haus gegenüber ist ein erleuchtetes Fenster. Da sitzt Pastor Kubis und wird mit seiner Predigt für den Sonntag nicht fertig.

Während ich ins Zimmer gleite, spiele ich aus Übermut Einbrecher. Ich falle über mein Kopfkissen her: Hab ich dich endlich erwischt, Edgar! Diesmal entkommst du mir nicht!

Und dann erwürge ich das Kissen.

Aber leider muss ich noch mal raus. Auf Zehenspitzen schleiche ich zur Haustür hinaus und rolle die Mülltonne wieder zurück in den Garten. Da steigt die Angst von ganz alleine.

Wenn ich die Tonne abgestellt habe, fühle ich mich federleicht. Wieder hat mich mein Gelächter voll im Griff. Der Triumph, alle Regeln verletzt und meine Angst besiegt zu haben, lässt mich Arme und Beine von mir werfen und jubeln: Ich bin ein Maharadscha!

Meine Eltern schlafen auf der andern Seite. Die hören nix. Bequem schreite ich durch die Haustür.

Am Tag nachdem Kubis mich verraten hat, klopft meine Mutter an meine Zimmertür. Ganz zart und zerbrechlich wirkt sie.

Wollen wir Tischtennis spielen?, fragt sie.

Etwas irritiert antworte ich: Ja, gerne. Ich hole nur meinen Schläger.

Schleppend geht sie vor mir die Treppe rauf.

Die überlegt sich das noch mal, denke ich.

Oben auf unserm geräumigen Dachboden stellt sie sich vor der Platte auf. Jetzt macht sie sicher gleich eine Angabe. Aber es kommt nichts. Sie steht einfach nur da. Die Arme hängen schlaff an ihr herunter.

Nun mach doch schon, bitte ich sie.

Da wirft sie den Ball in die Luft, führt auch eine müde Schlagbewegung aus, aber viel zu tief, um den Ball überhaupt treffen zu können. Der klackert sich auf dem Fußboden aus, und sie denkt gar nicht daran, ihm nachzuschauen, um ihn wieder aufzuheben.

Geht es dir nicht gut?, frage ich sie.

Edgar, hast du mir nichts zu sagen?, antwortet sie und schaut mich an wie einen Fremden.

Pause.

Was soll ich dir zu sagen haben?

Na, das wirst du doch wissen.

Meine Lebenserfahrung sagt mir, dass man auf so eine Frage nicht eingehen darf. Hat der Buchhändler bemerkt, dass ich den Proust geklaut habe? Könnte sein. Wahrscheinlich geht's ums Kino. Und um das Geld dafür.

Mein nächster Satz gerät mir etwas unwirsch: Sag doch, was du meinst.

Sei bloß vorsichtig, warnt sie mich, schon etwas lauter als zuvor.

Ich zucke die Schultern.

Du kannst auch gleich zu Papa runtergehen. Der wartet schon auf dich.

Was soll man da machen? Eltern sind keine Einzelwesen, sondern eine Institution.

Sehr ernsthaft sage ich: Ich finde das nicht fair, wie du mich hier verhörst.

Jetzt wacht sie auf: Nicht fair? Nicht fair? Aber wir, deine Eltern, sollen uns von dir anlügen lassen, ja? Das findest du wohl fair!

Pause.

Ich will das jetzt von dir wissen, sagt sie und klopft mit der Schlägerkante auf die Platte.

Ihre Augen bekommen Feuer. Friedrich der Große, mit dessen Zügen sie in bestimmten Momenten Ähnlichkeit hat, leuchtet durch sie hindurch.

Du belügst uns doch, legt sie nach.

Wieso?

Das darf doch nicht wahr sein!, ruft sie. Du belügst uns fast täglich! Du stellst doch hier unser ganzes Zusammenleben in Frage!

Pause.

Nun komm schon, gib dir einen Ruck!

Ich denke aber gar nicht daran, mir einen Ruck zu geben.

Dann redet sie einfach durch: Du erweckst hier doch einen vollkommen falschen Eindruck. Du tust so, als wolltest du dich gut auf die Schule vorbereiten. Und wir glauben dir das auch noch! Dein Vater und ich schauen uns an, wenn du uns gute Nacht gesagt hast. Sieh mal, ermutigen wir uns, wie vorbildlich unser kleiner Edgar jetzt arbeitet. Und was machst du in Wahrheit?

Pause.

Was soll denn das für eine Art Zusammenleben in diesem Haus sein, wenn jeder dem andern so frech ins Gesicht lügt? Wer sind wir denn für dich? Servietten, an denen du dir dein Lügenmaul abwischst?

Das trifft mich. Aber ich denke auch: kein schlechtes Bild, das mit den Servietten.

Mit so einem Menschen wollen wir nicht unter einem Dach wohnen.

Ich musste das so machen, sage ich, damit ihr nicht plötzlich in meinem Zimmer steht, um mir gute Nacht zu wünschen.

Sie scheint sich kurz zu wundern, dass ich doch sprechen kann. Dann höhnt sie: Wir müssen uns in diesem Haus weder guten Morgen noch gute Nacht sagen. Wir müssen uns überhaupt nichts mehr sagen. Diese Missachtung anderer Menschen gegenüber ist widerlich. Gar nicht, weil wir deine Eltern sind. Vor denen hast du sowieso keine Achtung. Aber du könntest Achtung haben vor Menschen, die dir glauben, was du sagst.

Ich könnte sie drauf hinweisen, dass das Wesen der Lüge darin besteht, bei anderen Menschen eine unrichtige Annahme zu erzeugen. Aber ich lasse es.

Wie viele Filme hast du heimlich gesehen?

Zwei.

Jetzt hör aber auf! Sonst hol ich Papa rauf. Der wird die Wahrheit schon rausprügeln. Allein Frau Jabs hat dich mindestens zehnmal gesehen. Sie hat sich nur nie getraut, was zu sagen. Weil sie das gar nicht glauben konnte: ein Kind nachts vorm Hollywoodschinken!

Frau Jabs ist unsere Putzfrau. Erstaunlich, dass sie so oft ins Kino geht. Ich hab sie da nie gesehen.

Wenn Pastor Kubis dich gestern Nacht nicht beobachtet hätte, wie du auf der Mülltonne standst und dich abgestrampelt hast, um in dein Zimmer zu kommen, würden wir dir immer noch glauben. Ich frage dich jetzt noch mal: Wie oft warst du heimlich im Kino?

Ich habe nicht mitgezählt.

Zehn Mal? Zwanzig Mal?

Eher zehn.

Mit welchem Geld?

Ich gestehe knapp meine Technik mit dem Küchenradio.

Technik nennst du das! Das ist gestohlenes Geld! Du weißt ja, das Gefängnis ist nicht weit. Du brauchst nur aus dem Fenster gucken. Dieses Geld wirst du abarbeiten. Mit Abwaschen. Welche Filme hast du gesehen?

Ich zähle auf, was mir gerade einfällt: «Ben Hur», «Die Zehn Gebote», «Spartacus», «König der Freibeuter», «Gekreuzte Klingen». Dann den Film mit James Dean: «Denn sie wissen nicht, was sie tun». Die Horrorfilme: «Die Fliege» und von Fritz Lang «Dr. Mabuse» und «M – eine Stadt sucht einen Mörder». Natürlich «Der Glöckner von Notre Dame». Ein paar Franzosen mit Jean Gabin und Belmondo. Dann die Western. Von denen nenne ich ihr nur die besten wie «Die glorreichen Sieben» und «Stagecoach» von John Ford. Am Schluss erwähne ich «Die Katze auf dem heißen Blechdach» mit Liz Taylor und Paul Newman. Die beiden sind für mich der Inbegriff eines erotischen Paares. Ich erwarte mir vom bloßen Aussprechen ihrer Namen eine Stärkung meiner Situation.

So. Jetzt habe ich den ganzen Ballast der Wahrheit abgeladen. Soll sie sehen, wie sie damit zurechtkommt.

Meine Mutter schweigt. Mit jedem Filmtitel, den ich genannt habe, muss sie meinen Wissensvorsprung erkennen. Sie ist klein geworden auf der anderen Seite der Platte. Die Macht ihrer moralischen Rigorosität scheint geschmolzen. Auf einmal steht sie da wie ein Kind, das lange Zeit Mutter gespielt und nun die Lust an dieser Rolle verloren hat.

Dann sagt sie verächtlich: «Die Katze auf dem heißen Blechdach»! Das ist doch die Geschichte von diesem Schwächling, der sich auf Krücken durch den ganzen Film bewegt und seiner Frau kein Kind machen kann. Der um seinen toten Freund trauert und seine Liebe zu ihm im Alkohol ertränkt.

Paul Newman ist das, antworte ich trotzig und wundere mich, dass sie diesen Film kennt.

Sie steht da wie ein todtrauriger Ausdruck deutschen Stolzes.

Jetzt, hier an der Mauer, mit diesem hässlichen Schuppen im Blick, erfasst mich eine heftige Bewegung von Liebe zu ihr. Ich tue so überlegen. Das ist total fehl am Platz. Was weiß ich schon von ihr?

Geh mal runter zu deinem Vater und entschuldige dich, sagt sie. Der wartet auf dich in seinem Arbeitszimmer.

Es tut mir leid, sage ich quer über die Platte.

Was tut dir leid?, fragt sie.

Die Lügen, der Diebstahl.

Sie zuckt hilflos die Schultern, und ich mache mich auf den Weg.

Diese Treppe. Mit jeder Stufe abwärts bewege ich mich in den Trichter der Bestrafung hinein. Warum tue ich das? Immer wieder einen Fuß vor den anderen setzen, um mich zu entschuldigen, um etwas wiedergutzumachen?

Weil ich die anderen an den Punkt bringen möchte, die Sinnlosigkeit ihrer erzieherischen Bemühungen selbst zu erkennen.

Mein Vater steht vor seinem Schreibtisch und schaut auf ein Zeitungsblatt.

Es tut mir leid, sage ich von der Tür aus, dass ich euch so oft belogen habe, wenn ich abends ins Kino gegangen bin.

Es klingt unbeholfen und nach Routine. Ein Gefühl der Reue ist nicht vorhanden. Nur Müdigkeit.

Mein Vater dreht sich zu mir um, nimmt mich achselzuckend zur Kenntnis, seine Augen sind mit etwas anderem beschäftigt. Er verlässt das Zimmer durch die seitliche Tür, die Schiebetür zum Flügelzimmer, schließt sie, ohne mich noch mal anzuschauen, und spielt das Thema des ersten Satzes von Mozarts A-Dur-Klavierkonzert, KV 488.

Kinderzimmer

Ich wache auf und höre meinen Vater unter der Dusche stöhnen. Hohl klingt seine Stimme, trostlos, und schlägt mir sofort auf den Magen. Das geht schon seit Minuten so. Vom Durchlauferhitzer kommt kein Geräusch. Er duscht kalt.

Sicher denkt er, es hört ihn niemand. Vielleicht erinnert er sich an früher. An die Winter in Russland. Vielleicht will er sich überwinden und sucht die Härte. Vielleicht denkt er: Alles ist viel zu schnell wieder viel zu bequem geworden. Das sagt er manchmal.

Gestern beim Mittagessen hat er vom Krieg erzählt, von Weißrussland, von den Partisanen, die den deutschen Soldaten die Ohren abgeschnitten haben: Morgens, wenn wir aus unseren Zelten kamen, fanden wir die Ohren unserer Kameraden im Schnee. Wir haben sie eingesammelt und uns auf die Suche gemacht. Immer der Blutspur nach, aber nicht zu weit, um nicht in eine Falle zu laufen. Keinen haben wir je wiedergefunden. Die Angst, selbst derjenige zu sein, der nicht wiedergefunden wird, mit oder ohne Ohren, hat uns zusammengeschweißt.

Jetzt springt drüben im Bad der Gasofen an, heult und faucht im Dauerzustand. Mein Vater schreit auf. Kurze, abgerissene Schreie. Er peinigt sich. Wahrscheinlich dreht er den Kalt-Hahn gnadenlos immer weiter zu.

Ich schaue die Wand zum Bad an und hoffe inständig, dass er den Gasofen wieder abstellt. Seine Schreie sind noch unerträglicher als sein Stöhnen.

Ich lege mich auf den Rücken. Schaue zur Decke. Er schreit weiter.

Unsere Räume sind über vier Meter hoch. In diesem schmalen Durchgangszimmer liege ich wie in einem Schacht. Drei Türen gibt es. Zum Elternschlafzimmer, zum Bad und zum Esszimmer. Und ein schmales, hohes Fenster. Mit einer grünen Gardine. Das ist wirklich nur ein Ort zum Durchqueren.

Hier liege ich, hier lebe ich. Gemeinsam mit meinem kleinen Bruder.

Fast fünfzig Jahre ist er tot. Immer wieder muss ich mir ins Gedächtnis rufen, dass ich in diesem Zimmer nicht eine einzige Nacht ohne ihn geschlafen habe. So weit scheint er sich schon aus meinem Leben entfernt zu haben. Das erschreckt mich.

Manchmal schiebe ich meinen Oberkörper hinüber zu Andreas' schlafendem Kopf, um an seinen Haaren zu riechen, in der Nähe seiner Fontanelle. Ich bilde mir ein, das sei der Geruch seines Gehirns.

Er ist kompakter als wir alle. Hat eine weichere Haut. Sein Gesicht ist ungewöhnlich rosig. Unser Langsamer, sagt unsere Mutter glücklich und streichelt seinen Kopf. Unser Phlegmatischer, sagt unser Vater. Aber er sagt es nicht lieblos.

Andreas blüht auf, sobald er Werner sieht. Im Sommer trägt Andreas eine schmale blaue Badehose. Wenn Werner aus Detmold nach Hause kommt, erzählt er ihm immer dieselbe Geschichte: Als ich heute in unsere Straße eingebogen bin, was glaubst du, habe ich da schon von weitem gesehen?

Andreas weiß bereits, was kommt, und lacht breit.

Sooo eine kleine Badehose und soooo einen großen Schenkel!

Und Werner illustriert den Schenkel mit einer riesigen Armbewegung und die Badehose mit einem winzigen Spalt zwischen Daumen und Zeigefinger.

Andreas kriegt sich vor Lachen nicht mehr ein, und Werner muss das Ganze noch mal erzählen. Dann setzt Andreas sich neben seinen großen Bruder, nimmt dessen weiche Cellohand in seine Kinderfinger, spielt mit ihr und lässt sie nicht mehr los. Patschhand, sagt er glücklich vor sich hin.

Unser kleiner ruhiger Bruder hat eine sehr geschickte Methode gefunden, um die rigorosen Anweisungen unseres Vaters abzufedern. Wenn er aufgefordert wird aufzuessen, was auf seinem Teller ist, sagt er: Da muss ich erst Hans Bubi fragen. Steht auf, geht ins Kinderzimmer, schließt die Tür hinter sich, kommt nach einer halben Minute zurück und antwortet: Hans Bubi hat gesagt, ich soll das jetzt aufessen.

Unser Vater kann nur den Kopf schütteln und sagt: Hauptsache, du isst deinen Teller leer.

Ja, sagt Andreas, wenn Hans Bubi das sagt, mach ich das auch.

Dann ist unser Vater still.

Als Andreas sich wieder mal Rat aus seinem Zimmer geholt hat, versucht unser Vater mitzuspielen und fragt: Na, was hat Hans Bubi gesagt?

Andreas mag es nicht, wenn ein anderer seine unsichtbaren Freunde beim Namen nennt, und antwortet: Hans Bubi war nicht da. Nur sein Bruder. Der hat gesagt, ich soll aufessen.

Und?, fragt unser Vater, wie heißt der Bruder?

Der möchte seinen Namen nicht sagen.

Allein die Zeit, die vergeht, bis Andreas tut, was von ihm verlangt wird, zermürbt unser Familienoberhaupt.

Wenn er von der Schule nach Hause kommt, lässt er seine Sachen einfach der Reihe nach fallen: den Ranzen mitten in der Diele, den Anorak im Flur, Handschuhe und Schal ein paar Meter weiter, den Pullover zieht er sich noch am Esstisch aus und schmeißt ihn neben seinen Stuhl auf den Boden. Eine lange Spur, von der Haustür bis zu seinem Essplatz.

Unser Vater reagiert umgehend.

Andreas steht auf. Hebt was von den Sachen auf. Allerdings sehr langsam und immer nur ein Stück. Dann setzt er sich wieder an den Tisch und wartet auf die nächste Aufforderung.

Ich kann nur staunen. So was ist mir nie eingefallen.

Natürlich wacht Andreas auch nicht auf, wenn unsere Eltern nachts durch unser Zimmer stapfen, um in ihr Schlafzimmer zu gehen, und sich dabei unterhalten, als spazierten sie über die Landstraße.

Schlaft ihr schon?, fragen sie ungeniert. Von Andreas kommt kein Ton, nur ich wimmere, wie ich denn schlafen soll, wenn sie durchs Zimmer laufen und reden? Dann schalten sie sofort einen Gang runter und flüstern: Du musst doch mal endlich müde sein! Jetzt schlaf aber schnell. Und ziehen die Zimmertür hinter sich zu. Und reden weiter.

Den ganzen Tag hecheln sie noch mal durch. Wer was zu wem gesagt hat. Und warum. Alles in diesem angestrengten Flüsterton. Aus Rücksicht auf meinen Schlaf. Dieses Flüstern schleift mein Gehör immer feiner. Mir tun die Ohren weh. Von so viel mitgehörtem Elternleben.

Endlich werden ihre Sätze kürzer, die Pausen länger, dann

höre ich nur noch ihren Schlafatem. Eine Last fällt von mir ab, ich genieße die Dunkelheit, die Stille und den Streifen Licht hinter der Gardine.

Wenn Zirkus Busch zu Gast ist, auf dem Lübberbruch, gleich bei uns um die Ecke, öffne ich nachts das Fenster, und mit ein bisschen Glück höre ich dann die Löwen brüllen. Manchmal antwortet ein Strafgefangener aus der Einzelzelle. Dann ahne ich was von der Wildnis in uns allen.

Heute Morgen ist Andreas schon weg. Im Bad drüben ist es jetzt ruhig.

Keine Ahnung, warum mich niemand geweckt hat. Ich stehe auf, ziehe die grüne Kinderzimmergardine zurück und befreie mich aus dem Unterwasserlicht. Draußen ist milchige Sonne. Herbst. Ganz schön. Könnte man rausgehen.

An der Wand zum Bad ist eine große Schiefertafel, von einem Strafgefangenen hergestellt und mit Dübeln für die Ewigkeit befestigt. Vollgeschrieben mit Worten, die ich nicht entziffern kann. Andreas ist Linkshänder. Die Erwachsenen sind der Ansicht, dass es Dinge gibt, die man mit der rechten Hand tun muss. Schreiben gehört dazu. Andreas schreibt viel und flüssig auf seine Tafel. Aber nur Spiegelschrift.

Ich greife mir den kleinen Handspiegel, der hier liegt, und lese, was auf der Tafel steht: «Andreas badet. Eintritt bei Strafe verboten.» Irre, wie klar und genau die Buchstaben gemalt sind. Nur zeigen sie alle in die falsche Richtung. Wahrscheinlich hat er eine Schreibübung gemacht für einen Zettel, den er an die Badezimmertür kleben möchte.

Ich blicke raus. Hinter der Fensterscheibe liegt der Garten. Meine Arena, in der ich die letzten Jahre gespielt habe. Jeder einzelne Fleck da draußen ist von mir abgespielt. Alles habe ich verwandelt. Nichts ist mehr es selbst: der Birnbaum auf der Wiese dahinten ist Generalfeldmarschall Kesselrings Kampfflugzeug, die Astgabel der Pilotensitz, die Wiese darunter mal Rotterdam, mal London, mal Warschau. Alles x-mal von mir bombardiert, wiederaufgebaut und zerstört. Der Gartenweg ist die Schelde, die Themse, die Weichsel. Wie ich es brauche. Auf der Wiese liegen die Toten europäischer Großstädte und die Trümmer ihrer Häuser. Da liegen auch die unreifen Birnen vom Lieblingsbaum unseres Vaters, seiner Guten Luise, die haben als Bomben herhalten müssen. Das hat zu einer Auseinandersetzung geführt.

An allen Leichen, die auf der Wiese rumliegen, hat Generalfeldmarschall Kesselring Gebete gesprochen, nachdem ich die Stadtviertel dem Erdboden gleichgemacht habe. Auch Errol Flynn hat als Herr der sieben Meere diese Wiese mit seinem Piratenschiff durchpflügt, unzählige Feinde mit seinem Fliederzweig abgestochen. Einige von ihnen sind so laut verreckt, dass Nachbarn die Fenster aufgerissen und um Ruhe gebeten haben. Errol hat zur Belohnung Gina Lollobrigida an den Birnbaum gepresst und gierig die Rinde geküsst. Und am Sitzplatz mit den weißen Gartenmöbeln habe ich das Potsdamer Abkommen unterzeichnet, dreimal: als Stalin, als Truman, als Churchill. Frankreich war noch nicht dabei.

Das kann man alles machen. Aber jetzt hängen mir Rotterdam und Gina und Churchill und der ganze Rest zum Hals raus, und es fällt mir schwer, alles wieder zurückzuverwandeln in das, was es eigentlich ist. In Birnbaum, Wiese, Gartenweg und so weiter.

Hinten am Steingarten hat alles angefangen, vor vielen Jahren, ich glaube, als Andreas plötzlich auch auf der Welt war. Ganz zahm und vorsichtig habe ich mich da einfach hingestellt, auf die oberste Stufe des Steingartens, ich habe nichts gemacht, mich nicht bewegt und nicht gesprochen, einfach nur hinter meiner Stirn beschlossen: Ich bin Hannibal.

Und wie von selbst haben sich vor mir die Alpen über unsern Garten gelegt, und ich konnte nach Norditalien schauen, obwohl es bloß der Sandkasten war, und hinter mir habe ich den Luftzug der dreißig afrikanischen Elefanten gespürt. Mit ihren großen Ohren haben sie mir zugefächelt. Und so wenig, wie man Elefanten auf ihren Riesenstampfern kommen hört, so wenig konnten meine Eltern und Brüder wissen, mit was für einer Granate der Weltgeschichte sie es zu tun hatten. Sie haben mir zugerufen, gefälligst nicht so blöd rumzustehen, sondern mal mit anzupacken und Stühle rauszutragen, damit wir alle am Sitzplatz vor dem Rasen was essen können. Das habe ich gemacht. Und weder Hannibal noch mir hat das einen Zacken aus der Krone gebrochen. Tragen wir eben Stühle raus, haben wir uns gesagt.

So habe ich mich verabschiedet aus der Wirklichkeit.

Aber da will ich jetzt wieder rein. Und das fängt mit dem Zimmer an: Ich muss dieses Kinderzimmer verlassen! Ich muss von Andreas weg! Den habe ich angesteckt mit meiner Manie, alles zu verwandeln. Deshalb kann ich mich in seiner Gegenwart nicht weiterentwickeln.

Außerdem ist das ja gar kein richtiges Zimmer. Hier stehen nur unsere Betten, wie zwischen zwei riesigen Transistorradios ohne Abschaltknopf: von links und rechts endlose Hörspiele, aus dem Elternschlafzimmer und aus dem Bad.

Warum kann ich nicht Werners Zimmer haben? Der ist doch nur am Wochenende da. Es liegt gleich neben der Haustür. Hat zwei Fenster: eins zur Außentreppe hin und eins zur Straße. Da kriegt man tagsüber mit, wer kommt, wer geht. Das ist nervig, ist aber auch interessant. Fremdheit, Außenwelt. Nachts hätte ich meine Ruhe, könnte mich vom Fenster auf die Treppe runterhangeln und ins Kino gehen. In die Spätvorstellung. Das wäre Freiheit.

Oder Martins Zimmer oben im ersten Stock. Der kommt nur noch zu Besuch. Allerdings hat er seine Freundin hier in Herford. Die müssen ja irgendwo hin.

Ein Bombenzimmer ist das da oben. Groß, ab vom Schuss. Da guckt man weit raus. Über die Straße und die Gemüsegärten, die Gefängnisgärtnerei, die Vorortstraßen und die Neubauten am Ortsieker Weg, bis in die Schweichelner Berge, auf die höchste Kuppe, die Egge, wo der Sendemast steht. Das ist auch Freiheit.

Da könnte ich ungestört Romane lesen. Könnte mich von der Vorlesestimme unseres Vaters unabhängig machen. Einfach lesen, was ich will. So schnell, so langsam, wie ich es möchte. Das Buch zuschlagen und weglegen, zurückblättern oder immer wieder dieselbe Stelle lesen. Ich könnte einzelne Sätze mitsprechen, Seiten überschlagen oder gleich aufs Ende springen. Prüfen, ob ein Satz, den ich von meinem Vater im Ohr habe, sich verändert, wenn ich ihn selbst lese.

Ich habe schon so viele Buchtitel gehört, die mich neugierig machen. Thomas Manns «Joseph und seine Brüder», diese Geschichte von Jakob und seinen Söhnen aus dem Alten Testament. Die kenne ich ja bereits aus dem Kindergottesdienst. Könnte ich mir einfach von Herrn Mann neu erzählen lassen. Dostojewskis «Ein grüner Junge» müsste genau mein Buch sein. «Hunger» von Hamsun haben sie mir weggenommen, wegen der Marmeladenflecken, die ich auf den Seiten verteilt habe. Diesen wahnsinnigen Anfang von «Auf der Suche nach der verlorenen Zeit» könnte ich wieder und wieder lesen und mir jedes Mal einen Satz mehr hinzuerobern. Und «Die Schattenlinie» von Joseph Conrad, der gar nicht so hieß, eigentlich ein Pole war und immer zur See fuhr, wartet schon lange auf mich.

Und zwischendurch könnte ich zum Horizont schauen. Könnte in der Ferne, auf der Egge beim Sendemast, meinen Blick ausruhen.

Ob meine Eltern mich so weit wegziehen lassen? In den ersten Stock? Die haben doch Angst, dass ich sie da oben vergesse! Und meine Schularbeiten gleich dazu.

Wie kriege ich das hin mit dem eigenen Zimmer? Wie kriege ich das hin, dass ich eine Tür hinter mir zumachen kann?

Jetzt reinigt mein Vater nebenan die Badewanne. Er schafft sich da richtig rein. Die Ata-Dose und die Holzbürste wummern dauernd gegen die Emaille-Wände. Dumpfe, energische Schläge. Wie aus einer Tschaikowsky-Sinfonie. Dabei flucht er ununterbrochen vor sich hin. Schimpft über die Dreckränder, die wir anderen stehen gelassen haben. Möglicherweise scheißt er aber auch gerade die Sozialdemokraten zusammen. Genau kann ich das nicht verstehen. Das liegt auch daran, wie er spricht. Wenn er schimpft, dringen immer nur Spitzen seiner Wut nach außen, vor allem Konsonanten, Zischlaute, keine Vokale. Ja doch, von der Dynamik her müsste er gerade die SPD am Wickel haben.

Beim Mittagessen neulich ist er durchgedreht, weil die im Bundestag einen Antrag gestellt haben gegen die Verjährungsfrist der Nazimorde. Verbrechen gegen die Menschlichkeit. Darüber ist er total ausgerastet. Krebsrot angelaufen. Ich hatte richtig Angst. Um ihn und um mich. Weil ich so dicht neben ihm sitze. Der Rhythmus in seinem Wutanfall hat mich noch mehr gefesselt als der Inhalt. Die Pausen zwischen den Sätzen waren bis zum Zerreißen gespannt: Hört das denn nie auf! – Sühne wollen die! – Sühne bis ans Ende aller Tage! – Denen geht's doch gar nicht um die KZs! – Um die SS! – Die Richter und Staatsanwälte! D i e wollen sie haben! – Anständige Leute! – Die ihre Pflicht getan haben! – Die sich an Befehl und Gesetze gehalten haben! – Wir werden doch unseres Lebens nie wieder froh! – Diese Sozis! – Von Rache zerfressen! – Diese Besserwisser! – Diese Heuchler! – Eine Hexenjagd wollen die veranstalten! – Rache wollen die! – Und am Ende unsere Stellen mit Sozialdemokraten besetzen!

Dann ist er aufgestanden, obwohl er noch Essen auf dem Teller hatte, ist zwei Zimmer weiter gegangen, ins Schlafzimmer, also hier durch mein Kinderzimmer, hat die Türen hinter sich zugeknallt, und durch die Wände haben wir ihn weiterschreien hören. Getobt hat er.

Hoffentlich hält sein Herz das aus, hat unsere Mutter gesagt. Die Haut auf ihrem Gesicht zog sich glatt, und eine einzelne Träne lief an ihrer Nase entlang.

Die tat mir leid. Er auch. Alle beide.

Mit wem spricht er jetzt?, habe ich gefragt und mich gewundert, warum meine Stimme immer so schrill rauskommt und nicht dunkel, wie ich sie mir vorstelle.

Mein Gott, hat unsere Mutter erstaunlich temperamentvoll gerufen, der muss sich eben mal Luft machen!

Martin und Werner haben geknurrt, aber es war nicht klar, gegen wen.

Das war beeindruckend. Und das ist noch nicht vorbei. Da läuft was mit der Nazizeit! Mit der Aufarbeitung. Da wird Licht ins Dunkel gebracht. Da kommt was in Gang und beunruhigt ihn.

Immer wieder schütteln meine Eltern angeekelt den Kopf. Müssen die alles ans Licht zerren? Können die nicht mal Ruhe geben?

Offensichtlich wird es eng für ihn in der Welt. Wenn Brandt an die Macht kommt, will sich unser Vater umbringen. Lieber tot als rot. Dann kommt der Russe. Das ist so sicher wie das Amen in der Kirche. In Düsseldorf sitzen sie schon, die Roten.

Jeder Sozialdemokrat versalzt ihm die Suppe. Auch in Herford, auch im Gefängnis. Es braut sich was zusammen gegen ihn. Und Werner? Und Martin? Sind die auch eine Bedrohung? Die neue Generation? Wird die ihm sein Parteibuch vorhalten? Und ich? Gehöre ich überhaupt dazu?

Hoffentlich überträgt er seine Wut nicht auf die Dreckränder in der Badewanne. Hoffentlich fragt er nicht nach dem Urheber. Das bin nämlich ich. Gestern Abend war ich zu faul, die Wanne zu putzen.

Plötzlich höre ich seine Stimme aus dem Bad. Er hat die Tür geöffnet und ruft mich. In einem Augenblick wird alles, was ich gerade noch gedacht habe, klein und unbedeutend.

Warum stehe ich hier auch so lange rum und träume vor mich hin, anstatt mich anzuziehen und abzuhauen? Jetzt soll ich rüber ins Bad. Ich fühle mich zu dünn in meinem Schlafanzug.

Schon wieder ruft er mich. Kommst du mal her! Putz dir mal die Zähne!

Das hat mir gerade noch gefehlt. Mit ihm allein im Bad!

Das ist das Letzte, was ich möchte. Mit seinem nackten Körper will ich nichts zu tun haben. Er ist über und über mit schwarzen Haaren zugewachsen. Die weiße Haut schimmert blass durch. Wie bei Schimpansen. Wenn die mich im Tierpark unbestechlich mustern, während sie an einer Erdnuss knabbern, denke ich: Das sind doch Menschen, das sind doch eingesperrte Menschen! Und im nächsten Augenblick springen sie an die Käfigstäbe und greifen nach meinem Kragen.

Ich will auf keinen Fall ins Bad zu ihm. Aber an der Tür muss ich mich zeigen. Sonst kommt er und holt mich.

Zum Glück hat er seine Schlafanzughose an.

Komm mal vors Waschbecken und putz dir die Zähne, sagt er und dirigiert mich in diesen Zwischenraum zwischen seinem Bauch und dem Waschbeckenrand.

Ich finde, dass da nicht genug Platz ist. Aber ich sage es nicht.

Er merkt meinen Widerstand: Mach nicht so ein Gesicht, da ist genug Platz für zwei!

Da irrt er sich. Das stimmt nicht. Da ist kein Platz. Ich sehe es doch. Aber ich bin wie vernagelt. Kein Wort kommt aus mir heraus.

Er hält mir schon die Zahnbürste hin: Steh nicht so rum! Hier ist deine Bürste.

Keine Wahl. Denke ich. Kein Ausweg.

Ich mache, was er sagt. Oder mein Körper macht es. Ich weiß gerade nicht, wer bei mir den Ton angibt.

Mein Vater hat eine kleine Fußbank hingeschoben, auf die ich mich stellen soll, damit ich besser an alles rankomme. Widerwillig steige ich auf dieses Bänkchen. Ich quetsche mich in den schmalen Spalt, den er für mich freilässt. Das ist nicht viel. Eine halbe Armlänge zwischen Waschbeckenrand und seinem Bauch.

Als ich mich vorbeuge, um nach der Zahncreme zu greifen, spüre ich ein fremdes, festes Ding an meinem Hintern. Das ist sein Geschlecht. Das gehört da nicht hin! Jetzt weiß ich, was ich befürchtet habe.

Schmier dir ordentlich Zahncreme auf die Bürste und putz dir gründlich die Zähne, sagt er und rückt noch dichter an mich heran.

Was soll das? Was erwartet er von mir? Er ist doch ein kluger Mann. Wo ist die Respektsperson, die sonst in seinem Anzug steckt? Soll ich sagen: Mich stört dieses steife Ding an meinem Po? Das bringe ich nicht fertig. Ich kann ihn nicht auf seinen steifen Schwanz ansprechen. Das geht einfach nicht. Dazu möchte ich nicht mal seine Antwort hören.

Im Spiegel sehe ich mein ratloses Gesicht. Ihn sehe ich auch. Über meinem Gesicht. Sein Blick blendet mich. Ich schaue weg. Presse mich an den Waschbeckenrand. Das hilft mir aber nicht. Da ist nur mein eigener Schwanz. Den spüre ich überdeutlich am kalten Porzellan.

Heftig schrubbe ich meine Zähne, damit er an meiner Reinigung nichts auszusetzen hat. Dabei rutscht sein Schwanz quer über meinen Po.

Sowie ich fertig bin, schlüpfe ich zur Tür hinaus. Blitzartig. In meinem Zimmer gehe ich sofort zum Fenster.

Ruft er mir noch was nach? Habe ich was überhört?

Nein, da kommt nichts mehr. Nur der Abdruck seines Geschlechts auf meinem Po. Der klebt an mir.

Mein Herz klopft, mein Atem fliegt. Ein einziges Durcheinander. Zum Glück ist da der Garten hinter der Fensterscheibe. Rausgucken. Nur rausgucken. Was sehe ich?

Die Gartenmauer, die Wäschestangen und die durchhängenden Leinen. Den Federballplatz. Das schlappe Netz. Die armseligen Pfosten. Die Teppichstange. Den Sandkasten unterm Apfelbaum. Den Gartenweg. Den Schuppen. Den Sitzplatz. Die weißen Gartenmöbel. Davor das geschwungene Rosenbeet. Und die Wiese. Den Birnbaum und ganz am Ende den Mini-Steingarten, drei Stufen hoch, der an der Hecke zum Nachbarn endet.

Mit meiner Stirn stütze ich mich an die Fensterscheibe. Wälze sie hin und her. Das gibt Fettflecken. Nicht zu ändern.

Aufzählen. Nur aufzählen, was ich sehe: Mauer. Wäschestangen. Sandkasten. Federballplatz. Wiese. Birnbaum. Schuppen. Sitzbank. Sandkasten. Weg. Hecke.

Das tut gut. Das einzelne Wort. Das beruhigt. Leise spreche ich mit: Mauer. Wiese. Stange. Pfahl. Netz. Schuppen. Wiese. Birnbaum. Hecke.

Mein Zwerchfell ist zufrieden mit mir. Das Herzklopfen hat sich zurückgezogen.

Wahrscheinlich bin ich auf die Bühne gegangen, um Worte aneinanderzureihen. Nicht mehr. Wenn ich an diesem Punkt ankomme, dass ich nur noch ein Wort an das andere reihe, fast unbeteiligt, aber nicht lieblos, breitet sich Wärme in mir aus. Und plötzlich bin ich auch in der Lage, meine Mitspieler wahrzunehmen.

Es ist s e i n e Stimme, die aus mir spricht. Die Stimme meines Vaters. Das weiß ich erst seit kurzem. Ich habe ein altes Tonband abgehört. Er hat mal eine Mozartsonate aufgenommen, auf einem der alten Magnetbänder, und er kündigt das Köchelverzeichnis und die Satzbezeichnungen an.

Einen richtigen Schreck habe ich bekommen. Einen Moment lang dachte ich: Das bin doch ich.

Aber er ist es. Er!

Es gibt ein Tagebuch von ihm, aus dem Krieg. Nur ein paar Seiten. Zwanzig vielleicht. Den Rest hat meine Mutter herausgerissen.

Ihr versteht das nicht, hat sie gesagt. Und du besonders nicht, Edgar. Du bringst es noch fertig und veröffentlichst das! Lieber werfe ich das vorher in die Mülltonne.

Übrig geblieben ist eine Beschreibung von seinem Besuch Weihnachten 42 in Königsberg. Eine berührende Liebeserklärung an seine Frau und meine großen Brüder. An seine Mutter. An seinen Bruder.

Er hat zwölf Tage Urlaub und kommt aus Weißrussland. Das ist eine Reise von Orscha über Witebsk und Białystok, durch die Entlausung, nach Ostpreußen. Eine Reise mit zwei schweren Koffern und einem Rucksack, in dem lauter Esssachen sind. Gerupftes Geflügel, Gänse und Enten. Rehrücken. Abgezogene Hasen. Dicht gepackt. Aufeinandergeschichtet und gepresst. Nackt, blutig, in Zeitungspapier gewickelt. Diese Koffer schleppt er über Bahnhöfe und Bahnhofstreppen. Alles für die Familie. Auch für den ältesten Bruder aus Hamburg, der gerade in Königsberg zu Besuch ist. Der soll auf dem Rückweg in Berlin Zwischenstation machen und dort eine Gans für den Vater und eine Ente für den Schwiegervater abgeben und noch einen Hasen für sich und die Seinen mitnehmen. Für die eigene Mutter in Königsberg, die bei ihm um die Ecke wohnt, am Trommelplatz, hat mein Vater einen Rehrücken im Rucksack. Und für meine Mutter und meine Brüder am Ziethenplatz noch mal Gans und Ente.

Und für die Freunde, die während der nächsten zwölf Tage zu Besuch kommen, ist auch was dabei. Und für ihn selbst natürlich. Denn er isst so gerne Fleisch. Die Hungerjahre liegen noch vor ihm. Vielleicht ahnt er das.

«Noch einmal friedensmäßig gegessen!», schreibt er immer wieder glücklich in sein Tagebuch.

Und wo kommt das alles her, was da gegessen wird?

Die Deutschen führen ihren Ernährungskrieg gegen die Sowjetunion. Ganze Gebiete werden zu «Kahlfraß-Zonen» erklärt. Die russischen Esser werden erschossen oder ins Reich geschickt, wo sie ihre Körperkraft in deutschen Munitionsfabriken aufbrauchen sollen. Wer alt und schwach und unbrauchbar zurückbleibt, soll verhungern. Langsam. Denn die russische Verwaltung muss noch aufrechterhalten werden. Bis der Krieg gewonnen ist.

«Hierbei werden zweifellos zig Millionen Menschen verhungern, wenn das für uns Notwendige aus dem Lande herausgeholt wird», heißt es in den Richtlinien der Obersten Heeresleitung. «Armut, Hunger und Genügsamkeit erträgt der russische Mensch schon seit Jahrhunderten. Sein Magen ist dehnbar, daher kein falsches Mitleid! Versucht nicht, den deutschen Lebensstandard als Maßstab anzulegen und die russische Lebensweise zu ändern. Die besetzten Gebiete sind radikal auszuplündern und ihre Güter in die Versorgung der deutschen Wehrmacht und in die deutsche Volksgemeinschaft zu überführen.»

«Richtig handelt», schreibt der Oberbefehlshaber des Heeres, Walther von Brauchitsch, «wer unter vollkommener Hintansetzung etwaiger persönlicher Gefühlsanwandlungen rücksichtslos und unbarmherzig zupackt.»

Als unser Vater nach zwölf Tagen Weihnachtsurlaub wieder

nach Orscha zurückkommt, zu seiner Truppe, am 12. Januar 43, bricht das Tagebuch ab. Der letzte Satz heißt: «Denn ohne Sieg gibt's für uns kein Leben mehr.»

Mittags muss ich abwaschen. Eine Verpflichtung, die an mir hängenbleibt. Martin und Werner dürfen sich nach dem Essen gleich in Luft auflösen. Das Hausmädchen geht jetzt zurück in ihre Pflegevorschule. Oder sie kommt erst am Nachmittag. Unsere Mutter ist zu zart. Sie hat ihr Leben für mich riskiert. In einer Lungenklinik im Sauerland. Sie hat darauf bestanden, mich zur Welt zu bringen, gegen den Willen der Ärzte und meines Vaters. Dafür muss ich dankbar sein. Die Brust konnte sie mir nicht geben. Schwangere Bäuerinnen rund um Brilon haben mich mit ihrer Milch versorgt. Abgesaugte, überschüssige Milch, die sie verkauft und geliefert haben in die Sanatorien und Lungenkliniken rundum.

Jeden Tag bekommt unsere Mutter Butter aufs Brot, während der Rest der Familie Margarine isst. Sie muss Sahne trinken, obwohl sie die nicht mag. Alles für die Lunge. Sie wird genau beobachtet und gewogen, ob sie auch nicht zu dünn ist. Nicht ohne Ekel schiebt sie täglich von ihrem Teller die halbe Portion ihrem Mann oder uns Kindern zu. Ich kann nicht so viel essen, sagt sie erschöpft.

Doch, du musst aber essen, sagt mein Vater und nimmt das Fleisch, das sie ihm auf den Teller geschoben hat, trotzdem an. Er hat immer Hunger. Aber das, was meine Mutter mir gegeben hat, tut er wieder auf ihren Teller zurück.

Nach dem Mittagessen begleitet er seine Frau ins Bett. Sie braucht Schlaf. Mindestens Bettruhe. Für die Lunge. Er eskortiert sie, sonst geht sie nicht. Sonst drückt sie sich wieder in die Küche hinein und räumt rum.

Mein Vater bereitet eine Wärmflasche vor, denn meine Mutter hat immer kalte Füße. Die Wärmflasche soll sie ins Bett locken. Aber vorher muss er, während das Wasser auf dem Gasherd schön heiß werden soll, noch das Küchenhandtuch aufhängen. Und dieses Handtuch hat einen ganz verflixten Platz.

Der Haken dafür ist an der Wand, wo die Spüle ist. An dieser Spüle stehe ich. Meine Hände wühlen bereits im schmutzigen, seifigen Wasser zwischen Besteck und Tellerabfällen. Hinter mir steht der Schrank für Töpfe und Pfannen. Ich bin also einklemmt zwischen der Spüle vor mir, der Wand links neben mir und dem Topfschrank hinter mir. Nur rechts ist ein schmaler Zugang.

Mein Vater sieht mich in dieser Falle. Er sagt nicht: Mach mal gerade Platz, ich will das Handtuch aufhängen. Im Gegenteil. Er drückt mich wortlos an die Wand, um über mich hinweg oder an mir vorbei das Handtuch aufzuhängen. Und dabei fühle ich schon wieder seinen steifen Schwanz. Seitlich. Auf meiner rechten Hüfte.

Ich versuche, unter seinem Arm wegzutauchen, rauszukommen, aber er sagt: Bleib doch da! Ich hab das Handtuch doch gleich auf dem Haken.

Gib's doch mir, bettle ich. Ich häng's auf.

Aber du hast ganz nasse Hände, sagt er. Da wird ja das Handtuch nass.

Er lässt mich einfach nicht weg. Er hängt es mit Absicht neben den Haken und lacht noch dazu und ruft: So ein dummes Handtuch! Es will einfach nicht rauf auf den Haken!

Ich werde rot, und mir bricht der Schweiß aus. Ich schaue nach meiner Mutter. Die steht an der Tür, schüttelt den Kopf und wundert sich, was der Papa für lustige Sachen macht.

Endlich hängt das Tuch, und die beiden ziehen mit der Wärmflasche ab ins Schlafzimmer.

Hinter mir türmt sich der Abwasch. Schmutzige Pfannen, Töpfe mit angebrannten Böden. Meine Mutter passt beim Kochen nicht richtig auf, sie ist mit ihren Gedanken bei Gedichten, Bibelsprüchen, Losungsworten für den jeweiligen Tag. Bei den Kalenderblättchen, die sie täglich abreißt und sich zur Erinnerung vor ihr Küchenradio legt.

Das kann man ja alles verstehen. Aber einer muss sich jetzt mit dem Drahtschwamm die Finger wund schrubben, um die verbrannten Topfböden wieder sauber zu kriegen. Und das bin ich. Andreas hilft mir und trocknet ab.

Er ist so unsäglich langsam, dass ich fast durchdrehe. Statt abzutrocknen, spielt er mit den Kochlöffeln, den Pfannenhebern, dem Salatbesteck Wettlauf. Fleischklopfer gegen Suppenkelle. 1000-Meter-Lauf. Suppenkelle liegt vorne. Aber Fleischklopfer holt auf.

Andreas stürmt durch die Küche, schiebt mal die Kelle, mal den Fleischklopfer vor. Dazu kommentiert er wie ein Sportreporter: Fleischklopfer kommt in die Zielgrade! Suppenkelle bleibt zurück!

Du sollst abtrocknen!, schreie ich ihn an. Ich will hier endlich fertig werden.

Aber Andreas schiebt seinen Unterkiefer vor, wie mein Vater, wenn er seine schweren Stellen am Klavier übt. Und wie ich leider auch.

Du siehst echt debil aus!, schreie ich und mache ihn nach.

Andreas ist kurz irritiert, seine Zunge hängt ihm raus, aber der Wettlauf scheint spannender zu sein.

Endspurt!, ruft er und stürmt wieder durch die Küche:

Fleischklopfer hat noch Reserven! Suppenkelle ist außer Atem. Jaaa, Suppenkelle ist zusammengebrochen!

Andreas schmeißt die Kelle auf den Boden und hackt jubelnd mit dem Fleischklopfer in die Luft. Er skandiert rhythmisch: Fleisch-klopfer! Fleisch-klopfer! Fleisch-klopfer!

Hör auf!, brülle ich und schnappe mir den Pfannenheber. Guck mal hier: Willste mal sehen, wie der Weitsprung macht?

Und der Pfannenheber landet auf Andreas' Backe. Ich rufe: Das war die Sechsmetermarke!

Andreas läuft heulend aus der Küche und schlägt die Tür zu. Ich wende mich meinem Abwaschhaufen zu.

Da stürmt Andreas wieder rein. Mit einem Skistock in der Hand. Er ist auf hundertachtzig: Jetzt stech ich dir ein Auge aus! Sein Gesicht ist tränenverzerrt.

Eigentlich müsste ich ihn in den Arm nehmen. Warum können wir nicht zusammenhalten?

Es gelingt mir nicht mehr, ihn zu beruhigen, er ist bereits im roten Bereich, macht Ausfallschritte und wackelt mit dem Stock vor meinen Augen.

Ich flüchte aufs Klo. Vorne in der Diele.

Andreas steht vor der verschlossenen Klotür und brüllt: Wenn du rauskommst, stech ich dich ab.

Ganz leise schließe ich das Schloss wieder auf, lasse die Tür aber zu, öffne das Fenster und springe nach draußen ins Blumenbeet.

Keine Ahnung mehr, was aus dem Abwasch geworden ist.

Irgendwann, ich weiß weder Zeit noch Ort, bestätigen meine älteren Brüder: Ja, das kennen wir auch. Ganz ruhig erzählen sie von sich und unserem Vater. Sie kennen, was ich erlebt habe.

Es ist also wirklich passiert. Es ist keine Einbildung. Es ist vorgekommen. Ein paarmal sogar. Nicht jeden Tag. Aber hin und wieder. Und irgendwann nicht mehr.

Was für ein Trost, dass meine Brüder mir das sagen. Mehr kann ich nicht verlangen.

Magenstiche

Hast du dir die Hände gewaschen? Fragen meine Eltern, wenn sie mich mit einem ihrer Bücher entdecken.

Meine automatische Antwort: Ja, natürlich.

Zeig mal her!

Wenn sie schwarz sind, wie sie es nennen, muss ich umgehend ins Badezimmer. Schrubben mit Seife und Bürste. Und dann wieder vorzeigen.

Jetzt kannst du dir gerne ein Buch rausnehmen, sagt mein Vater mit der vollendeten Handbewegung eines Kammerdieners. Und weist auf das Bücherregal. Fehlt gerade noch, dass er sagt: Seine Durchlaucht – das Buch!, lassen bitten.

Aber dann mag ich nicht mehr.

Meine Eltern haben gerade das Haus Richtung Stadt verlassen, und so ziehe ich mit Dreckshänden im Flügelzimmer ein Buch heraus, das mir schon lange aufgefallen ist.

Wie Kinderbücher ist es etwas höher, nicht sehr dick, in gehärtete Pappe gebunden, die Seiten aus gelbstichigem, festem Papier. Kriegspapier nennt man das.

Es handelt von den Soldaten «im Felde», und es ist geschrieben für die, die zu Hause sind und wissen wollen, wo ihre Männer und Söhne kämpfen, und wenn sie gefallen sind, wo sie begraben liegen. So lese ich das auf dem Klappentext.

Ein dramatisches Umschlagbild, wie ein Filmplakat. Der Titel «Umkämpftes römisches Land» ist wild gestaltet. «Umkämpftes» ist quer über das Buch und in Schreibschrift geschrieben, mit Kohle schraffiert, sodass die Buchstaben qualmen wie Trümmer. «Römisches Land» steht in Druckschrift. Darunter eine Zeichnung wie aus dem Kunstunterricht: eine abgebrochene, antike Säule, um die sich ein deutscher Eichenkranz schlingt, eine schwarze Pinie, Andeutungen von Meer und Gebirge, in Grün und Dunkelblau. Weiter unten steht: «Das Erlebnisbuch aus den Kämpfen um Monte Cassino – Mit 32 Farbtafeln des Verfassers». Wilhelm Wessel heißt der.

Als ich das Buch öffne, rutscht mir ein eingelegtes, gefaltetes Blatt entgegen: neun Unterschriften auf einer leeren Seite. Original in Tinte.

Das ist es! Das habe ich gesucht. Meine ungewaschenen Finger haben die richtige Stelle im Bücherschrank gefunden. Wie immer, wenn ich auf eine Spur aus der Vergangenheit meiner Familie stoße, fühle ich mich sicherer.

Vom Esszimmer aus habe ich vor Jahren meine Eltern beobachtet, wie sie hier standen, mit diesem Buch und diesem Zettel, und aufgeregt Namen genannt haben. Von diesen Unterschriften müssen sie gesprochen haben. Wichtige Leute wahrscheinlich, und ich glaube, meine Eltern sind der Ansicht, dass denen Unrecht geschehen ist.

Über die ganze erste Seite des Buches hat jemand eine Widmung geschrieben. Die Schrift ist anspruchsvoll, nicht leicht lesbar:

Herrn Oberstaatsanwalt Dr. Selge.
Als ein kleines Zeichen meiner tiefen Dankbarkeit übereignet.
Sie haben meine Schicksalsgenossen und mich in der
kurzen Zeit Ihres Hierseins durch Ihr edles Menschentum
frühere Erniedrigungen vergessen lassen und unsere Haft
zu erleichtern verstanden.

*Ein glücklicher Stern leuchte über Ihren und Ihrer Familie
weiteren Lebensweg!
Werl, 28. 09. 1950
Kesselring, Generalfeldmarschall der früheren deutschen
Wehrmacht*

Auf dem eingelegten Blatt mit den neun Unterschriften steht:

*Gottes Segen und unsere Wünsche ins Neue Heim
Oktober 50*

Das «neue Heim» muss das Haus sein, in dem ich gerade
stehe. Herford. Und die Haft, von der Kesselring spricht, das
Zuchthaus in Werl, wo wir vorher gewohnt haben. Da sind
wir von Bückeburg hingezogen, Hals über Kopf, weil unsere
Mutter die Sandsteintreppe am Hauseingang nicht mehr
sehen wollte, wegen Rainer und der Handgranate.

Ich habe gehört, dass unser Vater in Werl eine Art Chef
war, für kurze Zeit. Richtig konnte er das nicht sein, weil
der wirkliche Chef die Besatzer waren, in diesem Fall ein
britischer Oberst. Vickers hieß er. Der hat unsern Vater bald
rausgeschmissen. Der Selge ist zu lasch, hat er entschieden.

Diesen Satz kenne ich von unserer Mutter, die das offensichtlich nicht als ehrenrührig empfand und beim Mittagessen erzählt hat. Unser Vater hat es trotzdem nicht so gern
gehört und ein überlegenes Gesicht aufgesetzt, um seine
Empfindung zu verbergen.

Er war für die Betreuung der eingesperrten hohen Offi-
ziere zuständig, die meisten von ihnen Generäle, und soll
mit ihnen fraternisiert haben. Inzwischen weiß ich, dass das
Wort von «frater» kommt, was «Bruder» heißt.

Der Umzug nach Herford ist knapp zehn Jahre her. An Werl habe ich ein paar genaue Erinnerungen. Aber die glaubt mir niemand. Die Erwachsenen sind der Ansicht: Erst ab dem dritten Geburtstag kann man sich genau erinnern. Frühestens! Sie sprechen in meinem Fall von Einbildungen. Was soll ich da machen? Wahrscheinlich sind Erinnerungen nicht dazu da, dass andere sie für wahr halten.

Wenn ich mir die Schrift von Generalfeldmarschall Kesselring anschaue, muss ich sagen: Der Mann ist auch nicht ohne Einbildung. Er unterschreibt ganz ähnlich wie Herbert von Karajan. Hohe, parallele Buchstaben wie eine donnernde Fliegerstaffel.

Karajans Unterschrift kenne ich aus einem Büchlein mit Karikaturen von Musikern. Es muss hier ganz in der Nähe stehen. Mein Vater hat es zum Geburtstag geschenkt bekommen, so ein kleines Insel-Büchlein. Werner hat mir erklärt, der Zeichner sei ein Antisemit. Die jüdischen Musiker haben nicht unterschrieben. Vielleicht, weil der Karikaturist sich auf ihre Nasen kapriziert hat. Die andern Musiker dagegen haben brav ihr Autogramm unter ihr Konterfei gesetzt. Im Nachwort hat der Zeichner behauptet, die Juden hätten eben keinen Humor.

Karajan ist als Propellermaschine gezeichnet. Das hat ihm sicher geschmeichelt, weil er ja nicht nur die Berliner Philharmoniker dirigiert, sondern auch Pilot ist. Unser Vater hat sehr gelacht über das Flugzeug mit der Karajan-Frisur.

Werner hat gleich eingewendet, dass Karajan zweimal in die NSDAP eingetreten sei, um ja nichts zu verpassen.

Da war die Freude unseres Vaters vorbei.

Du kannst froh sein, hat er gemeint, wenn du je in deinem Leben von Karajans Taktstock einen Einsatz bekommst.

Da spiele ich lieber im Kurorchester, hat Werner prompt geantwortet, als mir von dieser Knattercharge einen Einsatz geben zu lassen.

Diese Knattercharge, hat unser Vater schon leicht zitternd entgegnet, reist gerade mit einem Heer von Musikern um den Globus, um Deutschland an vorderster Front wieder Weltgeltung zu verschaffen!

Na ja, hat Werner gesagt, dafür sei deutsche Musik ja auch komponiert: für ihren Einsatz an vorderster Front, um Deutschland Weltgeltung zu verschaffen. Praktisch in Konkurrenz zum Volkswagen.

Darauf war Ruhe.

Während ich mit Karajans und Kesselrings Unterschriften beschäftigt bin, habe ich nicht mitbekommen, dass meine Eltern wieder im Zimmer stehen. Zwei Meter vor mir. Direkt unter der Deckenleuchte. Weder habe ich die Haustür gehört, noch, wie sie ihre Mäntel ausgezogen haben. Und was sie im Flur geredet haben, muss mir auch entgangen sein.

Tatsächlich sind sie verändert und stehen mit ernsten Gesichtern da. Meine dreckigen Hände und das Buch mit dem Zettel nehmen sie gar nicht wahr.

Auf ihrem Weg in die Stadt seien sie wieder umgedreht, sagt mein Vater, weil Mutti solche Magenstiche habe, dass sie augenblicklich ins Bett müsse.

Ich nicke, klappe das Buch zu und stelle es in den Schrank zurück. Dabei gleitet der Zettel mit den Unterschriften zu Boden, direkt vor die Füße meines Vaters. Aber er bemerkt es nicht. Ich schaue meine Mutter an. Warum geht sie nicht sofort ins Bett? Sie steht reglos neben meinem Vater, hält beide Hände auf der Magengegend, zwischen den Augenbrauen hat sie eine senkrechte Falte, die Lippen sind schmal. Wenn man nichts von ihren Magenstichen wüsste, würde man glauben, sie denke scharf nach. Ihr Blick geht nach innen.

Einmal im Jahr hat unsere Mutter Magenstiche. Meistens im November. Jedes Mal steht sie dann genau so da wie jetzt. Manchmal fragt sie leise, ob ihr jemand eine heiße Milch machen kann. Immer liegen die Hände übereinander, auf der Magengegend, als würde sie ein Loch zuhalten. Und immer vermittelt sie dabei den Eindruck äußerster Konzentration.

Da ist aller Spaß vorbei. Schlagartig verändern wir uns. Ich lese in ihrem Ausdruck eine geheime Nachricht, dass morgen der Jüngste Tag ist und ich in den nächsten vierundzwanzig Stunden die Chance habe, noch einmal von vorne anzufangen und alles gutzumachen. Aber auch meine Brüder und mein Vater werden freundlicher, warmherziger. Alle bieten ihre Hilfe im Haushalt an, jeder sieht die Sorge im Gesicht des andern, allen wird bewusst, dass s i e eigentlich die Familie ist und wir anderen ohne sie nur eine sinnlose Ansammlung männlicher Wesen.

Das ganze Leben ist eine zerbrechliche Konstruktion, das wissen wir jetzt und dürfen uns darüber wundern, dass wir das immer wieder vergessen.

Kann ich dir eine Milch heiß machen?, frage ich meine Mutter. Sie schüttelt kaum merklich den Kopf. Leise sagt sie: Ich will nur noch ins Bett.

Aber sie bewegt sich nicht, auch mein Vater unterbricht seinen Versuch, sie ins Schlafzimmer zu führen, umgehend. Eine winzige Geste von ihr zeigt, dass sie nicht berührt werden möchte. Oder gedrängt. Von jetzt an entscheidet sie selbst. Und wir werden das respektieren und sie nur beobachten.

Ich glaube, ihre Magenstiche sind eine endgültige Abrechnung mit uns. Wir können ihr den Buckel runterrutschen.

Sie hat natürlich keinen Buckel. Nur einen ausgeprägten Atlasknochen und einen sehr langen Hals. Mein Vater hat eine Kunstpostkarte rahmen lassen, von einem Renaissancegemälde. Es zeigt das Porträt einer Dame mit einem markanten Atlasknochen. Das sei das Idealbild unserer Mutter. Piero del Pollaiuolo – junge Frau im Profil. Das Bild hängt links neben seinem Schreibtisch. Wenn mich seine Ohrfeigen beim Lateinunterricht treffen, starre ich es an und halte mich an der Geschichte von Atlas fest, der die Weltkugel nicht fallen lassen darf, obwohl sie drückt wie Sau.

So, wie sie jetzt unter unserer Wohnzimmerlampe steht, kann ich auf ihrer Stirn mit der Senkrechtfalte nur lesen: Es reicht! In diese Richtung geht's einfach nicht mehr weiter.

Immer wieder hat sie mit ihren Rollkuren die Magenstiche zurückgedrängt. Und wir haben dann geglaubt: Jetzt sind sie weg und kommen nicht zurück. Aber pünktlich, zu Allerheiligen, sind sie wieder da. Und irgendwann werden sie durchbrechen. Die stechen sich systematisch ihren Weg frei, diese Stiche, von innen nach außen, und ihr Schlachtruf ist: Alles falsch! Alles falsch gemacht im Leben!

Der Mann: Falsch!

Jedes Kind: Falsch!

Edgar: Eine Katastrophe!

Sie selbst: Gar nicht für Familie geschaffen!

Vielleicht gar nicht für Männer!

Pfarrfrau hätte sie werden sollen, an der Seite einer Pfarrerin.

Kindergärtnerin an der Seite einer Kindergärtnerin.

Lyrikerin an der Seite einer Lyrikerin.

Abends mit einer Genossin über Gedichten sitzen.

Aber nicht für einen Mann die Beine breit machen.

Nicht diese Familie. Nicht dieser Haushalt.

Nicht die grausame Vernichtung der eigenen Begabung: ihr Sprachgefühl. Das hat sie nämlich. Daraus hätte sie doch was machen können.

Stattdessen: Spießrutenlaufen durch den täglichen Parcours der Haushaltspflichten.

Diese Sisyphusarbeit, dieser entsetzliche Kreislauf der Mahlzeiten. Haus sauber machen, aufstehen, Essen planen, einkaufen, Töpfe rausholen, Messer raus, Bretter raus, Gemüse schneiden, Bohnen schnippeln, Fleisch vorbereiten, Wasser aufsetzen, Zwiebeln anbraten, aufpassen, dass nichts anbrennt, nach dem Essen den ganzen Dreck wieder in die Küche tragen und abwaschen, den Boden sauber halten, den Mülleimer rausbringen, die Fußmatten ausschlagen, Wäsche waschen, aufhängen, abnehmen, bügeln, zusammenfalten, haben die Kinder genug zum Anziehen, was muss gestopft, genäht werden, was muss in die Reinigung, das nimmt ja kein Ende, Betten abziehen, Betten überziehen, Fenster putzen, Zettel schreiben, was alles fehlt, die Vögel füttern, das Obst versorgen, das einfach massenweise in Kisten von der Gartenkolonne vor der Küchentür abgestellt wird, einkochen, einwecken, entsaften, Gläser auskochen, Marmelade und immer wieder Kompott. Und diese Mühe, die andern dazu zu bewegen, mitzuhelfen, was sie ja nie von alleine machen. Sodass alles letztlich an ihr hängen bleibt.

Alles bleibt an mir hängen! Das ist das gestöhnte Motto ihres Lebens. Wie im Märchen von der goldenen Gans. Sie wird die Töpfe, die Betten, die Besen, die Einkaufszettel, die ganze Wäsche nicht mehr los, alles klebt an ihr dran.

Wenn sie abends erschöpft im Bett liegt, legt sich der Mann neben sie und mahnt: Morgen kommt der Herr Sowieso zu Besuch. Vielleicht können wir einen kleinen Streuselkuchen backen. Dieser Streuselkuchen! Den die Schwiegermutter immer besser gebacken hat als sie. Immer war der Boden vom Streuselkuchen bei der Schwiegermutter dünner, die Streusel dicker, süßer, buttriger, sind leichter auf der Zunge zergangen. Immer wieder hat die Schwiegermutter versucht, der Schwiegertochter beizubringen, wie man solche Streusel backt, die auf der Zunge zergehen. Wie man den Boden beim Streuselkuchen so zart hinkriegt, dass der schon die Speiseröhre runter ist, bevor man denkt: Jetzt muss ich aber mal den Boden wegkauen. Nein, bei einem Boden, wie ihn die Schwiegermutter backt, kann man sich ganz darauf konzentrieren, wie wundersam flüchtig die Streusel unter dem Gaumen schmelzen. Der Boden darf eben nicht zu hart werden, aber auch nicht zu feucht. Irgendwas ist immer falsch.

Und dann diese Sätze, die man mit dem Besuch wechseln muss. Unverbindlich bis auf die Knochen. Aber ein leuchtendes Gesicht dazu machen müssen, als hätte man die Glühbirne erfunden. Ob's gut geht, ob's schlecht geht, die politische Lage hin und her wälzen, wo sich sowieso alle einig sind, nichts, was in die Tiefe geht, kein Gedanke kommt auf, wird entwickelt, niemand hört richtig zu, alle spielen zuhören, alle setzen interessierte Gesichter auf, aber nichts kommt an in den Herzen. In ihrem jedenfalls nicht.

Der eigene Mann merkt nix, der hat seine Musik, sein Klavier. Der kann zur Erholung locker mal Konversation machen mit dem Besuch. Wenn's ihm reicht, gähnt er wie der Löwe von Metro-Goldwyn-Mayer, und dann ergreift jeder Besuch die Flucht und kommt so schnell nicht wieder. Er könnte sich ja auch mal die Hand vors Maul halten!

Neulich hat ihr Mann sechs Psychologen eingeladen und ihnen seinen Knast gezeigt, dann hat er Wein raufgeholt, seinen Kröver Nacktarsch. Sie hat ihm gesagt: Ich will Apfelsaft, ich vertrag keinen Wein. Die Säure frisst sich mir in den Magen. Frisst sich rein. Verstehst du? Er hat ihr brav Apfelsaft eingegossen, alle haben sich zugeprostet, ein guter Tropfen, sagt er, und die blöden Psychologen nicken, einer sagt Spätlese, was Quatsch ist, und sie trinkt und muss den ersten Schluck fast ausspucken:

Was hast du mir denn hier eingegossen?

Apfelsaft, sagt er.

Der ist doch total vergoren, beschwert sie sich. Und beim nächsten Schluck sagt sie, du hast mir Wein eingegossen, keinen Apfelsaft, und er wird wirklich sauer und weist auf die Gläser: Schau dir das an, sagt er, überall dieselbe Farbe, außer bei dir.

Aber ich weiß doch, was ich trinke, fährt sie ihn an. Das ist Wein!

Ich weiß auch, was ich trinke, antwortet er patzig, wir wissen alle, was wir trinken, prost!

Und sie prosten sich wieder zu, diese Psychologen und ihr Mann mit seinen schwachen Geschmacksnerven, und sie nimmt die Flaschen vom Teewagen in die Hand, will sie mal untersuchen, links Apfelsaft, rechts Wein, und hält sie gegen das Licht und sagt freudestrahlend: Die Weinflasche ist doch fast voll, und der Apfelsaft ist leer, du hast euch Apfelsaft eingegossen, und ihr merkt es nicht mal!

Er schaut sie an mit einem Blick, der Scheidung bedeutet. Ihn so zu blamieren! Ist sie noch ganz bei Trost?

Und dann sagt auch noch der jüngste Psychologieanwärter: Entschuldigung, ich glaube, ich habe ebenfalls Apfelsaft, und mein Vater trinkt und schaut in die Runde und sagt, du machst mich ganz unsicher, und das klingt nicht gut, wie er das sagt, das darf eine Frau nicht: Ihren Ehemann vor anderen verunsichern, das ist gegen die Regel, und jetzt sagen alle Psychologen nacheinander, ganz vorsichtig: Ich habe auch Apfelsaft im Glas, aber das macht doch nichts, Herr Doktor, er schmeckt sehr gut, so frisch, Herr Doktor. Und sie greift nach seinem Glas, es reicht ihr nämlich inzwischen, trinkt einen großen Schluck und ruft: Hier ist mein Apfelsaft!, und gibt ihm ihr Glas, und er trinkt. Und? Was macht er? Anstatt sich zu entschuldigen? Er strahlt einfach und ruft: Ja, das ist der Kröver Nacktarsch! Das ist der Wein, den ich liebe, der ist doch wunderbar! Ja, haben Sie wirklich alle Apfelsaft? Warum sagen Sie denn nichts? Und er holt eine Karaffe und schüttet den Apfelsaft aus allen Weingläsern in die Karaffe und holt neue Gläser, Weingläser haben wir ja genug, und gießt Wein ein, und alle prosten sich wieder zu, und er lacht und freut sich, dass man sich so irren kann.

Diese Sicherheit bei ihm! Das hat sie schon immer gestört. Diese Sicherheit, wenn er in Wahrheit voll danebenliegt.

Als er das erste Mal um ihre Hand angehalten hat, hat sie nein gesagt. Und ist bei ihrem Nein geblieben. Obwohl alle enttäuscht waren. Vor allem ihr Vater hatte sich so auf diesen Schwiegersohn gefreut: Jurist wie er selbst, begabter Pianist, Spaß an Wortspielen, gesunde Gesinnung, national, gutaussehend. Vor den Cousinen wirft er in der Küche Meißner Porzellanteller in die Luft und fängt sie zirkusreif auf. Was will man mehr? Mit dem kann er alle Violinsonaten rauf und runter spielen. Der schafft sogar die César-Franck-Sonate im Tempo.

Es wär so schön gewesen!

Aber die Tochter hat nein gesagt. Und war auch noch stolz darauf. Nein, nein, nein.

Doch ihre Rechnung hat sie ohne die Männer gemacht. Nach einem Jahr, als sie eine Krise hat, nicht weiß, ob sie Literatur studieren soll oder Theologie, oder doch besser Kindergärtnerin werden, und als der Führer die Rolle der Frau neu bestimmt, die Nation ihre große Erhebung erlebt und jeder fragt, was die Frauen denn für Deutschland leisten können, da schreibt ihr eigener Vater hinter ihrem Rücken diesem juristischen Pianisten oder diesem pianistischen Juristen: Es lohne sich, noch mal nachzufragen. Ein zweiter Antrag könne vielleicht Erfolg haben. Diese Tochter, die Signe, wisse gerade nicht weiter in ihrem Leben. Wenn man sie jetzt nicht zu sehr drängt, wenn man viel Verständnis zeigt, könnte die Antwort diesmal anders ausfallen.

Und der Edgar – ja, mein Vater heißt Edgar! – lädt sie zum «Rosenkavalier» ein, und im dritten Akt, im Duett von Oktavian und Sophie, ist es passiert. Dieses Duett ist schuld, dass sie hier mit ihren Magenstichen unter der Wohnzimmerlampe steht. Als Oktavian im dritten Akt singt:

Spür nur dich, spür nur dich allein
und dass wir beieinander sein!

Und Sophie auch noch mitsingt:

Ist ein Traum, kann nicht wirklich sein,
dass wir bcieinander sein!

hat er seine Hand auf ihre einfach draufgelegt, ohne Druck, und sie hat sie nicht zurückgezogen, weil er sie in diesem

Augenblick anschaut. Und er hat ja wirklich schöne, tief-blaue Augen, und sein Blick ist weich und ernst, da gab's kein Zurück mehr.

Und sie verloben sich, und er schreibt rührend ausführliche Briefe, und ganz vorsichtig malt er aus, wie es werden wird, das gemeinsame Lesen, das gemeinsame Musizieren, und wie sie aufgehen werden im Volks-Ganzen und dabei doch besonders bleiben, stellt in den Briefen seine Freunde vor, schildert sie in den zartesten Farben und bittet sie, diese Menschen doch bald auch etwas lieb zu haben.

Warum hat sie diese öde Sackgasse nicht bemerkt? Warum hat sie das nicht herausgelesen, dass da einer alles im Vor-aus festlegt? Die ganze Zukunft vorbetoniert? Weil er immer schon vorher weiß, was er erleben will.

Ihr Körper hat es gewusst. Auf dem Hochzeitsfoto sieht sie aus wie ein Lamm, das zur Schlachtbank geführt wird. Und schlafen will sie auch erst mal nicht mit ihm.

Er drängt sie nicht. Das ist seine gute Seite. Mit ihr hat er wirklich eine Engelsgeduld. Erst im «Wilden Mann», in Meersburg, auf der Hochzeitsreise zum Bodensee. Da macht sie das mit: Dieses Ein-Fleisch-Sein von Mann und Frau, von dem er immer spricht und sagt, das stehe so in der Bibel. Und wovon er neuerdings behauptet, die Ehefrau sei dazu gesetz-lich verpflichtet. Er meint das allgemein. Aber in Wahrheit meint er sie. Das spürt sie schon. Irgendwann hat sie eben mitgemacht. Hat's auch ganz schön gefunden. Aber nie so schön wie er.

Noch immer stehen sie nebeneinander unter der Wohn-zimmerlampe, und sie kann sich nicht entschließen, einen Schritt in Richtung Schlafzimmer zu machen. Ein Schmerzblitz fährt ihr übers Gesicht. Jetzt wird sie gerade abgestochen. Von innen.

Es ist ihr verdammtes Pflichtbewusstsein! Das hat ihr die freie Entscheidung vermasselt. Deshalb hat sie ihre Hand in der Oper nicht zurückgezogen.

Er steht neben ihr, dieser Staatsanwalt aus Königsberg, und macht ein langes Gesicht, hat Angst, dass ihre Magenstiche sie aus seinem Leben rausschneiden.

Das ist alles passiert im Rahmen der großen nationalen Erhebung, als die Mütter prämiert wurden wie Kühe. 33. Das hat ihr gefallen: Weg mit den dekadenten Eliten! Das Soziale und das Nationale endlich vereint! Ja, die harte Hand gegenüber den Juden, das hat ihr auch gefallen. Die sollen endlich mal richtig arbeiten, hat sie gedacht.

Natürlich weiß sie, dass das katastrophal ausgegangen ist. Sie ist nicht blöd. Und kein Unmensch. Nur hat sie keine Lust auf Trauer. Die Dimension des Abgrunds, die spürt sie deutlich. Aber Trauer? – nein, dafür ist sie zu stolz.

Sie hat die Familie gerettet. Im Krieg. Und nachher. Sie und alle anderen Frauen haben von Deutschland gerettet, was zu retten war. Nicht die Männer, die mit stolz geschwellter Brust Polen überfallen und danach alles verbockt haben mit ihrem dämlichen Zweifrontenkrieg. Diese Wahnsinnigen, die nie genug kriegen können. Wie sind diese Männer aus Russland zurückgekommen! Was für Elendsgestalten waren das? Zerlumpt und abgemagert – das geht ja noch. Aber wo ist ihr Feuer geblieben? Schlaffe, seelenlose Gespenster. Und die wollen einen auch noch im Bett haben.

Theologie hat er studiert. Ihr Mann. Nach dem Zusammenbruch. Das war was! Das fand sie toll. Als Krankenpfleger hat er gearbeitet. Die Schwestern haben ihm Pakete mitgegeben, damit die Familie zu Hause was zu essen hat. Hebraicum hat er gemacht. Frau Pfarrer hätte sie werden können. Einen Pfarrhaushalt hätte sie gestalten können. Soziale Arbeit. Vorgelebtes Christentum.

Aber kaum hat der eigene Mann seinen Persilschein, kaum ist er entnazifiziert, ist er wieder Jurist. Fährt täglich nach Hamm, zum Oberlandesgericht. Lässt sie allein mit den Kindern. Prompt findet Rainer eine Granate. Weg ist er, sein Lieblingssohn. Und Werner verletzt. Bloß fort aus Bückeburg. Die Sandsteintreppe will sie nicht mehr sehen.

Nächste Station. Werl, Zuchthaus. Er gehört zur Leitung. Unter der Besatzung. Unter Oberst Vickers. Ihr Mann darf die Generäle betreuen, die Kriegsverbrecher. Klar ist das Siegerjustiz. Zum Tode sind alle verurteilt, und begnadigt, dann bald entlassen. Trotzdem ein Mahnmal der Schande: dass die eingesperrt sind! Da hocken sie im Gefängnisgarten mit ihrem Mann zusammen und tauschen Erinnerungen aus. Während sie hinterm Herd steht.

Dabei ist s i e es, die weiß, wie kaltgestellten hohen Offizieren zumute ist. Nicht er. Sie weiß es. Ihr eigener Vater hat über zwanzig Jahre zu Hause rumgesessen, Gedichte geschrieben, Geigen gebaut und gemalt, weil das Reichsmilitärgericht aufgelöst werden musste. Nach dem ersten großen verlorenen Krieg. Sie ist aufgewachsen im Dunst dieser Erniedrigung. In diesem Geist, der sich wie ein heimlicher Groll durch die Köpfe wälzt und gegen alles anstinkt, was nicht bis ins Mark deutsch ist.

So steht sie vor mir, meine Mutter, und hält die Hände schützend über den Magen. Alles scheint rauszulaufen. Da kommt immer mehr.

So stehen sie beide unter der Wohnzimmerlampe. Mit ihren schönen ernsten Gesichtern. In denen falsche Entscheidungen noch etwas bedeuten. Meine Mutter mit ihrem enttäuschten Leben. Und mein Vater mit der Angst, dass sein Leben mit ihrem zerbricht.

Seine Angst geht mir nahe. Und ihre Pflichterfüllung, ihre nicht ausgelebte Wut über diese Pflichterfüllung, erschreckt mich so sehr, dass ich ihre Liebe ganz vergesse.

Als in München die Ausstellung über die Verbrechen der deutschen Wehrmacht in der Sowjetunion eröffnet wurde, ist meine Mutter da hingegangen und hat mir den Katalog mitgebracht.

Du kannst ihn behalten, sagte sie zu mir. Du gehst ja sowieso nicht hin, da kannst du dich wenigstens im Katalog informieren. Ich habe mein Soll erfüllt, ich war da, aber jetzt mag ich da nicht mehr reinschauen. Ich will dies schwere Ding nicht mit in meine Wohnung schleppen. Mir ist schon in der Ausstellung schlecht geworden.

Dann kreuzt sie ihre Hände über dem Magen und fragt mich, ob ich ihr eine heiße Milch machen kann: Ich lege mich solange auf euer Sofa. Wenn ich darf.

Ich erschrecke, mache mir Vorwürfe, dass ich sie nicht begleitet habe. Zwei Stunden hat sie im Schneematsch auf dem Münchener Marienplatz in der Schlange gestanden, um in diese Ausstellung zu kommen. Hat sich an den endlosen Fotos und Texttafeln vorbeischleusen lassen, ist dann nach Hause gewankt und hat bei uns geklingelt. An der Tür ist sie mir in die Arme gefallen, und ich konnte sie gerade noch auf einen Stuhl setzen.

Ich kann mein ganzes Leben wegwerfen, waren ihre ersten Worte. Nur Verbrecher um mich herum. Euer Vater. Mein Vater. Unsere Wehrmacht. Die Generäle, zu denen wir aufgeschaut haben. Von Manstein. Kesselring. Männer, denen ihre Ehre über alles gegangen ist. Die ihr Leben für Deutschland eingesetzt haben. Alle sollen Verbrecher gewesen sein!

Ich will sie in ein rationaleres Fahrwasser bringen und sage, dass es in der Ausstellung um den Vernichtungskrieg gegen die Sowjetunion geht.

Aber das will sie gar nicht wissen. Sie will nicht mehr differenzieren.

Der Begriff «Verbrechen der Wehrmacht» hat sich so tief in sie eingegraben, dass sie zwei Wochen später mit einem Magendurchbruch ins Krankenhaus eingeliefert wird. Da ist sie dreiundachtzig. Da haben die Stiche ihr Ziel erreicht.

Die Operation hat sie überlebt.

Immer wenn sie Magenstiche hat, denke ich: Ich bin schuld. Ich habe wieder zu viel über die Juden geredet.

Einmal habe ich ihr ein Foto von den Kratzspuren an den Wänden in den Gaskammern gezeigt. Das war 2000, drei Jahre nach ihrer Magenoperation, neun Monate vor ihrem Tod. Wie ein Zwölfjähriger bin ich in ihre Wohnung gelaufen, habe sie aufgefordert, sich dieses Foto anzusehen, das ich gerade in der Zeitung entdeckt hatte.

Während sie noch Zeit braucht, um zu realisieren, was sie da sieht, erzähle ich von den Kapos, die außerhalb der Gaskammern warteten, während sich innen das Zyklon B verteilte. Einer der Kapos, die zum Teil auch Juden waren, hat davon berichtet, dass sie das Kratzen der Erstickenden an den Wänden mitgehört hätten. Und dass es für viele in den

Kammern eine halbe Stunde gedauert habe, bis sich das Gas, das von der Decke her durch Schüttrohre in die Raummitte geleitet worden sei, auch zu denen hin ausbreitete, die an den Wänden standen. Und er hat erzählt, wie sie die Leichen auseinanderreißen mussten, weil sich die nackten Menschen in ihrem Todeskampf so ineinander verkrallt hätten. Und wie sie alles Zahngold aus den Kiefern herausbrachen, bevor sie die Körper in die Öfen schoben.

Ich habe immer weiter geredet. In der Küche meiner Mutter. Vorm Herd. Wie ein Fachmann. Wie ein Historiker, der auf den Holocaust spezialisiert ist. Weil ich gerade dieses Foto entdeckt hatte.

Währenddessen sucht meine Mutter mit dem Bild in der Hand nach dem Küchenstuhl, um sich zu setzen.

Ich erzähle weiter: dass der Weg der Juden von der Rampe, wo die Züge angekommen seien und sie aus den Waggons springen mussten, bis zu ihrer Einäscherung in den Verbrennungsöfen nicht länger als zwei Stunden gedauert habe. Dass die Familien und Freunde, wenn sie von den Zügen heruntergesprungen seien, sich an den Händen festhielten. Dass die Ankommenden noch nicht gewusst hätten, was auf sie zukam. Dass sie gesehen hätten, wie die SS-Männer Spazierstöcke in der Hand hielten und Schäferhunde an der Leine. Dass das nichts Gutes bedeutet habe. Dass sie von Minute zu Minute begriffen hätten: Dieser Ort hat nichts mit einem Arbeitslager zu tun, wie sie es erwartet hatten. Dass sie vor allem nicht getrennt werden, sondern um jeden Preis zusammenbleiben wollten. Dass sie sich deshalb immer an den Händen hielten. Die Kinder und ihre Mütter. Die Kinder und ihre Väter. Die Geschwister. Die Männer und ihre Frauen. Die Freunde. Die Freundinnen. Die Fremden, die innerhalb der Sekunden, in denen sie begriffen, was ihnen bevorstand, zu Zusammengehörenden wurden.

Dass die SS-Männer diese Spazierstöcke, die zuvor so unpassend an ihnen ausgesehen hätten, plötzlich in die Höhe hoben. Dass sie mit diesen Spazierstöcken auf alle Hände einschlugen, die sich festhielten. Dass die Stöcke niedersausten auf die Hände, sodass sie sich loslassen mussten. Dass diese SS-Leute blitzschnell entschieden, wer ins Gas kommt. Wer noch zur Arbeit taugt. Wer zu den medizinischen Versuchen soll. Dass diejenigen, die noch eine sehr begrenzte Zeit leben durften, kolonnenweise in Baracken getrieben wurden, im Laufschritt, wo sie sich nackt ausziehen mussten, mit kaltem Wasser abgespritzt und binnen Minuten rasiert wurden. Gläubige, schamhafte Juden, kahlgeschoren am Schädel und am Geschlecht. Von Fremden. Zu Hunderten in einem Raum.

Und dass sie dann zur Tätowierung an die Tische mussten und ihre Nummer eingeritzt bekamen. Dass ihnen eine Art Sack zugeworfen wurde, den sie sich überziehen sollten, ein Sack mit Löchern für Kopf und Arme. Aus hartem Stoff. Und dass innerhalb von einer halben Stunde aus Menschen anonyme Wesen geworden waren.

Eine Überlebende, im Alter meiner Mutter, aus einer vergleichbaren sozialen Schicht, ähnlich gekleidet wie sie, mit ähnlicher Wortwahl, vielleicht auch aus Berlin Charlottenburg, hat einmal den Satz gesagt: «Es dauerte keine halbe Stunde, und dann war alles, was an uns menschlich war, weg.»

Auf diesen Satz wollte ich hinaus. Den wollte ich meiner Mutter gerne erzählen. Aber ich kam nicht dazu. Weil sie schon zuvor solche Stiche im Magen verspürt hatte, dass sie mich bat, ihre Wohnung zu verlassen. Sie könne nicht mehr.

Kaum war ich draußen, hätte ich mir am liebsten die Zunge abgebissen.

Was bin ich für ein Kindskopf! Selbstverständlich habe ich ihr das Foto gezeigt, weil ich eine Wirkung bei ihr erzielen wollte. Aber als ich die dann sah, habe ich mich nur noch geschämt.

Ich habe mich entschuldigt. Aber sie hat nur gelacht. Das müsse sie schon aushalten, hat sie gesagt. Aber ihr Magen sei eben nicht mehr so robust.

Jetzt löst sie sich von ihrem Platz unter der Wohnzimmerlampe und geht Richtung Schlafzimmer. Eine Welle der Entspannung muss durch sie hindurchgegangen sein.

Mein Vater bückt sich und hebt den Zettel mit den neun Unterschriften auf. Er sagt, ohne den Hauch einer Zurechtweisung: Tu den doch wieder ins Buch, wo er hingehört, sonst vermisst man ihn später.

Bei Martin

Martin ist da. Schon seit einigen Tagen. Er hat einen schweren Unfall hinter sich. Jetzt ruht er sich hier aus.

Ich finde, es ist eine Ehre für uns, dass er für kurze Zeit da oben in seinem Zimmer schläft. Überhaupt: Tage, wo die ganze Familie unter einem Dach ist, fühlen sich prall an. Auch wenn ich dann erst recht übersehen werde.

Eigentlich studiert Martin bereits Literatur, in Freiburg. Aber er wollte noch einmal an einer Wehrübung teilnehmen, um Leutnant der Reserve zu werden, wegen der höheren Abfindung. Dabei ist diesmal eben der Unfall passiert.

Mir ist ausdrücklich gesagt worden, ich soll ihn bitte in Ruhe lassen, ihn nicht in Gespräche verwickeln. Aber ich passe nur den richtigen Augenblick ab, um ihn zu besuchen. Ich möchte dringend etwas mit ihm besprechen. Etwas, das mir am Herzen liegt.

Martin kennt mich gut, aber er kann mir trotzdem zuhören, als ob ich ein Fremder wäre. Das ist mir viel wert. Hier zu Hause tun ja alle so, als sei ich ein aufgeschlagenes Kochbuch mit sattsam bekannten Rezepten. Jeder vervollständigt meine Sätze. Das nervt.

Was ich ihm erzählen will, habe ich noch niemandem erzählt. Ich habe es noch nie ausgesprochen. Es ist ein Problem, von dem ich weiß, es ist da, aber ich will es partout nicht in Worte fassen. Ich werde warten, bis ich mit Martin in einem Gespräch bin, und dann werde ich loslegen. Mal sehen, wohin mich das führt.

Martin sieht sehr verändert aus. Er bewegt sich ganz normal, ist auch geistig voll da, spricht wie immer. Eine Spur lauter vielleicht. Sein Kopf ist mit einem Verband eingewickelt, auch die Ohren. Nur Augen, Mund und Nase sind frei.

Seine Wunde ist oben am Schädel. Die Ärzte haben dort mehrere Lagen von Mullbinden geschichtet, unter dem Verband, sodass seine schöne Kopfform länglicher ist als sonst.

Als wir ihn im Bundeswehrkrankenhaus in Detmold besucht haben, hatte er seine Uniform angezogen, wahrscheinlich nur für uns, und saß auf seinem Bett.

In welchen Orden bist du denn eingetreten?, habe ich ihn gefragt, als wir das Krankenzimmer betraten.

Meinen Eltern war nicht nach Späßen zumute.

Martin hat gelacht und salutiert: Invasion vom Mars. Ich bin die Vorhut.

Er hat sich gefreut, uns zu sehen, und gleich von seinem Unfall erzählt.

Seine Brigade heißt «21 Lipperland» und ist in Augustdorf stationiert. Das ist zwanzig Minuten von Detmold entfernt. Am Morgen seines Unfalls kam sein Panzer, Typ M47 Patton, frisch aus der Kfz-Werkstatt. Der Mechaniker hatte die Drehstabfederung bei einer der Luken falsch herum eingesetzt.

Martin hat uns das genau erklärt: Es geht darum, dass diese Panzerdeckel schnell aufspringen sollen, wenn man rausgucken will. Zum Schließen hingegen muss man Kraft aufwenden. Bei dieser Luke ist es umgekehrt gewesen. Das hat aber keiner gewusst.

Wir sind mit geöffnetem Deckel losgefahren, erzählt er. Zum Panzerfahren geht man in die Senne, also in den östlichen Teil der Münsterschen Bucht. Man kann auch sagen:

in die Abdachung des südlichen Rands vom Teutoburger Wald.

Ich habe eingeworfen, da seien die Römer mit Varus durchmarschiert, bevor sie Hermann, dem Cherusker, in die Falle gelaufen sind.

Meine Eltern haben mich gebeten, Martin nicht zu unterbrechen.

Martin beschreibt alles sehr genau, und mit Fachausdrücken spart er auch nicht: Nacheiszeitliche Sandablagerungen der Gletscher sollen in der Senne Bodenwellen hinterlassen haben, die zum Panzerfahren ideal sind. Zum Üben, Manövrieren, Schießen und so weiter. In seinem Panzer hätten sie zwei Maschinengewehre und eine Kanone. Für fünf Soldaten.

Das habe ich auch nicht gewusst, dass so ein Panzer praktisch ein Kleinbus ist.

Martin ist Maschinengewehrschütze und sitzt vorne rechts. Bei dem Unfall guckte er aus der Luke mit dem falsch eingebauten Deckel in die Sandlandschaft der Senne. Er trug nur eine Mütze, keinen Helm. Das war auch absolut nach Vorschrift.

Unser Vater nimmt seine Brille ab und massiert sich intensiv mit Daumen und Zeigefinger die Augäpfel. Eine kürzere Version wäre ihm lieber. Unsere Mutter schaut unverwandt auf ihren ältesten Sohn, ihr Blick vibriert. Das ist alles eine Zumutung für sie.

Das Unangenehme für die Panzerfahrer, erklärt uns Martin, seien die kurzen Bodenwellen, nicht die langen. Da könne man schon mal seekrank werden. Bei der ersten kleinen Welle an diesem Morgen sei die Lukenklappe wie eine Rattenfalle zugeschnappt. Die messerscharfen Sichtprismen seien ganz dicht an seinem Gesicht vorbeigesaust.

Es waren Zentimeter!, ruft er. Ein unglaubliches Glück! Viel hätte nicht gefehlt, und ich wäre ein zweiter Rainer geworden.

Unsere Eltern müssen sich sofort setzen.

Ich bin natürlich, was den Hergang betrifft, auf die Erzählungen meiner Kameraden angewiesen, sagt Martin. Ich hab das gar nicht mitgekriegt und bin erst hier im Bett wieder aufgewacht.

Weil in so einem Krankenzimmer nur zwei Stühle sind, durfte ich mich zu Martin aufs Bett setzen. Das war eine interessante Anordnung: wir beide auf dem Krankenbett, unsere Eltern an der Wand gegenüber auf zwei Stühlen.

In diesem Augenblick haben sie kapiert, dass auch die überlebenden Kinder ihre Eltern auf jede Schussfahrt des Schicksals mitnehmen.

Jetzt rumpelt es da oben in Martins Zimmer. Also arbeitet er an der Fertigstellung seines Schreibtisch-Bücherregals. Das ist der richtige Moment.

Für einen unverfänglichen Einstieg in das Gespräch schnappe ich mir das Buch, das Generalfeldmarschall Kesselring und seine Schicksalsgenossen unserem Vater geschenkt haben. Ich springe die blanke Holztreppe rauf und klopfe an. Ja, so geht das bei uns. Selbst mein Vater klopft an die Tür seiner Kinder. Allerdings drückt er auch im selben Augenblick die Klinke, steht schon im Zimmer, wenn man «Herein» ruft, und sagt beiläufig: Ich habe angeklopft.

Ich warte brav, bis Martin mich hereinbittet.

Es riecht nach Leim und Spänen, nach Zigaretten und Kaffee. Den brüht er sich hier oben auf einer eigenen Kochplatte auf. Wie ich vermutet habe, arbeitet er an seinem Möbel.

Es sieht beeindruckend aus und erinnert mich an einen

Hochaltar im Dom. Vielleicht, weil auf dem obersten Regal-brett, in der Mitte, ein gerahmtes Foto seiner lachenden Freundin steht, die auf uns alle herunterstrahlt. Ein schwin-delhohes Regal erhebt sich über einer elegant geschwunge-nen Schreibplatte. Alle Ebenen werden von vier langen Bam-busstangen zusammengehalten, die ohne Metallschrauben, nur durch Schnüre aus rotem Bast, über Löcher in den Fach-brettern zusammengehalten werden.

Komm, hilf mir mal, den Knoten zuzumachen, ruft Martin mir gleich zu. Hier kannst du mal ganz fest den Zeigefinger draufhalten, während ich zuziehe.

Komisches Gefühl, mit ihm die Hände beim Knotenbinden zu vermengen und meine Nase so dicht an seinem Verband und dem kleinen Gesichtsausschnitt zu haben. Er riecht fremd, nach Mull und Spiritus.

Und? Was willst du wissen? Er deutet mit seinem länglichen Kopf auf das Buch, während er weitere Knoten macht.

Mich interessiert der Zusammenhang dieser Leute mit unserer Familie, sage ich.

Martin greift sich den Band, wirft einen kurzen Blick auf die Unterschrift unter der Widmung und sagt: Das hat Kes-selring da reingeschrieben. Weißt du, wer das ist?

Ja, sage ich, der ist Fliegergeneral. Der hat Rotterdam dem Erdboden gleichgemacht, hat den London-«Blitz» geflogen und das Warschauer Ghetto bombardiert.

Martin staunt. Prima, sagt er, woher weißt du das?

Hat Papa mal erwähnt.

Verstehe.

Dann arbeitet Martin weiter und hämmert winzige Stahl-nägel in eine Bambusstange, damit die Bastschnüre nicht verrutschen.

Du wolltest doch kein Metall verwenden, sage ich.

Ganz ohne geht's nicht. Und ich will jetzt, dass das Ding fertig wird. Es hält mich schon lange genug auf. Er legt den Hammer weg und nimmt das Buch in die Hand. Ich fange mit der Widmung an, oder?

Ich nicke, obwohl ich sie bereits auswendig kann.

Martin liest erst die Widmung laut vor. Dann reiche ich ihm das gefaltete Blatt mit den Namen von Kesselrings Schicksalsgenossen:

Von Manstein

Von Mackensen

Gallenkamp

Mälzer

Simon

Kesselring

Von Falkenhorst

Schmidt

Wolff

Martins Nase ist plötzlich so weiß wie sein Verband. Die kenne ich alle, sagt er. Die sehe ich vor mir. Die habe ich mal getroffen.

Ich hoffe auf eine spannende Geschichte und schaue mich nach einer Sitzgelegenheit um. Leider ist da nur eine Fußbank. Aber bitte.

Martin setzt sich in seinen Schreibtischstuhl. Der hat Kugelräder und ist auf höchste Position eingestellt. Seine Beine, die in Knobelbechern stecken, legt er auf der hellen Ahornplatte ab.

1950 war ich so alt wie du jetzt, beginnt er. Da machte

Papa seinen Abschiedsbesuch im Zuchthaus Werl und hat mich mitgenommen. Er wollte den Generälen noch mal die Hand schütteln. Es war ja sein Aufgabenbereich gewesen, sich um die zu kümmern. Unser Vater hat das gern gemacht. Jeder General hat eine zweite Zelle gekriegt, als Wohnzimmer, dazu einen Knappen, morgens, zum Stiefel-Anziehen. Außerdem bekamen sie Bücher, Schokolade, Cognac, Wein und vor allem Zigaretten.

Und wie waren die Generäle so?, frage ich.

Pass mal auf, sagt mein Bruder und sieht mich eindringlich an: Wenn ich dir jetzt von meinen Erinnerungen erzähle, dann möchte ich, dass das meine Erinnerungen bleiben. Ich bin es, der mit Papa im Zuchthaus diese Generäle besucht hat. Bitte verändere das nicht. Ich will nicht, dass mir irgendjemand demnächst erzählt: Ihr jüngerer Bruder hat ja mit Ihrem Vater im Zuchthaus Werl die eingesperrten Generäle besucht!

Keine Sorge, sage ich.

Martin zieht die Augenbrauen hoch: Jaja!

Dann fährt er fort: Also, nach einem Jahr ist unser Vater in Werl krachend rausgeflogen. Das Zuchthaus war total überbelegt. Hauptsächlich mit ehemaligen Zwangsarbeitern, Polen. Die wussten im Mai 45 nicht, wohin. Niemand wollte die haben. Ostpolen gehörte zu Russland, Westpolen war russische Besatzungszone. Unser Land war ein einziges Durcheinander. Eine Völkerwanderung. Über vier Millionen russische Kriegsgefangene, die nach Osten geschickt werden mussten. Millionen deutsche Flüchtlinge aus den Ostgebieten, die in den Westen drängten. Hunderttausende aus den KZs, die auch nicht beliebt waren und nicht wussten, wohin. Mundraub war das Verbrechen der Stunde. Niemand hatte was zu essen. Nur: Wenn Polen klauten, wurden sie definitiv eingesperrt. Wenn sie eine Bäuerin vergewaltigten und den Ehemann erschlugen, wurden sie erschossen. Morgens um vier. In der Neheimerstraße. Hinterm Zuchthaus. Bis Ende 46.

Martin macht eine kurze Pause.

Aber die Generäle bekamen eine zweite Zelle, fährt er fort. Sogar einen kleinen Gefängnisgarten hat Papa für sie anlegen lassen. Zum Rauchen. Und für General von Manstein hat Papa an seinem letzten Arbeitstag noch einen Plattenspieler mitgebracht und Schallplatten. Wie ein Kind hat er sich auf Mansteins Gesicht gefreut. Der stand im Ruf, abends auf dem Schlachtfeld, wenn alles vorbei war, oder auch in einer nächtlichen Kampfpause, Mozart zu hören. Im Zelt.

Auch wenn er verloren hat?, frage ich.

Auch wenn er verloren hat. Das war denen gegen Ende des Krieges wurscht, ob sie gewinnen oder verlieren. Generäle machen ihren Beruf, sie verschieben Massen von Menschen. Das ist ihr Geschäft. Am Ende, wenn die Soldaten tot sind, geht's für die Generäle mit der nächsten Generation wieder von vorn los … Aufs Ganze gesehen, sind Menschen durchaus bereit, ihre Kinder zu schlachten. Daran hat sich seit Zeus und Uranus nichts geändert.

Martin macht eine kurze Geste, als müsse er kotzen, um mich daran zu erinnern, dass Zeus als letztes der aufgefressenen Kinder seinem Vater Uranus gerade noch aus dem Hals springen konnte und überlebte.

Jaja, lacht er, das ist die Urangst aller Väter vor ihren Nachkommen! Dann erzählt er weiter: Als wir auf das große Eisentor zugingen, hat mich Papa rechts an der Hand gehalten, in der linken trug er den Tonträger von Philips, diese

Hutschachtel zum Aufklappen. Die wollen dich sehen, hat er mir zugeflüstert. Die haben extra nach dir gefragt. Sie hätten so lange kein Kind mehr gesehen. Ihr ältester Sohn ist doch zwölf?, haben sie gefragt. Oder? Ja, bringen Sie doch den Zwölfjährigen mit!

So habe ich die kennengelernt. Und gestaunt, wie harmlos die aussahen. Die Helden unserer Eltern. Zu deren Wohnung unser Vater jetzt die Schlüssel hatte. Die lümmelten auf einem staubigen Platz mit Zimmerpflanzen in Blumentöpfen rum wie Schüler und qualmten um die Wette. Amerikanische Zigaretten.

Wir sind kaltgestellt, haben sie ständig wiederholt und sich die Hände gerieben.

Papa hat sie getröstet: Bald kommt ja Besuch vom Bundeskanzler. Und Generäle braucht das Land immer.

Da haben sie gegrinst. Und dann hat er ihnen erklärt, warum Oberst Vickers ihn rausgeschmissen hat und dass er deshalb leider nicht dabei sein kann, wenn der Adenauer kommt.

Machen Sie sich nichts draus, Herr Doktor, hat Kesselring gesagt und unserm Vater auf die Schulter geklopft. Sie haben Ihre Sache gut gemacht.

Ja, haben die andern gemurmelt. Wie ein Echo. Gut gemacht. Gut gemacht.

Und was haben sie zu dir gesagt?, frage ich Martin.

Nicht viel. Mit mir konnten die gar nichts anfangen. Freundlich genickt haben sie. Du wirst mal einer von uns, was?

Papa hat mir über die Haare gestrichen. Das weiß ich noch. Er war stolz auf mich.

Als wir gegangen sind, hat Kesselring ihm dieses Buch hier in die Hand gedrückt. Da seien schöne Bilder drin. Von seinem Kriegsmaler. Könnten wir auch als Reiseführer benutzen, wenn wir mal wieder nach Italien fahren. Wo hast du das übrigens gefunden?, fragt Martin mich.

Ganz normal, sage ich, im Bücherschrank.

Mein Bruder atmet tief und lang durch. Aber das stimmt nicht, fährt er fort. Ich werde nie wie die! Das sind Schlächter. Ich weiß nicht, wie viele Millionen Menschen die auf dem Gewissen haben, allein diese neun traurigen Gestalten zwischen den Blumentöpfen! Ich werde Oberleutnant der Reserve, nehme meinen Sold und gehe wieder nach Freiburg. Außerdem: Im Kopf bin ich sowieso längst in der Literatur.

Warum hast du nicht verweigert?, frage ich vorsichtig.

Ich drück mich doch nicht!, fährt Martin auf. Außerdem brauche ich die Abfindung. Von Papa gibt's nicht viel. Zweihundertfünfzig Mark im Monat. Davon kannst du nicht leben und nicht sterben. Wirst du auch noch erfahren.

Martin zieht jetzt seine Uniformjacke aus und schaut noch mal auf die Namen.

Weißt du, die sind immer so misstrauisch umeinander rumgestrichen. Haben kaum gesprochen und sich gegenseitig beobachtet. Und geraucht.

Wieso waren die misstrauisch?

Jeder war eifersüchtig, ob der andere vielleicht früher entlassen wird. Von Manstein und Kesselring hatten die besten Chancen. Ursprünglich waren sie zum Tod verurteilt, dann bekamen sie lebenslang, und Jahr für Jahr wurde die Strafe verkürzt. 53 waren sie beide raus.

Und wieso ging das so schnell?

Die wurden eben gebraucht, Adenauer wollte sie auf seiner Seite. Als Wahlkampfhelfer. Die Generäle hatten Millionen Anhänger: enttäuschte ehemalige deutsche Soldaten, wie unser Vater. Wer die aus dem Knast rausholen konnte, gewann ihre Soldaten als Wähler. Offiziell ging's um den Aufbau der Bundeswehr. Wenn Kesselring und von Manstein dabei helfen, eine Parlamentsarmee aufzubauen, werden vielleicht aus Nazisoldaten noch glühende Demokraten. Das war Adenauers Spekulation. Und dann die Amis: Die waren damals noch relativ unerfahren in moderner Kriegsführung und wollten von deutscher Taktik profitieren, denn wir waren angesehene Kriegshandwerker, in der ganzen Welt. Von Manstein war Erfinder des Blitzkriegs in Polen. Seinen Soldaten hat er massenweise Pervitin verabreicht.

Was ist das?, frage ich.

Drogen, Amphetamine. Deutsche Soldaten konnten drei Tage und Nächte durchkämpfen, ohne zu schlafen. In Frankreich hat von Manstein mit seinem Sichelschnitt die Deutschen innerhalb einer Woche von Flandern nach Paris gebracht. Und Kesselrings Heldentaten kennst du ja.

Warum war Kesselring zum Tod verurteilt?, will ich wissen.

Wegen Geiselerschießungen. Kesselring hat auf seinem Italienfeldzug über dreihundert Italiener erschießen lassen. In den Ardeatinischen Höhlen, südlich von Rom. Als Vergeltung für einen Anschlag auf deutsche Soldaten. Über dreihundert! Stell dir das mal vor! Für dreißig deutsche Soldaten. Immer das Zehnfache, plus einem Zuschlag, wie beim Metzger. So haben die das gerechnet. Und dann Alte und Kinder erschossen. Und fünfundsiebzig jüdische Geiseln. Wetten, dass er davon nichts schreibt in diesem Reiseführer für schützenswerte Baudenkmäler?

Und von Manstein?, sage ich.

Martin winkt ab und gibt mir das Buch zurück: Manstein! Der hat nach der Einnahme der Krim vierzehntausend

Zivilisten erschießen lassen. Juden, Sintis und Krimtataren. Das Massaker von Simferopol. Schon mal gehört? Trotzdem stand er in Nürnberg als Hauptzeuge. Nicht als Angeklagter! Erst 49 hat ihn ein britisches Militärgericht zu zwölf Jahren Haft verurteilt. 53 wurde er entlassen, auf Initiative Churchills und Adenauers. Jetzt lebt er auf seinem Gut.

Und die andern?

Einige sitzen noch. Simon zum Beispiel. Der war General der SS. Kommandant des ersten KZs überhaupt. In Sachsenburg. Durchhaltepatriot bis zum Anschlag. Zwei Tage vor Kriegsende hat er in Brettheim bei Ansbach den Bürgermeister erschießen lassen, weil der ein paar Hitlerjungen entwaffnet hat, um ihr Leben zu retten. Aber sich selbst hat er zwei Tage später freiwillig den Amis übergeben. Die Grausamsten sind immer die größten Feiglinge.

Martin deutet auf die Widmung: Oberst Wolff, der hier als Letzter auf dem Zettel steht, war ein besonders schlimmer Finger. Kommandant von Rom. Hat mit Papst Pius verhandelt und Rom zur offenen Stadt erklärt. Um die Baudenkmäler zu schützen. Aber vorher hat er waggonweise Juden nach Treblinka transportieren lassen und ihnen höhnisch Glück auf die Reise gewünscht.

Das sind alles reisende Henker, die hier unterschrieben haben. Schlächter und Henker. Und die wünschen unserer Familie, dass ein glücklicher Stern auf unserm Weg leuchten soll! Bei dem Wort «leuchten» können die nur an Leuchtraketen und explodierende Geschosse denken. Die können nur töten. Die fühlen sich als Urenkel von Clausewitz. Demokratie finden die zum Kotzen. Die meisten sind sowieso adlig und haben bis heute nicht verkraftet, dass das Gottesgnadentum passé ist. Sie waren rundum glücklich, weil Hitler sie endlich machen ließ. Aber nach 45 wollten sie von nichts was gewusst haben. Haben alles der SS in die Schuhe geschoben. Die Wehrmacht soll immer sauber gewesen sein. Diese Strategie hat funktioniert.

Ich bin total von den Socken: So kenne ich meinen Bruder gar nicht. So habe ich den noch nie reden hören. Lernt man das bei der Bundeswehr?, frage ich.

Aber Martin ist noch nicht fertig: Es gibt Menschen, die werden geboren, um ihr Leben lang das Kriegshandwerk auszuüben. Die warten nur auf die Gelegenheit, ihr Wissen anwenden zu können. Und es gibt Politiker, die sind mit nichts anderem beschäftigt, als diese Gelegenheit herbeizuführen. Weil sie sich die Welt nicht anders vorstellen können als im Kriegszustand. Sie denken: Das muss so sein. Die reden so lange auf uns ein, bis wir ihnen glauben. Und dann verheizen sie uns in der Schlacht.

Und heute, frage ich, wie ist das heute bei der Bundeswehr? Martin drückt seine Zigarette aus.

Unsere Parlamentsarmee ist ausschließlich zur Verteidigung da. Friedenssicherung. Laut Verfassung. Aber im Grunde hast du recht. Das, was man verteidigen soll, wird immer größer. Irgendwann verteidigt man die Freiheit in Ostasien. Wie die Amis jetzt in Korea. Irgendwann werden wir da mitmachen müssen. Ich bin gespannt, mit welchem guten Argument wir mal in unseren ersten Auslandseinsatz hineinstolpern werden. Und wer die Schlägertype sein wird, die das dann zu verantworten hat!

Martin holt uns jetzt mal einen Eiercognac. Er hat gestern frisch gemixt, ich könne auch einen Schluck haben.

Er entschuldigt sich, dass der Cognac noch nicht in die Flasche umgefüllt ist. Aus einer Milchkanne gießt er uns beiden in bunte Gläschen ein. Wir prosten uns zu, der Höhenunterschied zwischen uns ist beträchtlich, und mir kommt vor, dass dieser Eiercognac stärker ist als der, den unsere Eltern trinken, aber ich bin natürlich kein Fachmann.

Martin zündet sich die zweite Zigarette an und bläst den Rauch scharf rechts und links an meinem Gesicht vorbei. Ich habe den Eindruck, dass er sich mit mir als jüngerem Gesprächspartner gar nicht so unwohl fühlt. Jedenfalls hält er mich nicht für zu doof, um seinen Ausführungen zu folgen.

Ich denke, das ist jetzt der Augenblick, wo ich von mir erzählen muss. Plötzlich komme ich mir sehr kindlich vor, habe Angst, ihn zu enttäuschen.

Ich sitze oft im Birnbaum auf unserer Wiese hinterm Schuppen und spiele Kesselring, fange ich an.

Aha.

Martin wendet den Blick nicht ab. Und wie machst du das?

Na ja, ich stelle mir vor, dass der Birnbaum ein Kampfflugzeug ist.

Soso.

Ja, ich sitze da in einer engen Astgabel. Auf dem Pilotensitz. Es gibt ein paar kurze Äste in der Nähe, die benutze ich als Steuerknüppel und Hebel für die Luke zum Bombenabwurf.

Bist du dafür nicht zu alt?

Die Frage habe ich befürchtet.

Ich spiele sogar die Flugmotoren mit, sage ich leise.

Martin sagt: Mach mal. Wie hört sich das an?

Ich gebe ihm eine kurze Probe und lasse meine Lippen flattern, steigere mich aber nicht hinein. Es ist ohnehin ziemlich peinlich.

Und das macht dir Spaß?, fragt er.

Na ja, du musst dir vorstellen, was ich sehe.

Was siehst du denn?

Unsere Wiese ist Rotterdam, und der Gartenweg ist die Schelde. Der Apfelbaum vor der Küche ist das Begleitflugzeug. Die Pappeln auf der Hansastraße, von denen ich nur die Spitzen hinter den Häusern sehe, sind entfernte Geschwader.

Bei Martin mehren sich Zweifel, also in dem Ausschnitt, den ich von seinem Gesicht sehe.

Es tut mir leid, entschuldige ich mich, ich kann es nicht besser beschreiben. Ich habe Funkkontakt zu diesen Bäumen und gebe den Einsatzbefehl, die Bodenluken zum Abwurf der Bomben zu öffnen.

Und dann?

Ich suche ein geeignetes Ziel. Über den Dächern von Rotterdam.

Du siehst doch nicht Rotterdam!, sagt er entschieden. Also, du hast doch nicht das alte Stadtbild von Rotterdam vor Augen!

Ich muss kurz überlegen.

Du hast recht. Es spielt eigentlich gar keine Rolle, was ich sehe. Ich spüre nur diesen enormen Druck zu bombardieren. Und dann ist die Wiese eben nicht mehr so eindeutig Wiese, sondern eine verschwommene Fläche. Und ich sage mir dann: Das da unten ist Rotterdam.

Das heißt, du siehst einfach nicht richtig hin.

Ja, sage ich, kann sein. Trotzdem spiele ich «hinsehen». Außerdem produziere ich ja laute Explosionsgeräusche.

Kannst du das mal machen?

Nicht so gerne, aber ich kann's ja mal versuchen.

Und am Beispiel des Wortes «kattawumm» demonstriere ich eine Explosion, damit Martin einen Eindruck vom Bombeneinschlag bekommt.

Ist gut, ist gut!, ruft er. Und dann?

Mir wird heiß. Ich nähere mich dem Kern meines Problems. Aber erst mal erzähle ich weiter: Kesselring beugt sich weit aus dem Flugzeug und schaut sich die Zerstörung an.

Das geht nicht, unterbricht mein Bruder mich, aus so einem Flugzeug kann man sich nicht hinausbeugen. Das stürzt ab.

Gut, sage ich, aber bei mir geht es eben. Ich kann auch schnell mal landen, aussteigen und einen Spaziergang über die Leichenfelder machen, zwischen den qualmenden Trümmern. Ich mache es einfach, weil mir danach ist.

Martin stößt die Luft über die Stimmbänder aus.

Ich spreche auch ein paar Gebete für den ein oder anderen Toten, sage ich.

Alles auf unserer Wiese?

Ja, natürlich.

Du siehst Leichen auf unserer Wiese?

Ich will sie sehen, und dann liegen sie da auch. Zwischen den Birnen. Ich werfe ja mit echten Birnen.

Als Bomben?

Ja, sage ich, du verstehst genau, was ich meine. Ich reiße wahllos unreife Birnen ab und werfe sie auf Rotterdam.

Auf die Wiese, verbessert er mich.

Ja.

Und was hat Papa dazu gesagt? Das ist sein Lieblingsbaum!

Tatsächlich stand er bei einem dieser Angriffe unerwartet auf dem Gartenweg, sage ich.

Auf der Schelde, sagt Martin, der ganz in meiner Vorstellungswelt angekommen ist.

Genau.

Du meinst also, Papa ging wie Jesus übers Wasser.

Ja, aber gar nicht friedlich, sondern er hat mich ange-schrien, ob ich von allen guten Geistern verlassen bin.

Das kann ich mir vorstellen, sagt Martin.

Komm da augenblicklich runter!, hat er gerufen. Ich bin aber vorsichtshalber auf dem Baum geblieben und habe ihm gestanden, dass ich gerade Rotterdam bombardiere. Komi-scherweise hat er genickt und sich sofort beruhigt. Er hat sich gebückt, ein paar Birnen aufgesammelt und gesagt, das ist seine gute Luise, ich soll das bitte nicht noch mal machen.

Wenn du London bombardierst oder Warschau, was ist dann anders?, fragt Martin.

Im Prinzip nichts, sage ich. Der Gartenweg ist dann die Themse oder die Weichsel.

Und was bewirkt die Veränderung der Namen bei dir?

Masse. Einfach nur Masse. Mehr Städte, mehr Bomben, mehr Flüsse, mehr Tote.

Mehr Gebete, ergänzt Martin.

Richtig, sage ich. Ich will bombardieren und Gebete spre-chen.

Martin holt jetzt die nächste Zigarette raus. Bietet mir auch eine an.

Danke, sage ich, ich will nicht, ich muss husten.

Aber ich kann doch rauchen, oder?

Klar.

Wieso sind diese Spiele ein Problem für dich? Klingt doch, als ob es dir gefällt.

Sein Streichholz zischt und zeigt mir eine energische Flamme.

Weil ich sie nicht mehr spielen will.

Dann lass es doch.

Das ist eben das Problem. Die Spiele spielen mich.

Das musst du mir erklären.

Ich schaue Martin an, zögere und sage dann: Es ist zwanghaft.

Ich bin wahnsinnig froh, dass mir diese Formulierung einfällt. Das ist eben das Gute, wenn man sich vorher nicht überlegt, was man sagen will. «Zwanghaft» heißt das Wort. Da wäre ich vorher nie drauf gekommen.

Ich gehe durch den Garten, erkläre ich ihm, sehe den Birnbaum und habe sofort den Wunsch, Kesselring zu sein. Mein Gang verändert sich ohne mein Zutun. Ich spüre Kesselrings Bauch, seine Knobelbecher, seine Uniform. Kaum sehe ich den Birnbaum, schon sage ich zu einer nicht vorhandenen Person: Adjutant, machen Sie die Maschine klar zum Aufklärungsflug! Diese nicht vorhandene Person nickt kurz und sagt: Jawoll, Herr Generalfeldmarschall. Dann hebe ich die Hand, ziehe einen unsichtbaren Handschuh stramm und grüße in der Ferne General Jodl.

Jodl?, fragt Martin. Der war doch immer im Führerhauptquartier.

Ja, aber der ist jetzt eben mal draußen am Flugfeld.

Du meinst am Sandkasten.

Hinterm Sandkasten. Mir gefällt sein Name. Deswegen ist der jetzt auch da.

Mann Mann Mann, sagt Martin, das klingt wirklich ganz schön schräg.

Das ist nur eine kleine Auswahl, sage ich. Mein Hirn ist total bevölkert. Da sind so viele Menschen, wie mir Sätze einfallen. Ich kann gar keinen Satz sprechen, ohne dass ich mir ein fremdes Gesicht dazu vorstelle ... Das ist nicht lustig.

Ich mache eine Pause. So, jetzt ist er dran.

Da fallen mir Papas Zwerge ein, sagt Martin nachdenklich.

Was für Zwerge?

Als er nach dem Krieg in Bethel in der psychiatrischen Klinik gearbeitet hat, als Pfleger, gab es in der geschlossenen Abteilung einen ehemaligen Bankdirektor. Mit dem hat sich unser Vater gern auf dem Flur getroffen und sich von ihm erklären lassen, wie die Börse funktioniert. Mitten im Gespräch hat sich der Bankdirektor selbst unterbrochen: Herr Dr. Selge, schaun Sie mal, da, unten an der Tür von meinem Zimmer, ja sehen Sie das denn nicht!, da kommen lauter kleine Zwerge raus, immer wieder neue, die wollen mir meine Börseninfos abluchsen und dann selber spekulieren. Aber vor Ihnen haben sie Angst, Herr Dr. Selge, deshalb hauen sie ab und purzeln dahinten die Treppe hinunter. Das ist doch unglaublich, dass das niemand verhindert! Ich scheuche die sonst mit dem Besen aus meinem Zimmer, aber irgendeiner versteckt sich immer und hält den andern am nächsten Morgen die Tür auf.

Es entsteht eine Pause.

Ich sehe keine Zwerge, Martin. Die Wiese bleibt bei mir Wiese. Es ist mein Wille, Trümmer zu sehen. Leichen. Ich will das so, verstehst du?

Könntest du die Leichen denn auch malen? Oder die Trümmer?

Gute Frage.

Du hast recht, sage ich, kann ich nicht. Genau genommen spiele ich nur: Zerstören, Töten, und danach Gebet. Zerstören, Töten, Beten. Immer in dieser Reihenfolge: Zerstören, Töten, Beten.

Plötzlich fühle ich mich erschöpft.

Martin nickt, raucht und denkt nach.

Langsam wird es dunkel. Irgendjemand zielt von der

Straße her mit Fallobst in unser Fenster, trifft aber nicht. Es klatscht stattdessen rechts und links an der Hauswand.

Das ist Sausi Beier, sagt Martin. Der will mich zum Handball abholen.

Handball? Mit dem Kopf? Du kannst dich doch jetzt nicht in ein Tor stellen!

Mach ich auch nicht. Aber zugucken will ich schon. Außerdem ist da ein Epileptiker dabei, der kann mir seinen Helm leihen.

Aber die Erschütterung, Martin. Du hast doch einen Schädelbasisbruch.

Basis glaube ich nicht. Ich pass schon auf. Mach dir mal keine Sorgen.

Das ist ja gefährlicher als Herforder Roulette.

Jaja, sagt er. Sieh du mal lieber zu, dass du nicht so viel töten musst.

Natürlich, sage ich und bin still.

Wen spielst du noch?, fragt er mich nach einer Weile.

Dr. Baumann, antworte ich.

Martin lacht: Schöner Name. Dr. Baumann würde ich gern kennenlernen.

Du kennst ihn bereits.

Wer ist es?

Er sitzt vor dir.

Wahrscheinlich habe ich das mit einer Totengräberstimme gesagt, denn Martin lacht, dass sein Verband wackelt: Da wäre ich jetzt nicht drauf gekommen!

Mir ist zumute wie im Abwärtsfahrstuhl. Wahrscheinlich ist der Eiercognac schuld. Mit der Geschichte gebe ich mich jetzt endgültig in seine Hand. Ich fange trotzdem an zu erzählen. Es ist mir plötzlich wurscht, was für Folgen das hat.

Dr. Baumann ist Lehrer, sage ich. Auf dem Dachboden, hier gleich neben uns, hinter der Tischtennisplatte, stehen alte Stühle, ein Tisch und ein paar Kisten. Das ist seine Schule. «Das Dachbodengymnasium». Eine höhere Schule für Schwererziehbare und Leistungsunwillige.

Martins Blick ist hellwach.

In einer der Kisten liegen Baumanns Zensurenbücher versteckt. Kalenderähnliche Büchlein, wie sie offiziell von Lehrern verwendet werden, um die Leistungen der Schüler zu notieren. Man kann sie regulär beim Buchhändler kaufen. Baumann besitzt drei Stück davon, voll mit Namen von zwei bis drei Schulklassen. Jede Klasse hat zwanzig Schüler. Bei drei Klassen pro Heft sind das rund hundertachtzig Namen, die Baumann auswendig kennen sollte. Viel Arbeit zu Beginn des Schuljahres.

Ein kurzer Kontrollblick: Martin scheint nicht gelangweilt.

Herr Baumann, fahre ich fort, geht auf den Dachboden in seine Schule für Schwererziehbare und macht da sozusagen meine Schularbeiten, indem er die einzelnen Schüler abfragt. Er gilt allgemein als guter Lehrer, aber hexen kann er auch nicht. Bis er mein Pensum draufhat, werden nicht wenige Fünfer und Sechser verteilt. Der Letzte kriegt 'ne Eins, und ich hoffe, Herr Baumann beherrscht dann meinen Stoff. Am nächsten Tag in der wirklichen Schule versage ich trotzdem. Und zwar mit Pauken und Trompeten. Dann hadere ich mit Baumann und schärfe ihm ein, dass er seine Schüler härter rannehmen muss.

Martins Augen sind groß.

Wer ist das, der Herrn Baumann da was einschärft?

Der Direktor.

Hat der auch einen Namen?

Dr. Rothaus, sage ich leise.

Und dann erzähle ich Martin auch noch, dass ich neulich eine sehr ungemütliche Lateinstunde in Papas Arbeitszimmer erleben musste. Danach hätte ich die Treppe nicht mehr raufgehen können. So fertig sei ich gewesen.

Ich glaube, das nennt man «spontane Verzweiflung», sage ich, oder?

Ich blicke Martin an, aber der sagt nichts.

An der untersten Stufe hätte ich nicht gewusst, wohin: rechts, links, geradeaus oder zurück. Plötzlich sei Dr. Rothaus auf mich zugetreten. Er hat mich hinten an der Schulter berührt. Ich wollte Sie nicht erschrecken, hat er gesagt. Aber wie gut, dass ich Sie treffe! Wir haben im Kollegium über Sie gesprochen. Ich wollte mich mal bei Ihnen bedanken. Im Namen aller. Wir sind so froh, dass Sie bei uns sind. Sie haben eine der schwierigsten Klassen da oben. Niemand mag da unterrichten. Aber seit Sie Klassenlehrer sind, kommen uns die Schüler wie ausgewechselt vor. Sie sind wirklich ein großer Pädagoge! Das wollte ich Ihnen einmal gesagt haben. Und jetzt wünsche ich Ihnen eine gute Schulstunde.

Komischerweise haben mir diese Worte sehr geholfen: Ich konnte die Treppe raufgehen, in meine Klasse, alle sind aufgestanden und haben mich begrüßt, und ich habe gesagt: Heute machen wir kein Latein, sondern Religion. Und ich habe meine Lieblingsschülerin, Uschi Brandenburg, gebeten, uns allen etwas über die Schöpfungsgeschichte zu erzählen, wer ihrer Meinung nach schuld ist an dieser Apfelgeschichte vom Baum der Erkenntnis. Ob es da überhaupt eine Schuld gibt. Eine schöne Schulstunde war das. Sehr harmonisch.

Tiefer kann ich nicht fallen, denke ich jetzt. Und werde so müde, dass ich von der Fußbank rutsche, meine Beine ausstrecke und mich gerade noch mit dem Oberarm auf dem Bänkchen abstützen kann.

Ich werde sehr bald einschlafen. Ich will es auch.

Dr. Baumann ist ein Träumer, Edgar, höre ich Martin sagen, ohne Verachtung. Aber ich fürchte, du musst dir schon einen Plan zurechtlegen, wie du mit der Wirklichkeit klarkommen willst. Dr. Baumann wird es jedenfalls nicht schaffen.

Martins Worte rauschen durch mich hindurch wie ein Text, auf den ich lange gewartet habe. Jeder Satz berührt mich und bleibt mir zugleich fremd.

Deine Wirklichkeit ist dein Vater, sagt Martin. Er ist stärker als du. Und das wird auch noch eine Zeitlang so bleiben. Darauf musst du dich einstellen.

Martin überlegt kurz, und ich fühle mich wie beim Arzt. Voller Spannung will ich erfahren, was mit mir los ist.

Nimm dir einen Nachhilfeschüler, sagt er. Einen echten. Dem erklärst du, was er wissen will. Einen wirklichen, lebendigen Nachhilfeschüler. Einen, der eine Klasse unter dir ist. Und dem versuchst du, den Ablativus absolutus oder den AcI so zu erklären, dass er ihn versteht. Was meinst du, was das für ein Erfolgserlebnis für dich wird! Außerdem verdienst du damit Geld für deine Kinobesuche.

Schön, wie Martin das sagt. Hätte ich mir auch alles selbst sagen können. Hab ich aber nicht. Und wenn? Wenn ich es mir gesagt hätte? Hätte ich danach gehandelt? Dazu hätte ich erst mal dran glauben müssen. An das glauben, was man einsieht, ist noch mal eine Extraschwierigkeit.

Ich bedanke mich bei Martin und gehe schlafen.

Als ich nachts aufwache, höre ich eine erstickte Szene zwischen meinen Eltern. Da sie alles hastig in ihre Kopfkissen sprechen, kriege ich nicht mit, worüber sie reden. Das Sprechen scheint sie zu ermüden, und bald höre ich nur noch ihren Schlafatem.

Es ist erregend hell. Niemand hat die Gardine vorgezogen. Draußen ist Vollmond. Alles leuchtet.

Ich stehe auf, klemme mein Kissen unter den Arm, ziehe das Bettzeug hinter mir her und gehe über den Flur zur Holztreppe in den ersten Stock. Stufe für Stufe. Durch die Fenster im Treppenhaus scheint der Mond. Ganz die Farbe vom Eiercognac. Da wird mir sofort wieder schlecht. Weil das Bettzeug so gemütlich hinter mir die Stufen herunterhängt, lege ich mich auf die Decke und ruhe mich aus. Die Schatten an der gegenüberliegenden Wand sind gigantisch.

Dann klopfe ich bei Martin an.

Ja bitte.

Er sitzt im Bett. Auch hier phänomenales Mondlicht. Martins länglicher Kopf lehnt in der Ecke. Mit seinem hellen Verband sieht er aus wie ein drittes Fenster.

Kann ich hier auf dem Teppich schlafen?, frage ich.

Natürlich.

Kommt deine Freundin heute nicht?

Nein, sagt er, die wird von ihrem Vater bewacht und kann nicht raus. Manchmal lässt mich ihre Mutter rein, durchs Fenster. Aber das ist im Augenblick blöd mit meinem Kopfverband.

Ich habe noch eine Frage, sage ich. Kesselring hat in seiner Widmung von Papas edlem Menschentum geredet. Was meint er damit?

Martin überlegt einen Moment. Den Ausdruck kannst du vergessen, erklärt er mir aus seiner Mondecke. Der ist für immer vergiftet. Den haben die Nazis reserviert. Nur für sich.

Für ihresgleichen. Das musst du dir klarmachen und an die Juden und die KZs denken!

Kann man so einen Ausdruck nie mehr gebrauchen?, frage ich meinen Bruder.

Nein, sagt er. Wir nicht. Wir können den nie wieder gebrauchen. Wir müssen andere Wörter finden, wenn wir etwas Gutes über den Menschen sagen wollen.

Mir fallen die Musikstudenten ein, die Werner immer wieder zu uns nach Haus bringt. Der Geiger Jack Glatzer zum Beispiel. An dem Tag, als er uns besuchte, hat Werner ausdrücklich zu unseren Eltern gesagt, Jack sei Jude, Amerikaner, Deutsch sei seine Muttersprache. Er habe Verwandte, die seien in Auschwitz vergast worden. Unser Vater hat die Augenbrauen hochgezogen, genickt und wie ein Wolf, der Kreide gefressen hat, gesagt: Wir wollen ja nur ein paar Trios zusammen spielen. Und dann erzähle ich Martin von Rechtsanwalt Brand und seiner Schwester.

Die kenne ich gar nicht, sagt Martin.

Ich erkläre ihm, dass wir die auch nicht kannten. Sie mussten von unseren Hauskonzerten gehört haben. Auf einmal war eine Einladung da. Wir sollten sie besuchen. Einfach so. Mutti und Papa wussten nicht, wie ihnen geschah. Es sind Juden, sagten sie etwas verwirrt. Eine alteingesessene Herforder Familie. Er spiele Geige, hat Herr Brand noch erwähnt. Sie könnten doch gemeinsam musizieren. Komm, wir versuchen das mal, hat Papa gesagt. Vielleicht klappt's. Und dann haben wir sie besucht. Da es eine Einladung für den Nachmittag war, durfte ich mit.

Auf dem Weg haben sie mich erinnert: Das sind Juden. Pass auf, was du sagst! Als könnte ich was Falsches sagen. Ausgerechnet ich.

Ich wusste gar nicht, dass es so schöne alte Fachwerkhäuser in Herford gibt. Mit einem Garten zur alten Werre hin und gemauerter Loggia, eingewachsen mit Efeu und Glyzinien. Ein Nachmittag wie aus einer anderen Zeit.

Fast geräuschlos und schon etwas gebückt bewegten sich der weißhaarige Rechtsanwalt und seine ebenso weißhaarige Schwester zwischen ihren alten Möbeln. Gründerzeit mit Samt. Aus Meißner Porzellan haben wir unsern Kaffee getrunken. Es gab einen Kuchen mit Gewürzen, die ich nicht kannte. Sie sprachen viel leiser als wir, waren sehr freundlich, aber alles wirkte auch ein bisschen eingeübt. Selten habe ich unsere Eltern so steif gesehen, so unbeholfen. Die Unterhaltung stockte ständig. Als würden die Brands kein Deutsch sprechen.

Bis sie Musik machten.

Irgendwann hat Rechtsanwalt Brand seine Geige rausgeholt und Papa an den Stutzflügel geleitet. Er hat ihn am Oberarm angefasst und hingeführt. Als sei das leichter, als miteinander zu sprechen. Papa wusste nicht, wie er gucken sollte, und hat dann gleich den Flügeldeckel aufgestellt. Wie im Konzert.

Rechtsanwalt Brand hat sehr fein Geige gespielt. Aber natürlich ist er noch mehr Laie als Papa. Immer wieder hat er abgebrochen, seine Geige nachgestimmt und zu sich selbst gesagt: Das muss ich etwas langsamer spielen.

Es war Beethoven. Frühlingssonate.

Mein Gott, wie viele Jahre ist das her, dass ich das gespielt habe!, hat Herr Brand seiner Schwester zugerufen.

Die stand auf und hat den Deckel des Flügels wieder geschlossen: Sonst verstehe ich meinen Bruder ja gar nicht, hat sie Papa übers Notenbrett zugerufen, aber mit Humor.

Sie spielen so kräftig! Und dabei hat mein Bruder so einen schönen Ton!

Papa hat das wohl als Affront empfunden. Hört er ja nicht so gerne, wenn man ihm sagt, dass er zu laut spielt. Konterte dann gleich: Der Flügel klingt sehr matt.

Der stand während der NS-Zeit in einem feuchten Keller, hat Herr Brand erklärt. Der muss erst wieder hergerichtet werden. So lange sind wir noch nicht wieder zurück.

Wo waren Sie denn?, habe ich gefragt.

Papa hat mir einen strengen Blick zugeworfen.

Im Ausland, hat Herr Brand ganz ruhig gesagt.

Dann haben sie weitergespielt.

Sein Ton war wirklich schön, nur mit dem Rhythmus hatten sie Schwierigkeiten, mein Vater und Herr Brand. Die Synkopen am Anfang vom dritten Satz, dem Scherzo, diese in der Violinstimme und in der Klavierbegleitung ständig wechselnden, leicht versetzten Vogelrufe waren ein solches Durcheinander, dass ich lachen musste.

Niemand lachte mit.

Da musste ich mir wieder auf die Backen beißen. Vor allem, weil Papa an dieser Stelle durchgehend Au! Au! Au! schrie, als ob er sich die Finger quetscht.

Die Schwester versuchte, mit Mutti auf dem Sofa ein Gespräch anzufangen. Aber es entwickelte sich nicht richtig. Und Mutti hat schließlich gesagt, sie kann nicht gleichzeitig zuhören und sprechen. Und etwas später hat sie das noch mal erklärt: Sie könne immer nur eine Sache gleichzeitig machen, das sei ihre Schwäche.

Wir sind früh gegangen. Ich wäre gerne länger geblieben.

Es geht eben doch nicht, hat Mutti auf dem Rückweg vor sich hin gemurmelt. Leider.

Martin hat dahinten in seiner Ecke die Augen geschlossen. Er ist aber wach und lässt immer wieder ein «Hmhm» hören.

Schließlich sagt er: Eine ziemlich traurige Geschichte, die du erzählst. Die Brands reichen ihnen die Hand, aber unsere Eltern können sie nicht annehmen.

Dann sackt er leicht zusammen und sucht mit seinem Mordskopfverband die bequemste Lage zwischen den Wänden.

Für heute kommt da nichts mehr, sage ich mir, nehme mein Bettzeug, murmele Gute Nacht und verlasse auf Zehenspitzen das Zimmer.

Loslassen

In dem Chaos, das mich umgibt, unter den Papieren, die ich gesammelt und auf Umzügen mitgenommen habe, ist eine Ansichtskarte von meinem Vater aus Wien zum Vorschein gekommen: *An den Schüler Edgar Selge, Herford in Westfalen, Eimterstraße 5.* Vom Oktober 1958.

An den Rändern ein bisschen gelb, aber sonst wie gerade eingetroffen. «Graben mit Pestsäule» steht unter dem Foto.

Als ich sie zum ersten Mal in der Hand hielt, habe ich meine Mutter gefragt: Wo ist denn da ein Graben? Und sie hat mir erklärt: Das sei der Name der Straße, und die Säule in der Mitte soll an die Pestepidemie im 17. Jahrhundert erinnern.

Sie stand in der Küche, rührte in einem Eintopf, legte den Kochlöffel aus der Hand und las mir die Karte vor, denn mein Vater vermischte lateinische und deutsche Schreibweise. Ich war immer zu faul, seine Schrift zu entziffern.

Seit meine Mutter tot ist, hilft mir niemand mehr, alte Briefe, Dokumente und Fotos zuzuordnen. Ohne ihr Gedächtnis sind die Verbindungen zur Vergangenheit gekappt, und ich bin auf mich selbst angewiesen.

Mein lieber, kleiner Edgar,
Hier auf dem Graben würde es dir gefallen. Lauter Frauen
nach deinem Geschmack laufen hier herum: Grell geschminkt,
mit schwarzen Haaren, in hochhackigen Schuhen, engen
Röcken und kaufen viele gute Sachen ein. Ich hoffe, du machst

deine Schularbeiten ordentlich und übst fleißig Klavier. Ich bin
bald wieder zurück. Mal sehen, wer zuerst da ist: Die Karte oder
ich. Herzliche Grüße, Dein dich liebender Vater.

Um die Briefmarke herum hat er noch einen Gruß an meine
Mutter gequetscht:

Meine geliebte Signe! Wie schön, dass ich dich bald wieder in
meinen Armen halten kann! Dein dich liebender Edgar.

Warum habe ich bloß keinen eigenen Namen?, habe ich
meine Mutter damals gefragt.

Das ist eben mein Lieblingsname, war ihre Antwort.

Und warum heißt du Signe? So heißt doch kein Mensch.

Das muss mein Vater aufgeschnappt haben, als er mit seinem Schiff an Norwegen vorbeigefahren ist.

Mal sagt Papa Signe zu dir, mal Singne. Was ist richtig?

Wie man will. Es hat mal einen Film aus Schweden gegeben: Signe, das Mädchen von den Inseln.

Worum geht's da?

Ich kann mich gar nicht erinnern, ob wir den überhaupt
gesehen haben.

Das Mädchen von den Inseln. Das passt. Meine Mutter war
ein Naturkind. Keinen See konnte sie auslassen, ohne zu
baden, kein Meer besuchen, ohne zu schwimmen. Niedrige
Temperaturen schreckten sie nicht ab. Sie nannte sie frisch.
Oder schön kalt. Wie mein Vater liebte sie Wechselduschen.
In verschneite Berge fuhr sie nicht ohne ihre Ski. Bis ins
hohe Alter. Sie liebte lange Bahnfahrten und Bahnbekannt-
schaften. Mit ihrem Blick glitt sie in andere Gesichter wie in

einen Handschuh. Wer ihr gegenübersaß, konnte nur wegschauen oder aufstehen und den Platz wechseln. Oder eben ein Gespräch mit ihr beginnen.

An dem Nachmittag, als sie mir die Karte meines Vaters vorgelesen hatte, sah sie sich gezwungen, eine ungewöhnliche Erziehungsmaßnahme an mir vorzunehmen.

Es war ein erster Kälteeinbruch im Oktober, und sie wollte den kleinen Eisenofen in meinem Kinderzimmer heizen. Als sie die Klappe öffnete, fielen ihr Schulbrote entgegen. Der Ofen war gestopft voll. Den ganzen Sommer hindurch hatte ich die von ihr geschmierten Stullen darin gestapelt.

Ich spielte gerade im Garten, war in meine üblichen Kampfszenen verwickelt, als ich sie rufen hörte.

Vor dem Ofen liegt bereits der ganze Inhalt auf dem Boden, sauber eingewickelte Päckchen, der Schimmelpelz unter dem durchscheinenden Papier verbreitet ätzenden Geruch. Ich bin erstaunt über die Menge. Da liegt ein halbes Jahr, denke ich. Hätte ich die bloß über die Gartenmauer geworfen!

Sie fragt mich, ob ich dazu etwas sagen möchte.

Das sind meine Schulbrote.

Und? Wie kommen die in den Ofen?

Die haben in meinem Ranzen schlecht gerochen.

Meine Mutter ist erschüttert. Aber ich kann ihr nicht helfen, ich bleibe diesem Berg von Broten gegenüber stumpf. Die dazugehörigen Sätze kenne ich bis zum Abwinken: dass sie nach dem Krieg gehungert haben, dass meine Brüder abends vorm Ins-Bett-Gehen eine Brotkante wie ein Stück Schokolade kauten, dass Brot überhaupt ein Geschenk Gottes ist, dass Millionen Kinder in Indien glücklich wären, wenn sie nur mal eins meiner Schulbrote essen dürften.

Wenn ich in der Pause ihre kleinen Päckchen auswickelte,

machte meine Speiseröhre dicht. Es lag nicht nur am Aufstrich. Es lag auch an ihr. Ich kann mir das nicht erklären.

Du wirst jetzt diesen fürchterlichen Haufen draußen in die Aschentonne bringen und dann wieder hierherkommen. Ich werde mir inzwischen etwas für dich überlegen.

Sie meint es ernst.

Als ich zurückkomme, hält sie einen Teppichklopfer in der Hand. Ich frage sie, ob ich ihr nicht lieber den Rohrstock vom Kleiderschrank holen soll. Sie antwortet, dass sie durchaus wisse, wo der Stock liege, aber sie ziehe dieses Ding vor. Ich solle mich bitte bücken. Dies sei anscheinend die einzige Sprache, die ich verstehe.

So frei im Raum fehlt mir der Halt. Ich vermisse die stützende Kante des väterlichen Betts und den Griff im Genick.

Mit ihr ist es anders. Schwebend und unwirklich. Es kann doch nicht wahr sein, dass sie mich schlagen wird, geht mir durch den Kopf. Trotzdem strecke ich ihr wie verlangt meinen Hintern entgegen.

Nein, sagt sie entrüstet, so will ich das nicht. Dreh dich um, schau mich an und dann bück dich.

Das wird aber kompliziert, denke ich. Da hat sie mit dem Teppichklopfer einen weiten Weg bis zu meinem Po. Aber ich mache es, wie sie will, korrigiere den Abstand noch etwas, um beim Hinunterbeugen mit meiner Stirn ihre Brüste nicht zu streifen. Als sie ihren Rock ein Stück hochschiebt, um meinen Kopf zwischen ihre Knie zu klemmen, wird mir klar, dass sie durchaus ein Bild vor Augen hat, dem sie folgt.

So war ich noch nie mit ihr verbunden. Ihre Knie drücken gegen meine Wangen, und ihre Nylonstrümpfe rutschen auf meiner Haut hin und her. Ein Gefühl, das man nie vergisst. Ich bin gespannt auf den ersten Schlag. Er ist mittelfest.

Au!, sagt sie erschrocken, das war etwas zu stark.

Nein, das ist sehr gut, ermutige ich sie und muss vermeiden, die Strumpfhose beim Sprechen zwischen die Lippen zu kriegen.

Du, ich kann auch anders, droht sie von oben.

Darauf versucht sie einige feste Schläge, aber auch die sind eher eine Behauptung. Ein Moment wie auf dem Theater: Sie spielt Schlagen. Es ist gut zum Aushalten, tut überhaupt nicht weh, und so spiele ich Weinen, obwohl sie mich nicht darum gebeten hat. Ich schluchze, um ihr das Gefühl zu geben, dass ihre Strafe eine Wirkung hat.

Sie hört sehr bald auf, lockert ihre Knie, ich ziehe meinen Kopf unter ihrer Rockfalte hervor, richte mich auf.

Sie schaut mich an und sagt: So weh kann das jetzt nicht getan haben.

Der Blick, mit dem wir uns danach ansahen, ist mir deutlich in Erinnerung. Wir waren beide unsicher, was wir da gerade erlebt hatten. Möglicherweise sind wir sogar rot geworden. Mit der glitschigen Bewegung zwischen ihren Nylons heraus war die Idee der Bestrafung endgültig futsch. Ich musste aufpassen, nicht zu grinsen. Auch sie kam mir weich und unsicher vor. Sie suchte nach einem passenden Abschlusssatz:

Ich hoffe, dass es bei dieser einmaligen Aktion bleibt und du nie wieder Brot wegwirfst.

Ich habe freundlich genickt.

Warum muss ich jetzt an meinen letzten Besuch bei ihr im Krankenhaus denken?

Erschöpft und glücklich kam ich von einer Nietzsche-Lesung mit Texten aus Zarathustra und der Fröhlichen Wissenschaft. Ich kann ja meiner Mutter mal erklären, dachte ich, dass der Satz «Gott ist tot» der verzweifelte Ausdruck eines Gottsuchenden ist und nicht der eines kalten Atheisten.

Aber sie will nichts davon hören. Unruhig wandert sie mit der fahrbaren Stange, an der ihre Medikamentenbeutel hängen, im Zimmer auf und ab und erzählt mir von ihrem Vater.

Er war viel weicher, als ihr euch vorstellen könnt, sagt sie und will mir erklären, wie schwer es für ihre Mutter gewesen sei, plötzlich einen Mann in ihren Haushalt zu integrieren, den er nur von Sonn- und Feiertagen kannte; wie dieser Mann zu basteln anfing, Kästchen herstellte, die er bunt bemalte, satirische Gedichte schrieb und Geige übte.

Ich kenne das aber alles schon, was sie da sagt, drehe und wende mich hin und her auf meinem Besucherstuhl. Ich will von diesem empfindsamen Marinerichter, der auf See durchaus einen störrischen Matrosen per Todesurteil ins Jenseits befördern konnte, nichts wissen. Lass ihn doch mal los, denke ich. Mach dich frei von diesem vierten Gebot, das dir wie ein Mühlstein um den Hals hängt!

Und wieder versuche ich, ihr von Nietzsche zu erzählen. Vom Narren, der bei Tageslicht mit einer Laterne durchs Dorf rennt, an die Türen schlägt und in alle Häuser hineinschreit, dass wir Gott umgebracht haben.

Irgendwann reißt meiner Mutter der Geduldsfaden: Hau doch ab!, ruft sie. Du interessierst dich doch keine fünf Pfennig für das, was ich erzähle. Das wäre immerhin deine Vergangenheit, aber es ist dir vollkommen egal. Nimm deine Sachen und hau ab, ich will dich hier nicht mehr sehen!

Mit einem Mal bin ich hellwach. So kenne ich sie nicht.

Entschuldige, sage ich, aber es interessiert mich sehr, ich bin nur müde vom Theater.

Ach, hör doch auf zu heucheln! Das stimmt doch gar nicht. Du interessierst dich für dich, für dich, für dich und niemanden sonst in der Welt. Hau ab und lass mich in Ruhe! Brauchst nicht mehr wiederzukommen.

Was ist bloß in sie gefahren? Seit gestern ist sie von der Intensivstation wieder in ihr Zimmer verlegt. Vielleicht war das zu früh. Ich frage sie, ob ich einen Arzt rufen soll.

Ihre Adern treten an den Schläfen hervor, zucken und klopfen. Sie ist viel zu rot im Gesicht.

Nimm deine Sachen und geh, hab ich gesagt!

Mir dämmert, dass sie keine Versöhnung will.

Ja, dann gute Nacht, sage ich.

Sie gibt mir nicht die Hand, ihr Gesicht bleibt abweisend. Mit Mantel und Tasche unterm Arm verschwinde ich.

Zu Hause lege ich mich sofort ins Bett, schäme mich, begreife nicht, schlafe ein. Tief. Traumlos.

Am nächsten Morgen ruft das Krankenhaus an: Ihre Mutter liegt wieder auf der Intensivstation.

Ich sitze neben ihr. Sie liegt unter einem Beatmungsgerät. Ihre Hand in meiner. Manchmal geht ein Zucken durch sie und hört in mir auf. Ich rufe sie, flüstere ihren Namen ins Ohr.

Ist sie weit weg? Ist sie ganz nah?

Das ist es, worum es geht, die Aufgabe, der niemand entkommt: aus unserm Körper wieder herauszufinden. Damit ist sie beschäftigt.

Plötzlich steht Martin vor mir: Lass mich hier sitzen, leg dich hin, schlaf mal ein paar Stunden.

Wie ich zu Hause ankomme, ruft er mich an: Sie ist tot.

Zwanzig Jahre ist das her.

Draußen schreit ein Kind. Es beunruhigt mich schon die ganze Zeit. Ja, es stört mich richtig. Ich verschließe Fenster und Türen, aber es bleibt ein Restgeräusch. Entnervt schaue ich auf das Chaos der Papiere um mich herum. Ich schnappe mir den Hausschlüssel und laufe aus der Wohnung.

Gleich am Eingang vom Spielplatz sitzt ein kleines Mädchen in einer Baumgabel, sein Blick mit mir auf Augenhöhe. Es ist stumm, aber auf den Wangen sind noch Spuren getrockneter Tränen. In kurzen Abständen zuckt es durch seinen Körper wie bei einem Schluckauf. Die Stille, die von ihm ausgeht, verwirrt mich. Es sieht mich an wie ein Uhu.

Alles in Ordnung?, frage ich.

Es öffnet den Mund und sagt langsam: Hau ab.

Sieh mal, denke ich mir, so stößt sich ein Mensch ab, wenn er mit seinem Schmerz allein sein will.

Dann will ich nicht stören, sage ich und gehe langsam nach Hause.

Epilog

Gespräch mit meinem verstorbenen Bruder

Noch immer suche ich in mir nach Trauer um deinen Tod, Andreas. Noch nach fünfzig Jahren. Ich suche nach Ausdehnung meiner Trauer um dich. Ich wünsche mir, dass meine Trauer wächst. Ich suche nach meiner Bereitschaft, deinen Verlust zu fühlen.

Etwas sperrt sich in mir. Warum ist das so schwer?

Unser Vater, unter dem ich so sehr gelitten habe, hat da einen ganz anderen, weiten Raum in mir, in dem er immer wieder in Wellen aus Liebe oder in Strudeln von Wut auftaucht.

Auch unsere Mutter ist in meinen Träumen anwesend, vielleicht etwas seltener als unser Vater, aber beide sind sie noch heute so präsent, dass ich manchmal, am helllichten Tag, kurz denke: Mensch, ich habe ganz vergessen, Mutti und Papa anzurufen!

Die überfallen mich mit ihrer Nähe so unerwartet, dass Tod und Leben einen Moment lang eins sind, untrennbar verbunden. Eine Welt, aus der keiner heraussterben kann.

Aber wo bist du? Wir haben neunzehn Jahre gemeinsam verbracht, lange Zeit in einem Zimmer geschlafen, mittags zusammen den Abwasch erledigt, uns den Garten geteilt für unsere aufgeregten Phantasiespiele.

Na ja, hier stock ich schon.

Wir haben nebeneinander hergespielt, jeder in seiner Welt, beinah krankhaft getrennt. Das fällt mir erst jetzt auf, wie manisch wir für uns allein gespielt haben.

Du hast mein wildes Gestikulieren, meine intensiven Gespräche mit nicht anwesenden Menschen imitiert. So wie ich unseren Vater imitiert habe, der beim Rosenschneiden oder auf dem Klo, am Geschirrschrank oder in seinem Arbeitszimmer, eigentlich überall, wo er allein zu sein glaubte, so fürchterlich schimpfte, dass man sich besorgt fragte, ob es ihm gut geht.

Darüber haben wir nie gesprochen. Wir haben uns bloß angeschaut, wenn wir ihn gehört haben, und uns geschämt. Ich habe mich jedenfalls geschämt. Weil ich es so krank fand, so lächerlich, so abstoßend.

Auch dich fand ich lächerlich und abstoßend, wie du den Unterkiefer vorstrecktest und den Kopf senktest wie ein Schafbock und mit dem Kochlöffel in der Hand gegen einen unsichtbaren Feind losgerannt bist, spastisch, mit raushängender Zunge, unverständliche Laute herausschleudernd oder halb verständliche wie: kommherkommher, ichschlagdichtotdu!

Hör auf!, habe ich gerufen. Wenn du wüsstest, wie blöd das aussieht!

Und du hast dich nicht unterbrechen lassen, hast nur kurz zu mir geschaut und gerufen: Machst du doch selber! Und dann hast du weitergemacht, als hättest du einen Presslufthammer zwischen den Händen.

Mach ich ganz anders, habe ich gerufen. Du schaust mir gar nicht richtig zu. Du spielst vollkommen falsch!

Aber das hat dich nicht beeindruckt.

Unsere Lieblingsbeschäftigung war sowieso, den anderen nachzumachen. Nicht nur zwischen uns, Andreas. Auch unsere älteren Brüder, auch unser Vater haben uns ständig nachgeäfft. Weiß vor Wut hab ich geschrien: Macht mich doch nicht dauernd nach! Aber dann ging es erst richtig los. Macht mich doch nicht dauernd nach! Macht mich doch nicht dauernd nach!, haben sie höhnisch auf mich eingeschrien.

Wir haben das alle getan. Wir haben unsere Leben imitiert. Unsere Fragen. Unsere Ansichten. Später unsere Berufswahl.

Bis du krank wurdest. Bis du gestorben bist.

Dann wurde es ruhiger in unserer Familie. Jeder hat begriffen, dass er für sich alleine lebt. Dass man sich sein Publikum woanders suchen muss, außerhalb der Familie.

Du warst weg, und die Suche nach meinem eigenen Leben ging los.

Signe!, ruft unser Vater, als er vom Flur ins Krankenzimmer stürzt. Es ist eigentlich kein Ruf. Es ist ein Verzweiflungsschrei. Unsere Mutter sitzt im Dunkeln auf dem mit frischer Plastikfolie überzogenen Bett, in dem du am Morgen gestorben bist.

Der Zweite!, ruft sie. Und auch das ist kein Ruf, sondern ein Schrei. Dann fallen sie sich in die Arme, schluchzen laut auf und halten ihre gebeutelten Körper fest.

Ich stehe in der Tür und denke: Ich habe hier gerade nichts verloren. Ich bin fehl am Platz.

Schon zu viel, dass ich diese intime Begegnung der beiden mitbekomme. Und doch kann ich mich nicht so leicht von der Doppelgestalt unserer Eltern trennen. Zwei verknäulte Menschen im Halbdunkel, die immer wieder aufstöhnen und schließlich gemeinsam auf das Bett sinken, sich sitzend weiter ineinanderkrallen und den Schmerz in den Körper des anderen hineinheulen. Unerreichbarer als je, wie auf einem anderen Stern scheinen sie zu sein, einem Stern, von dem auch ich stamme, der aber gerade an mir vorbeizischt.

Ich verziehe mich in eine entfernte Ecke des Krankenhaus-flures, aber die Tür habe ich noch im Blick. Unbrauchbar und lächerlich komme ich mir vor, obwohl ich doch ständig irgendeine Aufgabe erfülle, Botschaften übermittle, das Gelenk zwischen deinen Ärzten und unserer Familie bin. Aber das ist jetzt vorbei, Andreas.

Gerade habe ich unseren Vater vom Bahnhof in Frankfurt abgeholt und ihn hier, in der hämatologischen Abteilung der Uniklinik, in deinem Sterbezimmer bei unserer Mutter abge-liefert. Es war meine Aufgabe, ihn vorzubereiten. Er wusste noch nichts von deinem Tod. Es wäre sinnlos gewesen, ihm durchs Telefon zu sagen, dass du heute Morgen gestorben bist. Mit so einer Nachricht schickt man keinen Vater auf den Zug. Wo soll er da hin mit seiner Erregung, in diesem durch die Landschaft fliegenden Geschoss?

Er würde sowieso kommen.

Als er in Frankfurt aussteigt, fragt er sofort: Und? Wie geht's ihm?

Ich nicke ihm zwei-, dreimal zu, als könnte ich ihm deinen Tod wortlos vermitteln, aber das funktioniert nicht. Ich muss es aussprechen: Andreas lebt nicht mehr.

Er sackt nach hinten weg. Fällt gegen den Waggon. Ich fasse schnell nach seinem Oberarm und ziehe ihn zurück auf den Bahnsteig. Was für ein schwerer, alter Mann. Er stützt sich auf meine Schulter und ruft: Ich habe so gehofft, dass er's noch schafft. Ich habe so gehofft! Ich habe es so gehofft!

Glaub ich dir ja, sage ich und nehme seinen Koffer.

Wir fahren mit der Tram zur Uniklinik. Noch nie bin ich mit einem so laut weinenden Mann in einer Straßenbahn gestanden. Ich kann nicht so tun, als gehörte der nicht zu mir. Ja, das ist mein Vater. Ich spüre von allen Seiten die verstohlenen Blicke. Bitte schön, schaut ruhig her! Der Mann hier hat gerade seinen Sohn verloren. Meinen jüngeren Bruder übrigens. Er hat schon mal einen Sohn verloren, vor 23 Jahren, da kam er auch vom Bahnhof, in Bückeburg, aber anders als heute ahnte er damals gar nichts. Woher auch? Es war ja ein Unfall, aus heiterem Himmel. Und auf dem Weg vom Bahnhof nach Hause kam ihm ein fremder kleiner Junge, im Alter seines verunglückten Sohnes, entgegengelaufen und schrie ihm schon von weitem zu: Rainer ist tot! Rainer ist tot!

Wo ist Signe?, fragt unser Vater, wenn er sein Weinen unterbricht.

In der Klinik. Packt Andreas' Sachen zusammen, antworte ich.

Ist sie noch in seinem Krankenzimmer?

Denk ich schon.

Ich will zu Signe, sagt er.

Wir sind gleich da.

Ich rede ruhig auf ihn ein. Meinen Arm habe ich um seine Schulter gelegt. Er hält sich oben an einer Halteschlaufe fest. So können wir nicht fallen.

Unsere Mutter hat wochenlang den Platz an deinem Bett nicht verlassen, höchstens mal, um ein paar Stunden zu schlafen, einen Happen zu essen. Ihre Stirn ist immer knochiger und größer geworden, zum Beten hat sie nicht mal mehr die Hände gefaltet, sie befand sich ohnehin dauerhaft in Konfrontation mit ihrem Schöpfer. Und wenn wir sie an ihre eigene Gesundheit erinnerten, bekam sie einen Tunnelblick. Sie war unnahbar für Papas Drängen, doch mal für ein paar Tage mit ihm nach Hause zu fahren. Bei seinen Versuchen, sie zu küssen, sah sie nur abwesend vor sich hin.

Sie dachte nur an dich, Andreas! Nichts anderes, Andreas! Andreas! Andreas! Was haben wir falsch gemacht? Warum macht Gott das? Warum straft er nicht uns? Sondern ihn?

Wenn das so weitergeht, hat unser Vater zu mir gesagt, als sei ich der Anwalt unserer Mutter, muss ich mir eine andere Frau nehmen.

Na hör mal, habe ich eingewandt. Das kannst du doch nicht machen.

Aber er schien sich seiner Sache sicher und fuhr fort: Ich habe auch ein Leben! Wer weiß, wie lange noch? Ich will auch was von meiner Pensionszeit haben. Ohne Frau kann ich nicht leben.

Nun wart doch erst mal ab, sagte ich. Und dabei muss ich gedacht haben, vielleicht stirbst du ja bald, Andreas.

Das war vor einer Woche, auf dem Weg zum Bahnhof in Frankfurt, als er nach Herford fuhr, um zu Hause die Post zu erledigen, die notwendigen Dinge des Alltags.

Ich muss endlich mal wieder auf die Bank, sagte er. Ich weiß nicht, wie wir das alles bezahlen sollen! Bis jetzt habe ich keine Zusage von der Beihilfe für diese enormen Kosten gekriegt. Du kannst dir nicht vorstellen, was diese Zeit im Krankenhaus kostet! Was diese Dialyse kostet! Irgendwann geht uns das Geld aus.

Guck mal, jetzt hast du sie wieder, deine Frau, denke ich neben ihm in der Straßenbahn, mit meiner Hand auf seiner Schulter, und komme mir vor wie ein Kindermädchen, das ganz in seiner Arbeit aufgeht und kein eigenes Leben hat.

Heute Morgen, Andreas, habe ich mit unserer Mutter an deinem Totenbett gestanden. Sie war so schwach, dass ich dicht hinter ihr blieb, falls sie kippen würde. Sie wimmerte ununterbrochen, die Tränen hörten nicht auf zu fließen, sodass ich mich besorgt fragte, ob sie diesen Flüssigkeitsverbrauch übersteht.

Martin stand auf der anderen Seite des Bettes. Ihm lief eine Träne übers Gesicht, und er sagte mit dem Blick auf deinen abgemagerten Körper, dein eingefallenes Gesicht mit den verblichenen Haaren und den zugedrückten Augen: Da kann man ja nur noch weinen, wenn man den da liegen sieht.

Ich weinte nicht. Ich war trocken, knochentrocken. Meine Gesichtszüge waren nach drei Monaten Bruder- und Elternbetreuung ausgeleiert. Mir war eher nach Grinsen zumute, so schlapp fühlte ich mich.

Während der letzten Wochen war ich der einzige Ansprechpartner aus der Familie für deine Ärzte. Vor allem deine Verlegung von der Mainzer Klinik hierher nach Frankfurt hatte ich zu verantworten. Gegen den Willen der Ärzte, die dich aufgegeben hatten und sterben lassen wollten. Ich habe das nicht akzeptiert. Wie besessen habe ich rumtelefoniert. Tagelang. Alle haben nur noch die Schultern gezuckt und sich abgefunden.

In einem Warteraum der Mainzer Klinik sehe ich eine Ausgabe des «Stern» rumliegen. Plötzlich habe ich eine Idee. Ich suche mir aus dem Impressum die Nummer der Redaktion heraus, wechsele Geld und telefoniere von einem öffentlichen Fernsprecher.

Kann ich bitte jemanden aus Ihrem medizinischen Ressort sprechen? Ich bin in einer Notlage!

Die haben mich tatsächlich verbunden. Ich durfte deine Situation schildern: dass man hier einen Neunzehnjährigen sterben lässt, weil nicht genügend Dialysegeräte verfügbar sind. Der Journalist am andern Ende der Leitung war total hilfsbereit. Auf Anhieb. Lassen Sie mich mal einen Moment überlegen: Also. Sie sind in Mainz. Das ist Rheinland-Pfalz. Gehen Sie über die Grenze nach Hessen. Die sind da aufgeschlossener. Es gibt da an der Uniklinik eine Kinderabteilung. Fragen Sie nach Dr. Koch. Ein Oberarzt. Der hat einen Forschungsauftrag für unheilbare Kinderkrankheiten. Der hilft Ihnen bestimmt weiter.

Du kannst dir nicht vorstellen, Andreas, wie dankbar ich war. Einen Abend lang habe ich geglaubt, ich hätte dich gerettet.

Zwei Tage zuvor hatte ich unangemeldet deinen Nierenarzt in seinem Mainzer Klinikbüro aufgesucht. Was denn so dringend sei, hat er gefragt. Ich wollte von ihm wissen, ob du noch Geige spielen könntest, wenn sie dir jeden Tag so die Arme aufsäbeln, um dir den Shunt anzulegen, damit dein Blut durch die Dialysemaschine laufen kann. Du hast dabei geblutet wie ein Schwein, und mit entsetzten Augen, ohne Schrei, hast du durch die dicke Glasscheibe des OP zu uns auf den Flur gesehen. Das war das grausamste Kino meines Lebens. Unsere Eltern hielten den Anblick nicht aus und haben sich gleich verzogen. Hast du das gemerkt?

Als der Nierenspezialist was von «Geige spielen» hörte, hat er gegrinst: Von Geige spielen kann keine Rede sein.

Aber was wird aus seinen Händen, aus seinen Armen, wenn das so weitergeht?

Nichts, sagte der Spezialist.

Und dann schwieg er einfach.

Was heißt das?

Ich schließe den nicht mehr an meine Maschinen an.

Wieso?

Wieso? Meine Maschinen brauchen andere! Wir können den andern Patienten nicht den Platz wegnehmen. Es gibt nur sechs Dialyseplätze, aber zwanzig Patienten. Da rechne ich die auf der Warteliste gar nicht mit.

Aber mein Bruder ist neunzehn!, habe ich gerufen.

Ja, aber das wird nichts mehr. Hier kriegt er keinen Dialyseplatz. Das verspreche ich Ihnen, auch wenn der Oberarzt auf der hämatologischen Abteilung ein Freund Ihres Vaters ist. Bei mir nicht, ich bin hier für meine Maschinen zuständig.

Sie sind doch kein Arzt, Sie sind doch ein Irrtum in Weiß!

Das hab ich nicht gesagt. Hätte ich aber gerne. Ich bin nur aus dem Büro getaumelt, und auf dem Flur lief ich dem Chefarzt der Hämatologie in die Arme.

Das Beste, was wir für Ihren Bruder tun können, sagte er, ist, die Schmerzen zu lindern, ihm ein starkes Narkotikum zu geben, sodass er seinen nächsten urämischen Anfall vielleicht gar nicht mehr miterlebt.

Und: Sie sollten sich bald von ihm verabschieden.

Wie bitte? Wie geht das: Verabschieden? Tschüs, Andreas? War schön mit dir?

Sie werden schon eine der Situation angemessene Form finden, meinte er.

Da war der Chefarzt noch höflich.

Aber nachdem ich Martin zu Hilfe gerufen hatte und wir gemeinsam planten, dich mit Blaulicht von Mainz nach Frankfurt zu Dr. Koch zu entführen, schlug sein Ton um.

Wieder auf dem Flur. Plötzlich zeigte er Zähne und brüllte mich an, ob ich noch alle Tassen im Schrank hätte, einen Sterbenden auf die Autobahn zu schicken, um ihn in Frankfurt weiter zu Tode zu quälen.

In einer halben Stunde, stieß ich aus, kommt ein Arbeitersamariterwagen aus Frankfurt mit einem Stationsarzt. Die holen ihn ab. Das können Sie nicht verhindern, ich habe mich erkundigt.

Wenn Sie wüssten, was ich alles kann! Das hier ist meine Abteilung!, schrie er und stierte mich an.

Ich sagte nichts. Ließ die Sekunden verstreichen und stierte zurück.

Ach, machen Sie doch, was Sie wollen! Sie werden noch sehen, was Sie davon haben!

Das war sein letzter Satz, bevor er verschwand und eine Tür zuschlug.

Geht doch, dachte ich. Geht doch. Und triumphierte leise. Eins zu null für uns beide, Andreas.

Aber es war vergeblich. In den nächsten Wochen sollte ich noch lernen, was es heißt, einem Bruder nicht helfen zu können. Wie es sich anfühlt, von zwei Übeln das schlimmere zu wählen. Darin sollte ich richtig Übung kriegen. Und du solltest das auszubaden haben.

Die Wahl war nie zwischen richtig und falsch, sondern zwischen schlecht und noch viel schlechter. Er hatte recht, dieser Scheißkerl von einem Chefarzt. Trotzdem würde ich es immer wieder so machen.

Was sollen wir denn sonst tun, wir beiden? Was sollen wir denn anderes tun, als uns so lange am Leben zu erhalten, wie es eben geht?

Lasst mich doch endlich sterben. Das sollst du zwei Wochen später zu Mutti gesagt haben. Kaum hörbar. Eher gehaucht. Lasst mich doch endlich sterben. Sie hat uns das erst nach deinem Tod erzählt. Nicht erzählt – sie hat es wiedergegeben, mit unbeweglichem Gesicht und in deinem Tonfall.

Und dann sollst du noch zu ihr gesagt haben: Weil ich das getan habe, muss ich sterben.

Was hast du denn getan?

Irgendwann im Dezember hatte mich Papa in München angerufen. Hallo, Edgar! Wie geht's dir?

Bevor ich etwas sagen konnte, redete er schon weiter. Du weißt, er war kein Freund langer Telefonate. Sparsam, wie er war, hörte er immer die Münzen fallen.

Ich muss dir was von Andreas erzählen. Der ist plötzlich krank geworden. Der hat wohl was an den Nieren. Er kann nicht mehr richtig aufs Klo. Irgendwas mit seinem Blut ist nicht in Ordnung. Der liegt hier in Herford im Krankenhaus bei Professor Gersmeyer, den kennst du ja. Der überweist ihn aber jetzt lieber an die Uniklinik in Mainz. Das ist ihm sicherer. Ist im Interesse von Andreas. Zu einem Facharzt für Hämatologie. Also Blut. Blutkrankheit. Zu einem Professor Bäcker. Eine Koryphäe auf seinem Gebiet. Ein absoluter Fachmann, übrigens Rotarier wie ich. Wir werden also Weihnachten in Mainz verbringen. Das wollte ich dir sagen. Wir werden diesmal keinen Weihnachtsbaum haben. Aber sonst werden wir ganz normal feiern und bei Andreas im Krankenzimmer sein. Wir können ja bei Tante Eka und Onkel Fritz in Mainz wohnen. Die haben uns das angeboten. Die rücken Weihnachten dann einfach etwas zusammen. Die sind ja sehr hilfsbereit. Wir rücken alle zusammen.

Du brauchst dir keine Sorgen zu machen, rief unser Vater noch durchs Telefon. Dein Bruder wird bald wieder gesund! Aber Weihnachten können wir diesmal nicht zu Hause feiern. Das kriegen wir auch so hin. Wir backen ein paar Kekse. Oder kaufen welche und bringen sie im Koffer mit. Verstehst du? Wir machen uns das trotzdem schön.

Also bis bald. Komm einfach nach Mainz, ich zahl dir die Reise. Gib kurz Bescheid, bevor du ankommst. Tschüs! Herzliche Grüße von Mutti! Die ist natürlich voller Sorge. Aber das versteht man ja.

Wie ist denn das passiert? Die Frage konnte ich gerade noch unterbringen, bevor er auflegte. Wie ist das denn losgegangen mit seiner Krankheit?

Na ja, der fühlte sich nicht wohl da oben in Rotterdam in seiner Studentenbude, hatte Bauchschmerzen, weil er nicht mehr aufs Klo gehen konnte, und ist dann nach Hause gekommen. Aber lass uns das nicht am Telefon besprechen. Das ist zu kompliziert. Das bereden wir, wenn wir uns in Ruhe sehen. Ja?

Ja, sagte ich.

Auf Wiederhören, mein Lieber, rief mein Vater und legte auf.

Andreas, wenn du diese Obertöne in seiner Stimme gehört hättest! Einfach zu viele Höhen. Der wollte etwas nicht wahrhaben. Unser Vater hatte keine Bodenhaftung mehr. Der war ja gar kein Realist! Wurde mir auf einmal klar. Der war ein hoffnungsloser Optimist. Das, was sie mir immer vorwarfen zu sein: Das war er! Der ruderte nur noch, um nicht sehen zu müssen, was Sache war.

Dir ging es richtig schlecht. Das war die eigentliche Nachricht dieses Telefonats.

Da, wo ich gerade den Hörer aufgelegt hatte, konnte ich nicht stehen bleiben. Ein winziger Flur vor meinem Münchner Studentenzimmer in der Herrnstraße 17, 4. Stock. Du hast mich da mal besucht. War noch nicht lange her.

Gut, von jetzt aus ist es natürlich wahnsinnig lange her.

Neben mir stand, fast während des ganzen Telefonats, mein Mitbewohner Ulrich. Der kam raus aus seinem Zimmer, hörte einen Augenblick zu, ging wieder rein, wieder raus, immer auf Strümpfen. Der merkte, dass ich schlechte Nachrichten bekam. Er hatte Löcher in den Socken, seine beiden großen Zehen schauten heraus, als wollten sie mitreden, und als ich fertig war, fragte er: Ist was Schlimmes passiert?

Auf keinen Fall wollte ich Ulrich erklären, was mit meiner Familie los war. Auf keinen Fall wollte ich mit buddhistischen Sprüchen getröstet werden und einen Joint mit ihm auf seiner Matratze rauchen.

Damit möchte ich erst mal allein sein, sagte ich.

Ja, das verstehe ich. Aber nur, dass du das weißt: Wenn du reden willst, bin ich für dich da.

Was für eine Sanftmut und Freundlichkeit der hatte. Und ich konnte nichts damit anfangen!

Dabei kann ich gar nicht allein sein. Alle schlechten Nachrichten treiben mich vom Stuhl hoch, raus auf die Straße, aber auch da finde ich keine Ruhe, und nachdenken kann ich schon gar nicht. Stattdessen gerate ich manisch in Tagträume, laufe einfach los, und während meine Beine die Kilometer fressen, mobilisiere ich alle Ohrwürmer klassischer Klaviermusik und stelle mir vor, ich sei eine geniale Einzelbegabung von einem Pianisten. Am liebsten bin ich ein achtjähriger, verwachsener kleiner Junge mit dicken Brillengläsern, der Franz Liszts Schneetreiben-Etüde im Affenzahn über die Tasten wischt. Ich sehe mich am Konzertflügel in der Carnegie Hall in New York spielen, und unsere Eltern sitzen auf billigen Plätzen und halten sich vor Aufregung die Hand vor den Mund. Und am Ende tritt Arturo Benedetti Michelangeli auf sie zu und sagt in Trapattoni-Deutsch: Haben Sie einen Sohn vielleicht! Können Sie sein stolz! Können wir alle was noch lernen!

Und während ich mich solchen Illusionen hingebe, bin ich längst in Schwabing angekommen, in der Fendstraße, bei der Gaststätte Weinbauer, und habe Hunger. Hackbraten, denke ich. Ich darf jetzt nicht auch noch vom Fleisch fallen!

Warum hatte ich mir so oft diese Frage gestellt: Was ist das Schlimmste, was mir überhaupt passieren kann? Und warum hatte ich mir immer dieselbe Antwort gegeben: dass dir etwas passiert, Andreas! Das ist das Schlimmste.

Das wollte ich nie erleben. Dass dir ein Unglück zustößt, das habe ich über Jahre zur schlimmsten Vorstellung überhaupt erhoben. Warum bloß? Es gab keinen Anlass.

Du sahst gut aus. Richtig gesund. Rosig. Wohlgenährt. Es war eine Freude, dich anzuschauen. Du warst der Ruhigste von uns allen. Schienst phlegmatisch, warst sorgfältig und klug, und auf deiner Geige hast du einen satten, fetten Ton produziert. Dein Bogen klebte an den Saiten, war wie angewachsen. Kein Blatt Papier passte dazwischen. Am Esstisch hast du oft den Arm aufgestützt, deinen schönen, schweren Kopf auf den Handrücken gelegt und in die Ferne geschaut. So hast du als Kind vor dich hingeträumt. Schon in der Grundschule rief dein Lehrer immer wieder: Andreas, dreh an den Motor! Das gefiel dir. Das hast du uns selbst erzählt. Du lachst gern über dich selbst, und das mag ich an dir.

Vielleicht gab es, denke ich jetzt, so etwas wie einen unausgesprochenen Auftrag unserer Eltern an mich, gut auf dich aufzupassen. Wegen des großen Unglücks in unserer Familie. Rainer und die Handgranate.

Du warst im Unterschied zu mir ein Kind des Wirtschaftswunders. Du bist lange gestillt worden und hast danach die gute Milch von Humana bekommen. Nicht mit Wasser verlängerte Mehlpampe wie ich.

Warum kaufte ich mir einen großen, schwarzen Hut, als ich mich auf den Weg nach Mainz machte, um an deinem Krankenbett Weihnachten zu feiern?

Ich steckte meinen Kopf mit Hut durch die Tür des Krankenzimmers und sagte mit verstellter Stimme: Ich bin der Gevatter Tod. Guten Tag. Und du lachtest, und ich sah erschreckt in dein aufgedunsenes Gesicht. Der stirbt, schoss es mir durch den Kopf.

Schnell versiegelte ich diesen Gedanken.

In der Hand hielt ich Grimms Märchenbuch, die Ausgabe mit den Aquarellen von Ruth Koser-Michaëls, aus der ich dir so oft vorgelesen hatte und unsere älteren Brüder mir. Manchmal auch unsere Mutter.

Sehr selten unser Vater. Der las mir immer nur das kürzeste Märchen vor, das vom süßen Brei. Diese Geschichte von einem armen, stets hungrigen Kind, das von einer alten Frau ein Töpfchen geschenkt bekommt, dem es sagen soll: Töpfchen koche! Und dann kocht das Töpfchen Brei, so viel man essen will, und es hört erst auf zu kochen, wenn man sagt: Töpfchen steh! Aber das Kind vergisst die Worte, die das Töpfchen mit dem Kochen aufhören lassen. Es bekommt Angst, läuft aus dem Haus, in die weite Welt, und das Töpfchen kocht und kocht, und die ganze Welt versinkt im Brei.

Das war Papas Lieblingsmärchen. Weil es kurz war und weil er abends immer ans Klavier zum Üben wollte. Außerdem stillte es in seiner Erinnerung den Hunger, den er im Krieg und in der Zeit danach erlebt hatte.

Mein Lieblingsmärchen war und ist bis heute: Der Gevatter Tod. Ein armer Mann, der viele Kinder hat und schließlich nicht mehr weiß, wen er um die Patenschaft seines jüngsten Sohnes bitten soll, begegnet dem Tod, der einwilligt. Als der Junge herangewachsen ist – die Grimms sagen immer «heranwachsen» –, trifft er zum ersten Mal seinen Paten. Der verspricht, einen berühmten Arzt aus ihm zu machen. Er gibt ihm ein Kraut, das alle Krankheiten der Welt heilt, aber er schränkt seine Gabe ein. Wenn ich, sagt der Tod, am Kopf des Kranken stehe, kannst du ihm das Kraut des Lebens geben. Aber wenn ich an seinen Füßen stehe, mein Lieber, gehört der Kranke mir. Untersteh dich, ihm dann das Kraut zu geben.

Es kommt, wie es kommen muss. Der Junge wird ein berühmter Arzt, aber der Tod steht nicht immer da, wo er soll. Gerade bei den Kranken, die der Arzt besonders gerne retten möchte, steht der Tod an der falschen Stelle. Der Arzt überlegt, wie er seinem Gevatter ein Schnippchen schlagen kann. Er dreht das Krankenbett einfach um, sodass der Tod richtig steht.

Der Tod wird zornig und warnt seinen Patensohn eindringlich, ihn nicht noch einmal zu verscheißern. O weh! Und dann erkrankt die Königstochter, die natürlich wunderschön ist, und der junge Arzt kann nicht widerstehen und gibt ihr das Heilkraut. Natürlich wird er belohnt mit allem, was das Herz begehrt, vor allem mit der Königstochter selbst. Aber der Patenonkel passt ihn eines Tages auf der

Straße ab, legt ihm seine kalte Hand ums Genick und führt ihn zu einer unterirdischen Höhle, wo unendlich viele Kerzen brennen, große, mittelgroße und kleine. Das sind die Lebenslichter, erklärt der Pate seinem Schützling. Ach, sagt dieser, ganz bezaubert: Zeig mir doch mein eigenes Lebenslicht! Und der Tod weist auf ein klägliches Flämmchen, das bis zum Boden runtergebrannt ist und kurz vorm Erlöschen noch einmal wild um sich schlägt. Der junge Arzt erschrickt – und bittet seinen Patenonkel, ihm doch ein neues Lebenslicht aufzustecken. Der Tod nickt, greift nach einer schönen, langen Kerze und will sie an dem verglimmenden Flämmchen entzünden. Aber er stellt sich wohl mit Absicht ungeschickt an und löscht mit dem Ärmel das Flämmchen seines Patensohnes. Im selben Moment sinkt der Arzt leblos zu Boden.

Kannst du dich an das Bild erinnern, das Ruth Koser-Michaëls dazu gemalt hat, Andreas? Zwischen den Kerzen steht der schwarz gekleidete Tod, mit Schlapphut und einem Gesicht wie aus dunklem Stroh. Er sieht ein bisschen aus wie eine Vogelscheuche oder Fastnachtsfigur, und neben ihm, zwei Köpfe kleiner, der junge Arzt, mit blauer Pelerine, Gehstock und spitzem rotem Hut. Seine Gesichtshaut ist frisch, und er schaut voller Vertrauen zu seinem Patenonkel auf.

Ob das alles wirklich so im Märchenbuch steht? Ich habe nicht nachgeguckt. Mein Gedächtnis ist mir lieber.

Dieses Märchen habe ich dir sofort an deinem Krankenbett vorgelesen. Du wolltest das. Ohne es auszusprechen, haben wir es beide wie eine Art Voodoo gebraucht. Es sollte Zauberkraft entwickeln. Wir wollten uns stark zeigen gegen deine Krankheit.

Aber der Zauber wirkte nicht.

Und dann kommt Weihnachten. Dunkelheit, kein elektrisches Licht, Kerzen werden angezündet, Transparente aufgestellt, es riecht nach Tanne. Sogar eine Krippenfigur, der anbetende, glatzköpfige Hirte mit der speckigen Fußsohle, der schon die Flucht aus Ostpreußen mitgemacht hat, steht an deinem Krankenbett, eingewickelte Geschenke liegen da.

Wir singen an deinem Bett, Andreas. Mutti, Papa und ich singen «Kommt und lasst uns Christum ehren» und «Ich steh an deiner Krippen hier». Unsere beiden älteren Brüder können nicht da sein. Martin muss zu Hause bleiben wegen seiner kleinen Kinder, Werner hat Dienst, so wie die meisten Musiker an Weihnachten.

Mutti singt gefährlich zittrig die Melodiestimme, Papa sicher und unbeirrt zweite Stimme, und ich singe brav im Bass die Melodie mit Mutti. Es fehlt das Klavier. Alles klingt reichlich dünn und irgendwie abstrakt. Eine Behauptung von Singen.

Du singst nicht. Du liegst auf dem Rücken und starrst an die Decke. Du siehst nicht mehr aus wie früher. Dein Gesicht ist gedunsen und teigig, weil dein Körper das Wasser nicht mehr wegbringt. Alle zwei Tage machen sie Bauchspülungen mit dir, die so schmerzhaft sind, dass du den halben Tag danach vor Erschöpfung schläfst.

Je länger wir singen, desto deutlicher wird die Aussichtslosigkeit deiner Situation. Aber niemand will sich das vorstellen. Unsere Gehirne arbeiten fiebrig an Optionen, wie und wann du wieder gesund werden könntest, während unsere Singstimmen einsam durch dein Krankenzimmer irren.

Und dann drehst du dich zur Wand. Mit einem Ruck drehst du dich heraus aus unserer Weihnachtsstimmung. Wir sehen dein Gesicht nicht mehr. Wir spüren, dass deine Hände die Decke greifen, dass dein Körper sich aufs Laken drückt. Und dann liegst du still und bewegungslos da. Von dir geht ein Schmerz aus, wie ich ihn noch nie erlebt habe. Kein Weinen ist zu hören. Kein Würgen. Ich weiß, du konfrontierst dich mit dem, was aus dir geworden ist. Und mit dem, was nicht mehr sein wird.

Und wir hören auf zu singen. Mutti, Papa und ich, einer nach dem anderen. In dieser Reihenfolge hören wir mitten im Lied einfach auf. Und es ist still. Nur das Kerzenlicht spiegelt unruhig unsere Atemzüge.

Wir müssen ja auch nicht singen, sagt Papas Stimme leise und einfühlsam. Hier liegen ein paar schöne Bücher für dich, Andreas. Die kannst du aber auch morgen auspacken.

Ich glaube, es war die Autobiographie von Gregor Piatigorsky: «Mein Cello und ich» und ein Lexikon über große Geiger.

Edgar kann doch mal sein Geschenk auspacken, sagt Mutti, und ich wickle bereitwillig eine Philosophiegeschichte aus. Danke, sage ich. Die kann ich gut gebrauchen.

Da liegen auch selbstgebackene Plätzchen von Tante Eka, sagt Papa.

Er liebt Weihnachtsgebäck, so wie ich auch. Aber wir haben keinen Appetit, und erst recht wollen wir dir nicht unsere Essensgeräusche zumuten. Alles entpuppt sich als Staffage.

Obwohl wir dann doch irgendwann verschämt an den Plätzchen knabbern. Wir wollen ja schließlich wissen, wie das Traditionsgebäck aus der Familie unserer Tante schmeckt. Das Schokoladenkonfekt und die Haselnussstängchen sind ähnlich wie bei uns, die Prager Kuchen hier aus der Mainzer Familie sind einfach besser. Frischer, mit Zitronenschale.

Aber im Grunde schmeckt gar nichts. Die süßen Krümel bleiben uns im Hals stecken, und dann blasen wir auch die Kerzen aus, räumen die Transparente zusammen und schaffen wieder Platz für das Arbeitszeug der Schwestern und Ärzte.

Möchtest du noch einen Löffel Tee?, fragen wir dich. Du antwortest nicht und machst nur eine kleine Bewegung in deiner Seitenlage. Du hast uns gehört, aber du willst nichts von uns.

Höllischen Durst musst du haben, sollst aber nur minimal trinken, denn alle Flüssigkeit muss mit der schmerzhaften Bauchspülung wieder rausgezogen werden.

Wir gehen dann mal, sagt Papa, aber einer bleibt bei dir. Es ist immer einer von uns da. Die ganze Nacht, immer. Und morgen kommt Werner und will die ganze Nacht bei dir sitzen. Also, schlaf gut.

Ich bleibe jetzt hier, sagt Mutti. Und Papa sagt, nein, du kommst mit und schläfst jetzt mal. Edgar bleibt hier, du kannst ihn später ablösen. So gegen zwei.

Gerne auch erst um sechs. Ich kann die Beine hochlegen und schlafen, sage ich.

Und dann gehen sie, und wir sind allein, Andreas.

Zeit vergeht. Es ist Nacht. Wahrscheinlich bin ich eingedöst.

Als ich wieder zu dir schaue, hast du dich auf den Rücken gedreht und starrst zur Decke.

Tee, sagst du.

Ich steh auf, will dir das Kissen ausschütteln, vielleicht die Decke glatt ziehen.

Tee, sagst du wieder. Deine Lippen sind vor Trockenheit gesprungen.

Ich beträufele sie mit Tee und flöße dir ein oder zwei Löffel ein. Vielleicht auch mehr. Du hast lange nichts getrunken.

Danke, sagst du.

Ich streiche dir über den Arm, die Hand. Du reagierst kaum.

Deine Stimme ist leise, fern. Sie ist ganz du. Sie berührt mich.

Ich sitze wieder in meinem Armstuhl, ein Kissen im Rücken, eine Decke über den Beinen.

Die Welt schrumpft plötzlich zu einer kleinen Plattform, und drum herum ist nichts. Auf dieser Plattform stehen nur noch wir beide, du und ich.

Und in deinen Augen, Andreas, blitzt es. Ich sehe, du realisierst, dass du am Rand stehst und ich in der Mitte.

An diesem Rand, wo du stehst, geht es steil abwärts, da geht es aus der Welt raus.

Und du sagst: Gibst du mir was zu trinken? Ich habe solchen Durst.

Und ich, von der Mitte der Welt aus, sage: Nein. Es sind erst zehn Minuten vorbei, und du sollst nur einmal in der Stunde zwei Teelöffel trinken.

Die ganze Härte des Nierenspezialisten breitet sich in mir aus und erfasst mein Herz, und ich denke: Ja, Edgar, das fällt dir schwer, aber du musst hart bleiben. Es ist in seinem Interesse.

Ach bitte, sagst du. Einen Löffel.

Nein, sage ich. Es ist nicht gut für dich. Versuch es doch auszuhalten.

Ich kann das nur sagen, weil ich deine Situation, deinen brennenden Durst, deine Qual, deine Bitte an mich, deinen Bruder, zu etwas Theoretischem gemacht habe. Ich weigere mich, deine Bitte zu fühlen. Furchtbar ist das, was ich da tue. Grausam.

Du musst es aushalten, und ich schaue dir beim Aushalten zu. Und das muss ich auch aushalten.

Ich verweigere ein Gefühl. Das weiß ich. Ich mache mich hart. Und das fühle ich bis heute. Bis jetzt. Das geht nicht weg.

Es ist mein Wesen, Andreas, ich bin so. Ich bin ein Mensch, der sich einem Gefühl, das vorhanden und natürlich ist und gelebt werden will, verschließen kann.

Bereue ich es, dass ich mich so hart gemacht habe?

Ja, natürlich bereue ich das. Ich bereue das, solange ich lebe.

Möchte ich ein anderer sein als der, der ich bin?

Nein. Möchte ich nicht. Ich will der bleiben, der ich bin.

Am übernächsten Tag frage ich unseren Bruder Werner: Und was machst du dann, wenn Andreas dich schon nach zehn Minuten wieder bittet, ihm noch mal was zu trinken zu geben?

Dann geb ich ihm halt was, sagt Werner. Wer weiß, wie lange er noch lebt. Ich geb ihm einen Löffel voll und frage ihn: Willst du noch mehr haben? Und wenn er nickt, sage ich: Trink dich satt, trink so viele Löffel, wie du willst. Das verbrennt doch wie nichts in seinem ausgetrockneten Körper. Das zischt doch weg wie nichts. Kriegt er halt mehr, als er darf. Ist doch sein einziger Genuss, seine ganze Seligkeit. Ein paar Löffel Tee.

Zitatnachweise

S. 7: König Lear, William Shakespeare.

S. 31 f.: Was ihr wollt, William Shakespeare. Deutsche Übersetzung von Christoph Martin Wieland

S. 49: Leonce und Lena, Georg Büchner

S. 111 f.: An den Mond, Johann Wolfgang von Goethe

S. 144: Todesfuge aus: Mohn und Gedächtnis, Paul Celan

S. 151: Go, tell it to the mountain, Textdichter unbekannt

S. 172: Petersburger Marsch (Denkste denn, Du Berliner Pflanze), Komponist und Textdichter: C. Birth

S. 172 f.: Mein Vater wird gesucht, Hans Drach

S. 183: Aida, Libretto von Antonio Ghislanzoni. Deutsche Übersetzung von Julius Schanz und Kurt Soldan

S. 187: Die Bibel, Offenbarung des Johannes, Kapitel 16, Vers 15

S. 216: 12 Gebote für das Verhalten der Deutschen im Osten und die Behandlung der Russen, Staatssekretär Herbert Backe, 1941

S. 216: Richtlinien f. Partisanenbekämpfung, 25.10.1941, genehmigt von Walther von Brauchitsch

S. 233: Der Rosenkavalier, Libretto von Hugo von Hofmannsthal